# El cuaderno nocturno

Miguel A. Delgado

# El cuaderno nocturno

SUMA de letras

Papel certificado por el Forest Stewardship Council®

MIXTO
Papel | Apoyando la silvicultura responsable
FSC® C117695

Penguin Random House Grupo Editorial

Primera edición: noviembre de 2025



*Printed in Spain* – Impreso en España

ISBN: 979-13-87512-75-0
Depósito legal: B-16.336-2025

Compuesto en Mirakel Studio, S. L. U.

Impreso en Black Print CPI Ibérica
Sant Andreu de la Barca (Barcelona)

SL12750

*A las muchas personas que mantienen vivas*
*las bibliotecas públicas, en cuyos anaqueles, desde niño,*
*he ido descubriendo las mil encarnaciones*
*de la palabra «aventura»*

# 1

—Ha dicho Juan que te pases por su despacho en cuanto llegues.

«Buenos días, Chelo; qué día de perros tan bonito, ¿verdad?» fue la frase que se le cruzó por la cabeza a Estrella Noval para responder a la recepcionista del instituto, que había esperado pacientemente a que dejara de pelearse con la mochila y el paraguas mientras buscaba el pase para cruzar por el control de la entrada, uno de esos tornos modernos en los que las barras horizontales habían sido sustituidas por unas hojas de plástico duro transparente. Al final, logró que el lector reconociera el código QR y se abrieron para dejarla entrar, al tiempo que luchaba por mantener en alto el paraguas mojado en los apenas cien metros que separaban la parada del autobús de la entrada de su trabajo, en una nueva zona de desarrollo del norte de la ciudad.

Pero, claro, no le respondió eso. Simplemente le preguntó a la mujer, sentada detrás del mostrador, siempre seria, con gafas permanentemente en equilibrio en la punta de la nariz y sujetas con una cadenita, no fueran a decidir precipitarse desde ahí:

—¿No puede esperar a que me pase por el despacho a dejar las cosas?

Chelo se limitó a mirarla y a elevar un par de centímetros los hombros en una no muy marcada pero suficiente expresión de «a mí no me digas, yo solo repito lo que me han dicho».

Con un suspiro, Estrella fue hacia los ascensores. Cuando entró en uno de ellos, saludó a las dos o tres personas que viajaban en él. No pulsó el botón de la planta donde se encontraba su despacho, sino el de la planta noble, donde estaba el de Juan, el subdirector del instituto, cada vez más transmutado en una especie de espada de Damocles con cara y ojos suspendida sobre su cabeza, que amenazaba con dejarse caer en cualquier momento.

Al salir del ascensor, siguió por el largo pasillo que llevaba a la zona de dirección. Sus paredes estaban decoradas con cuadros de algún artista que había hecho sus propias interpretaciones de fotografías de estrellas, nebulosas y otros cuerpos celestes tomadas por los telescopios espaciales Hubble y James Webb. Estrella les dedicó la misma atención que en todas las ocasiones en que había hecho ese mismo trayecto, cada vez por razones menos agradables: ninguna. Nunca había entendido qué sentido tenían aquellas intervenciones sobre unas imágenes que para ella, como astrofísica, ya eran perfectas e insuperables, y no necesitaban lo que un ego hinchado y con intenso mundo interior pudiera aportarles. Y, para colmo, las intervenciones habían introducido errores que las habían convertido en un sinsentido. Por suerte, nunca había sabido cuánto se había gastado el instituto —o el ministerio, o el CSIC, o quien fuera— en comprarlas, cuando más y más proyectos de investigación veían recortados sus fondos.

Llegó ante las mesas de las dos secretarias de dirección, que daban servicio tanto al director, en viaje permanente por todo el mundo —Estrella no sabría decir cuándo había sido la última vez que lo había visto por allí—, como al subdirector. En realidad, este último era la cabeza visible de todo aquello, o al menos de las cosas del día a día, minucias como planificar las investigaciones, asignar los fondos y, llegado el caso, hasta organizar los caterings de los eventos.

—Buenos días. Juan me espera.

Ana, la secretaria más joven, asintió con una expresión en la que Estrella creyó ver algo parecido a la pena.

—Sí, pasa; está dentro. —Estrella le mostró el paraguas, que seguía goteando y prometía dejar su huella en la moqueta de la planta noble—. A mí no me mires; no tenemos sitio donde dejarlos.

—Pero ¿qué hago? ¿Paso con él?

Ana levantó también levemente los hombros, un gesto que parecía calcado al de la recepcionista. Estrella se preguntó si habrían ido al mismo cursillo de formación para empleados, uno que ella se había perdido.

Con el paraguas sujeto de una manera poco natural, llamó a la puerta. La voz de Juan le contestó desde dentro que pasara. Cuando Estrella la abrió y entró, vio al subdirector sentado a su mesa exageradamente grande. Tecleaba algo en el ordenador.

—Siéntate, ahora estoy contigo.

Estrella hizo amago de ir hacia el par de sillas que había frente al escritorio, pero se detuvo en seco al darse cuenta de que en el despacho también había moqueta. Así que se quedó de pie mientras paseaba la mirada a su alrededor, expectante, esperando que un paragüero o algo similar apareciese ante ella.

Juan debió de notar que no se había sentado, porque giró la cabeza y la miró.

—¿Qué pasa? ¿Por qué no te sientas? —Estrella volvió a alzar el paraguas para que lo viera. Juan asintió, pero afortunadamente no alzó los hombros, sino que se limitó a decir—: Mételo en la ducha, en el baño. —Y le señaló una puerta de falsa madera que había a un lado.

Estrella fue hacia allí, con esa sorpresa que le producían los despachos con baño propio y que siempre había visto como de otro tiempo, pero que, por alguna razón, se habían mantenido en aquel edificio moderno. Al entrar y encender la luz, vio la ducha. Dudó entre dejar el paraguas cerrado sobre el plato o si abrirlo, pero al final se dijo que qué científica era con esos temores ridículos, así que lo abrió. Echó un último vistazo al baño, no muy grande pero de buenos materiales, y se preguntó si el despacho del director tendría una sauna o un jacuzzi, por aquello de respetar las jerarquías.

Cuando volvió de nuevo hacia la mesa y se sentó en la silla, Juan ya había terminado con el ordenador y la miraba fijamente.

—¿Y bien?

Estrella estuvo tentada de responder elevando levemente los hombros por si colaba, pero, con buen criterio, decidió responder en su lugar:

—¿Y bien qué?

—¿Tenemos resultados?

La misma pregunta de los últimos tres meses. Y Estrella, por su parte, tenía la misma respuesta del último trimestre:

—Aún no. Siguen faltándonos datos.

Juan se echó hacia atrás en el gran y acolchado sillón de dirección con los ojos bien abiertos, como si estuviera oyendo algo especialmente increíble, y los brazos extendidos con las palmas hacia arriba.

—¡No puede ser! Llevas meses diciéndome lo mismo.

—Díselo a los de Baltimore. —Allí se encontraba la oficina de la NASA que administraba los telescopios espaciales—. Se supone que nuestra petición estaba aprobada. No entiendo qué es lo que pasa. A lo mejor deberíais enviarles una protesta formal.

Juan dio un golpe seco con la palma en la mesa, que incluso a Estrella, alerta, le hizo dar un pequeño brinco en la silla, antes de quedarse señalándola con el índice y decirle:

—Estás ya fuera de plazo...

—Espera, espera —lo interrumpió ella—. ¿Cómo que «estoy»? ¿No dices siempre que somos un equipo aquí? ¿O es que solo lo somos cuando hay éxitos?

Juan abrió aún más los ojos, que ya era decir. Estrella vio cómo toda su cara se encendía de manera progresiva y por un momento llegó a temer que aquel incendio de su piel acabara derivando en una ristra de palabras potencialmente asesinas. Pero, contra todo pronóstico, pareció retomar el control y la respuesta le salió tensa pero en un tono suave, tan suave que casi reflejaba de manera todavía más evidente el volcán a punto de estallar en su interior:

—Un mes.

—¿Qué?

—Te doy un mes para que me traigas resultados. Si no, se acabó el proyecto. Punto. —Y se giró de nuevo hacia la pantalla del ordenador.

—Espera, espera... —insistió ella, no dispuesta a aceptar que la conversación se quedara así—. ¿Cómo se supone que voy a cerrarlo en un mes si no me sirven los datos? ¿Es que no me vais a...?

Iba a terminar la frase añadiendo «apoyar», pero lo único que consiguió fue que Juan la cortase, ya sin mirarla siquiera y mientras escribía un nuevo correo:

—Un mes. Cierra la puerta al salir.

Estrella se quedó con la boca abierta. Intentó agregar algo más para que la conversación no acabara así, pero, cuando se dio cuenta de que lo único que estaba haciendo era boquear como un pez que hubiera saltado sin querer fuera de su acuario, se levantó haciendo el mayor ruido posible. Se dirigió a grandes zancadas hacia la puerta, que logró evitar cerrar con un portazo en el último instante, descartando su primer impulso.

Las mismas zancadas la llevaron en un tiempo récord de vuelta por el pasillo de las supuestas obras artísticas. Ya en el ascensor, se dio cuenta de que se había dejado el paraguas en el baño del despacho del subdirector. Y por alguna extraña razón aquello fue lo que peor le sentó de todo.

Cuando se le pasaron el enfado y la indignación por el tono que había empleado con ella, Estrella fue comprendiendo lo delicada que se había vuelto su situación. No sabía por qué, pero, después de cuatro años trabajando allí, fue consciente de que Juan, o quizá alguien más en las altas esferas, había decidido cortarle las alas.

Y eso que, cuando llegó, fue recibida con los brazos abiertos. No en vano, era una de las astrofísicas más prometedoras de su generación. Sus trabajos en torno a las órbitas de los exoplanetas —que giran alrededor de estrellas distintas al Sol—, que había desarrollado durante su estancia en Inglaterra, hacía tiempo que habían llamado la atención de numerosas instituciones internacionales. Pero cuando se planteó la necesidad de estudiar uno que habían encontrado casi por casualidad en torno a una estrella no especialmente destacada, pero cuya órbita presentaba indicios de ciertas irregularidades que lo podrían convertir en un hallazgo sin precedentes, decidió volver a España, aprovechando las ayudas que entonces ofrecía el Estado para que los talentos científicos que se habían ido al extranjero pudieran regresar.

Bueno, eso era, al menos, lo que ella se repetía. Y casi había logrado convencerse.

Era consciente de que no lo meditó lo suficiente, algo extraño en ella, que siempre había procurado evitar que lo personal interfiriese en sus decisiones. Pero se dijo que, en todo caso, su condición de joven promesa la haría casi inmune a lo que pudiera suceder.

Craso error, de lo que ahora se daba cuenta. Todavía le sorprendía la rapidez con la que había pasado de ser uno de los talentos más deseados a ser alguien a quien podía abroncar sin matices un científico solo de nombre, porque hacía mucho tiempo que se había convertido en un mero burócrata, que ya no se esforzaba por descubrir nada que no fuera la forma de medrar en el ecosistema de las instituciones científicas nacionales.

El resto de la mañana no se movió de su despacho, escribiendo e-mails a diestro y siniestro a todos sus contactos en la NASA, metiéndoles prisa con los datos. Estrella no entendía por qué no acababan de llegarle y por momentos no podía evitar pensar que había alguien que estaba entrometiéndose para que fuera así. Pero, poco a poco, la furia y el ímpetu cedieron al desánimo y a algo que ni siquiera era ya desesperación o preocupación, sino que se parecía peligrosamente, cada vez más, a la resignación.

Hasta que se descubrió a sí misma con la vista clavada, sin ver nada en realidad, en un correo en blanco y no logró recordar a quién se lo iba a mandar ni qué iba a poner en él. Y, por alguna razón, aquello le pareció el colmo de lo patético, como si toda su energía hubiese sido absorbida por el teclado y el propio tiempo se hubiera ralentizado.

En ese momento, una especie de mecanismo de salvaguarda interno la llevó a concentrar sus últimas energías en reaccionar.

«¡A la mierda!».

Abrió el menú de la barra superior y seleccionó «Apagar equipo». No esperó siquiera a que se cerraran todas las ventanas y ya estaba de pie, metiendo de nuevo sus cosas en la mochila mientras cogía la bufanda, la gorra y el plumas del perchero, cuando unos golpes en la puerta la hicieron voltearse. Sin esperar respuesta, Martín, el bedel, entró en el despacho. Llevaba en la mano un montón no demasiado nutrido de sobres. Quedaban lejos los tiempos en los que el reparto de correo se hacía con un carrito, porque ya no era necesario desplazar una gran cantidad de material.

Por eso no dejó de sorprenderle cuando le tendió un sobre de plástico de colores chillones que delataban que procedía de una mensajería y, además, del extranjero.

—¿Se encuentra bien, doctora? —Martín era de origen mexicano y, a pesar de haber tratado con tantos científicos en España, aún no había renunciado a los tratamientos formales que en su país todavía distinguían a alguien por su nivel de estudios.

Quizá fue esa repentina amabilidad, por muy convencional e impersonal que fuera, la que llevó a Estrella, que se había quedado mirando el sobre, a mirarlo a él, seguramente con una expresión de extrañeza en su rostro que se hubiera podido confundir con irritación por una posible impertinencia, porque Martín se apresuró a añadir, en lo que parecía una explicación excesiva:

—Es que... no tiene muy buena cara.

Estrella terminó por rendirse a aquella preocupación por su estado; en aquel momento no podía permitirse desperdiciar el menor gesto amable que recibiera. De modo que le sonrió al responderle:

—No te preocupes, Martín. No he dormido muy bien, eso es todo.

El bedel asintió, aunque el gesto se antojó lento, parecía que reflexionara. Estrella se sintió mal por haber reaccionado con brusquedad con aquel hombre, que no era más que un trabajador que ya se acercaba a la jubilación y que no podía evitar cierta dosis de paternalismo cuando trataba con una científica visiblemente más joven de lo que en su mente debían de aparentar los científicos.

Martín se despidió con un «buenos días, doctora» y salió. Estrella decidió aprovechar aquel pequeño impulso benévolo para largarse también ella, antes de que fuera sofocado por el ambiente del instituto. Terminó de recoger casi en modo automático, por eso no fue del todo consciente de que había metido el sobre en su mochila junto con el cuaderno.

No se molestó ni siquiera en despedirse ni en darle ninguna explicación a Chelo, que la vio pasar el torno asomada a las gafas en la punta de su nariz. No creía que irse antes de tiempo del trabajo fuera a dañarla ya más de lo que lo estaba ante la dirección del instituto, y, si era así, en aquel momento le importaba menos que nada.

Horas después, seguía tirada en el sofá del salón de su casa, de un tamaño sorprendentemente grande para lo reducido que era su apartamento. La televisión estaba encendida en algún extraño canal donde aparecían tiendas de empeños, gemelos reformadores y hasta un experto en espadas antiguas, o quizá eran de canales distintos que había ido cambiando sin pensar, a saber.

Solo sabía que se sentía muy cansada, tremendamente cansada. Cuando la luz del día se apagó, ya a una hora temprana porque el invierno se acercaba, aún tardó un instante en incorporarse para encender la lámpara, que llenó la estancia con una luz cálida.

Se quedó de pie, los hombros encogidos en el interior de la sudadera gastada y ancha que le hacía sentirse cómoda en casa, y miró alrededor, como si buscara pistas que explicaran por qué se sentía de la manera en que se sentía, pero nada de lo que le solía dar alicientes, como las extrañas construcciones con piezas de Lego que montaba cuando necesitaba concentrarse y pensar, le echó un cable. De hecho, en ese momento le parecían de otra persona que, al contrario que ella, era capaz de apasionarse y de encontrar fuerzas para enfrentar cualquier obstáculo que se pusiera en su camino.

Fue entonces cuando reparó en que la mochila seguía en la repisa de la entrada, donde la había dejado nada más llegar, y se dio cuenta de que no había sacado el móvil. Probablemente la batería se habría gastado.

La cogió con desgana y la posó sobre la mesa. No encontró el móvil en los bolsillos laterales y pensó que, como hacía muchas veces, lo había metido junto con el cuaderno.

Al descorrer la cremallera, se encontró de nuevo con el sobre que le había entregado Martín.

Lo sacó y lo observó con más atención. Solo entonces se dio cuenta de que había algo extraño en él. Por más que se esforzó, no logró reconocer quién lo enviaba en la casi inextricable información de estafetas, servicios, tarifa contratada y una buena dosis de códigos QR y de barras que se repartían por toda la superficie.

Ni siquiera tenía muy claro por dónde podría abrirlo, porque el plástico iba sellado con tanto cuidado que parecía envasado al vacío. Cuando finalmente encontró un punto donde hacer mella, tiró cerca del extremo y el sobre se desgarró. A pesar de su aparente grosor, solo contenía otro sobre blanco tamaño carta, alargado, sin ningún dato ni membrete. Al tacto, notó que dentro iba algo con relieve, no demasiado grande.

Metió el dedo por el hueco que dejaba uno de los bordes pegados de la solapa. Al voltearlo, algo cayó sobre la mesa con un sonido seco y amortiguado. Era un simple papel doblado que, al desplegarlo, reveló una pequeña llave en su interior.

Sin entender del todo lo que iba descubriendo, volvió a coger el sobre pequeño. Al mirarlo con más detalle, vio que había algo escrito en él:

Apartado de correos n.º 98.315

Frunció el ceño, como si sospechara que en aquellos sencillos caracteres se ocultaba alguna información más profunda. Y no ayudó, precisamente, que un estudio más detenido de la críptica etiqueta del sobre de plástico le confirmara que quien fuera que le enviaba esa llave lo hacía desde un lugar que, de manera inesperada, le hizo sentir como si le hubieran puesto una mano fría, congelada, sobre el rostro.

Venía de Londres.

En un impulso repentino, cogió el sobre pequeño, lo metió como pudo en lo que quedaba del grande e introdujo todo, precipitadamente, en el cajón de la mesa.

Cuando lo hubo hecho se quedó sentada, con las manos sobre la boca y la nariz, y se tomó un tiempo para controlar la respiración y tranquilizarse.

Se preguntó si el guion de aquel día no lo habría escrito alguien interesado en dosificarle el desaliento y que como traca final le lanzaba un guiño a un tiempo que buscaba olvidar.

Luego pensó que en realidad también quería olvidar cómo se sentía en ese instante. Y aquella constatación le pareció el broche de oro para lo que, ya definitivamente, podía definirse, sin temor a inexactitudes, como un completo y jodido día de mierda.

# 2

Unos días más tarde, Estrella estaba sentada a la mesa alta de un bar situado al lado del trabajo. Se trataba de una nueva costumbre que había incorporado a sus rutinas diarias; quizá porque de esa forma prolongaba el momento de entrar en el instituto, algo que se le hacía más cuesta arriba por momentos. Era consciente de que se había ido convirtiendo en una presencia cada vez más extraña allí. Esgrimía cualquier excusa para no acompañar a sus colegas en sus charlas durante el café o cuando comían sus más o menos apañados táperes. Mientras iban pasando los días, su investigación no avanzaba y el ultimátum de Juan se aproximaba lenta pero inexorablemente —una expresión que había leído en una novela vieja cuando era niña y que, por lo que fuera, se le había quedado grabada en la mente—; por extraño que pareciera, se sentía estática, paralizada, incapaz de decidir hacia dónde tirar.

Se dio cuenta demasiado tarde de que no había echado el sobre de azúcar en el café, en concreto en cuanto le dio un sorbo. Eso sí, tuvo como un atisbo de premonición, porque el sabor amargo le llegó casi justo el instante anterior a probarlo. Le fascinaba cómo su mente era capaz de funcionar con una lógica aplastante, aunque demasiadas veces lo hacía a un nivel que dejaba fuera su consciencia. En ocasiones así, no dejaba de preguntarse cuántas más cosas podría hacer si su capacidad de raciocinio no se viese, últimamente, abocada a la dispersión.

Por suerte, aquello, a diferencia de muchas otras cuestiones, tenía fácil solución, así que se apresuró a vaciar el contenido del sobrecito de azúcar moreno y a revolver el conjunto mientras consultaba el e-mail en la pantalla de su móvil. En la lista de publicaciones, comunicaciones, correos de colegas y decenas de aburridas convocatorias administrativas, no encontró lo que en aquel momento más le interesaba; el enlace para descargarse los resultados de las horas de observación que debían enviarle desde Baltimore y que siempre tenía la esperanza de que llegara en algún momento de la noche.

Mientras con el dedo arrastraba y lanzaba hacia la parte superior un correo tras otro, excepto los que borraba desplazándolos de derecha a izquierda, Estrella no pudo evitar sentir un incipiente tedio, el mismo que se había convertido en un fondo perenne en sus días desde que empezó a notarse demasiado cansada para continuar con aquella dinámica de lucha contrarreloj contra la burocracia y los plazos. No sabría decir cuándo había ocurrido que lo mejor de sus energías, de su capacidad intelectual y de decisión, había sido monopolizado en la batalla contra las endiabladas estructuras que regían todo lo que un científico se veía obligado a hacer en el momento en el que levantaba la cabeza de su tarea. Y que, además, hacían todo lo posible por impedir que la volviera a bajar.

Lanzó un suspiro que se transformó en una suave pedorreta que hizo vibrar sus labios. De pronto la lista de e-mails nuevos dejó paso a los que ya conocía del día anterior.

Nada. No había entrado.

Se encontró a sí misma reprimiendo una ristra de maldiciones. Y se repitió, una vez más, que si alguien de nuevo le decía lo bonito que debía de ser eso de trabajar como astrónoma (porque lo de astrofísica parecía sonar, por alguna razón, menos romántico, más aburridamente científico), lo asfixiaría con sus propias manos; no importaba lo guapo que fuera o que lo dijera solo con la intención de ligársela.

Quizá fue el funcionamiento inconsciente de su cerebro lo que le hizo levantar la mirada para posarla en la pantalla del televisor del bar justo en el momento en el que aparecían las imágenes de un lugar que conocía bien, el Museo Marítimo Nacional de Greenwich en Londres. Estaba situado a escasos metros del observatorio y de la línea del meridiano cero que organizaba el resto de las horas mundiales, establecida ahí cuando los ingleses eran los que mandaban, y que había visitado cuando aún era una estudiante de posgrado, en ese peregrinaje que por entonces consideraba obligatorio a todos los lugares que habían tenido algún protagonismo en la historia de su disciplina científica.

No entendía muy bien, eso sí, qué interés podía tener eso en un informativo matinal, normalmente más centrado en las batallas políticas de la actualidad, las guerras inconclusas de turno, las catástrofes naturales cada vez más frecuentes o los cotilleos más o menos jugosos sobre celebridades que, en muchos casos, ni siquiera conocía. Nunca hablaban de papeleos, convocatorias, convalidaciones, plazas o escalafones, que nutrían las verdaderas preocupaciones de una parte no pequeña de los que los veían; lo aburrido se reservaba para la vida real.

Y sin embargo, contra todo pronóstico, fue la vida real la que irrumpió en la gran pantalla, que en ese instante solo miraban algunos parroquianos tan aburridos como ella misma. Una realidad que tomó la forma de un rostro que pasó a ocupar el centro y que hizo que los ojos de Estrella se abrieran tanto como su boca en una mueca de asombro.

Era el de un joven que miraba sonriente a cámara. Se proyectó sobre todos los que estaban en el bar, pero a Estrella le pareció que se centraba en ella. Un rostro que, lejos de ser anónimo, trajo consigo, como si la golpeara un viento repentino, venido de algún lugar lejano, un recuerdo del pasado, encarnado en aquella barba un tanto descuidada y el pelo tan despeinado en el que recordaba haber hundido los dedos, porque en más de una ocasión había sido ella misma quien lo había despeinado.

Aquel rostro tenía un efecto tan hipnotizador en ella que tardó en bajar los ojos hacia el rótulo que aparecía sobreimpresionado en la parte inferior. Un rótulo que decía: «Encuentran el cadáver de un español en un museo de Londres».

Pronto la actualidad borró el rostro y la pantalla fue colonizada por otras personas que no le dijeron nada a Estrella, porque ni sonreían ni ella sabía cómo era el tacto de su pelo. Se quedó allí clavada, la mirada fija en el televisor, ajena al café que se enfriaba rápidamente. Como si así fuera a llegarle algún dato adicional que diera sentido a aquel despropósito.

Por supuesto, no llegó.

Diez minutos después Estrella estaba sentada en su despacho, ante su ordenador, incapaz de quitarse de la mente la extrañeza de lo que acababa de vivir y que de repente había abolido la distancia de cinco años que la separaba desde la última vez que había visto a Álvaro, el nombre del rostro sonriente, y ahora muerto, que se le había aparecido desde el televisor.

Cuando logró superar la parálisis, abrió el navegador y buscó más información, pero solo obtuvo algún dato adicional a lo que ya se intuía en la imagen muda. Según leyó en un periódico inglés, lo habían hallado en el jardín del museo, en una de las zonas visitables. En la información que logró recopilar no quedaba claro si se había tratado de una muerte violenta o si se había debido a causas naturales. Lo que sí que sorprendía a los investigadores era que todo parecía indicar que había muerto por la noche, porque el cuerpo había sido encontrado por un trabajador a primera hora de la mañana.

Aquello la dejó aún más desconcertada. ¿Qué demonios estaba haciendo Álvaro en un museo histórico por la noche? Es probable que de manera ilegal, porque no veía cómo, ni con qué motivo, podían haberle dado un permiso especial para deambular por allí con las puertas cerradas...

Súbitamente, su mirada se detuvo en la imagen que ofrecía la web de *The Guardian*. Era de archivo y el pie la identificaba como una instantánea del lugar exacto en el que se había descubierto el cadáver, en el exterior del Museo Marítimo Nacional.

Sintió cómo una exclamación muda ascendía a su garganta cuando reconoció la gran forma cilíndrica, una especie de enorme tubo truncado de color oscuro inclinado hacia arriba, una grotesca versión de un telescopio demasiado corto pero anormalmente ancho, apoyado en unas pequeñas ruedas en un extremo y todo él montado sobre un soporte. En la web no decían qué era esa pieza, pero no le costó demasiado toparse con más versiones de la imagen en el buscador. Y fue precisamente en la página del museo donde por fin halló la identificación que estaba buscando y que ya sospechaba.

Bajo un conjunto de fotografías de la que resultó ser una de las piezas de mayor relevancia del conjunto histórico custodiado en el centro, el texto informaba de que se trataba de «los diez pies que se conservan del extremo del espejo del telescopio herscheliano (reflector) de cuarenta pies de William Herschel. Lo que queda del tubo está fabricado en hierro y pintado de gris».

Estrella se dejó caer hacia atrás, aún más perpleja y con la sensación de que, lejos de aclararle nada, aquel dato lo había vuelto todo aún más inexplicable. Sobre todo dos palabras se quedaron dando vueltas en su mente, despertando resonancias que parecían ocultar algún significado que le resultaba inalcanzable, por mucho que se esforzara. Dos palabras que eran un nombre y un apellido: «William Herschel».

«Por Dios, Álvaro. ¿Qué has hecho? ¿En qué te has metido?».

Horas después estaba sentada en el autobús urbano que la llevaba de vuelta a su casa tras una jornada de trabajo en la que, de nuevo, apenas había hecho nada de provecho, lo que le había costado un comentario despectivo de Javier, el jefe de departamento. A buen seguro este ya había identificado su situación de cuenta atrás para convertirse en un cadáver laboral y maniobraba para ir poniendo distancias con ella.

Sin embargo, ese día no podía importarle menos, porque había encadenado interminables y soporíferas videorreuniones con gente de todo el mundo, pero con la mente en una especie de *stand-by*. Sin poder abordar la noticia que la había sacudido a primera hora de la mañana, se había quedado clavada ahí, eclipsando cualquier otra cosa que se pareciera a la rutina.

Solo ahora, con una joven a su lado que devoraba vídeos de TikTok con los auriculares puestos, con una expresión de la que era imposible deducir si lo que estaba viendo le producía algún tipo de reacción, agradable o no, y la mirada acusatoria de una señora que le recriminaba que estuviera sentada y ella no, se permitió dejar que el automatismo de su mente se dirigiera a la parte que debía estar atenta a su parada, y así dedicar la más activa a intentar entender algo de lo que había visto.

Y eso, claro, le hizo rememorar lo que llevaba mucho tiempo reprimiendo: traer de nuevo a primera línea lo que Álvaro había llegado a ser para ella. Fue tan repentino que no tuvo tiempo de arrepentirse y de recordarse a sí misma cuánto esfuerzo había invertido en dejarlo todo atrás.

# 3

Se conocieron en otro autobús, diferente al que la transportaba ahora. Otro más pequeño y que circulaba por la izquierda, en una carretera inglesa con las vistas mucho más verdes que lo que pudiera llegar a soñar alguna vez aquella metrópoli manchega a la que se mudó tiempo después. Se trataba de un minibús contratado por la Universidad de Mánchester para llevarlos de visita al radiotelescopio de Jodrell Bank, situado fuera de la ciudad, y que así los profesores e investigadores visitantes, como ella, tuvieran la oportunidad de conocer un lugar crucial en varios de los descubrimientos fundamentales de la astronomía moderna.

El autobús estaba estacionado en uno de los lados del campus, y Estrella acababa de sentarse en un asiento al lado de la ventanilla. Saludó con la cabeza a otros investigadores a los que conocía de vista, pues llevaba apenas dos días en Mánchester.

Estaba colocando la *tote bag* que por entonces siempre la acompañaba cuando por encima de la cabeza le llegó una voz masculina que, en perfecto español y refiriéndose al asiento contiguo al suyo, preguntó:

—Perdona, ¿puedo sentarme ahí?

Lo primero que le sorprendió al levantar la vista y ver a aquel chico con una abundante mata de pelo negro a la que no le iría mal un peine, una fina barba que mostraba más cuidado que el cabello y unas gafas de metal con una patilla descascarillada fue que se dirigiera a ella porque aún había bastantes asientos vacíos en el minibús. No tenía sentido que se sentara justo a su lado.

Iba a responder con alguna excusa educada, pero, mientras dudaba sobre cuál, él pareció leerle la mente y se le adelantó:

—Perdona el asalto, pero he visto que eres española, como yo, y me vendría bien un poco de tregua del, según ellos, imbatible sentido del humor británico.

*Touché.* Ella aún dedicó un instante a sopesar si le concedía el capricho o no, pero le pudo más que él se quedara de pie allí, mirándola e interrumpiendo el paso a una investigadora alemana, con expresión visiblemente molesta que era fácil traducir como una variante cualquiera de una opinión despectiva hacia los españoles. Así que se apresuró a quitar sus cosas del asiento a su lado mientras le señalaba que sí, que se sentara.

—Gracias —dijo él dejándose caer y ofreciéndole una sonrisa exagerada a la alemana, que no puso mucho empeño en disimular un leve resoplido antes de seguir hacia atrás. Estrella no pudo evitar que le asomara también una sonrisa al ver la mirada de complicidad que su nuevo vecino de asiento le dedicó a continuación. Sería la primera de muchas porque, como descubriría muy pronto, aquel tipo, del que estaba a punto de saber su nombre, podía ser muy divertido.

—Por cierto, soy Álvaro —le dijo él tendiéndole la mano.

—Estrella —respondió ella dándole la suya con excesiva formalidad.

Él se la quedó mirando con una graciosa mueca de asombro.

—¿De verdad? No serás por casualidad astrofísica, ¿no?

Ella levantó el dedo, admonitorio.

—Te lo advierto: no vayas por ahí.

—Vale, vale. No digo nada —respondió él alzando las dos manos en un gesto que podría pasar por algo parecido a una rendición.

Entonces ya casi se había acostumbrado a la sorpresa que asaltaba a muchos al descubrir a una astrofísica llamada Estrella. Eso sí, prefería con diferencia a los que se lo tomaban como algo digno de alimentar una broma previsible frente a aquellos que, normalmente en busca de rollo, pretendían vestirlo con cierta profundidad y le soltaban ocurrencias como que, con ese nombre, había sido su destino que acabara dedicándose a los objetos del cielo. De hecho, tampoco faltaban los que hacían el pleno del ridículo al añadir que estaba escrito, cómo no, en las estrellas. Era lo último que acababa reteniendo de esas conversaciones, que desde ese momento pasaban a ser invariablemente breves.

Mientras hacían el corto viaje hasta Jodrell Bank completaron las presentaciones formales. Ella había nacido en Oviedo, él era extremeño, de Plasencia; ella estaba en Mánchester para ampliar sus investigaciones en torno a la mecánica orbital de los exoplanetas; él hacía el doctorado en la universidad, en el departamento de Historia de la Ciencia, sobre algunos aspectos de la Revolución Científica. En concreto, sobre los trabajos de William Herschel, el astrónomo angloalemán que, en el último tercio del siglo XVIII, había sentado las bases, con las observaciones que realizó gracias a los telescopios de vanguardia que él mismo diseñaba y construía en gran parte, para los descubrimientos que le siguieron en el siglo posterior y que cambiaron para siempre la forma en la que entendemos el universo.

—Supongo que habrás ido a ver el telescopio que tienen en Madrid, en el observatorio del Retiro.

Ella reconoció que no, aunque había quien le había hablado de él, pero confesó que no le interesaba tanto el pasado de la ciencia como las posibilidades que se abrían ahora. Ella prefería contribuir a aumentar la rendija tras la que se ocultaba el futuro, y lo que lo precedía solo tenía valor en cuanto había servido para llevarnos hasta ese punto.

—Bueno —concedió él—, es una opinión bastante extendida. Pero, para mí, observar el conocimiento como algo generado ahora mismo, sin conocer sus antecedentes, hace perder la perspectiva. Tenerlos siempre presentes nos ahorraría muchos problemas. Y en la propia historia de Herschel aprendemos cosas que nos pueden ser muy útiles ahora.

Ella asintió, más por cortesía que por otra cosa. Sabía bien hasta qué punto un investigador podía verse totalmente absorbido por el objeto de su tesis y pensar que nada en el mundo era más importante. Lo que en ese momento no podía adivinar de ningún modo era que el nombre de William Herschel se convertiría en una presencia bien real para ella y que incluso llegaría a dislocar la vida de Álvaro... y la suya.

Estuvieron juntos durante toda la visita a Jodrell Bank. Aunque se integraron con algunos investigadores más —un checo, una eslovena y un mexicano—, se las arreglaron para, de una manera natural, permanecer uno junto al otro. De manera retrospectiva, a Estrella no dejaba de sorprenderle hasta qué punto él le despertaba una confianza innata, sino que además se generaba entre ellos una complicidad casi instantánea, uno de esos casos en los que la intuición toma las riendas sin esperar a tener todos los datos. Frente a lo que muchos pueden pensar, esto también les sucede a los científicos. Especialmente a ella. O al menos así era antes.

Admiraron el viejo e imponente radiotelescopio Lovell, pionero en el mundo y construido tras la Segunda Guerra Mundial, que continuaba en activo e integrado en la red de instalaciones que se repartían por toda Gran Bretaña. También tuvieron la oportunidad de visitar el flamante First Light Pavillion. El edificio funcionaba como un museo de ciencias del espacio y de divulgación de la historia del radiotelescopio y representaba la inversión principal para convertir el enclave, que incluía un gran espacio de césped donde los visitantes podían llevarse sus cestas y hacer sus pícnics, en una fuente de ingresos que ayudara a financiar todo el complejo. A Estrella le gustaba aquella convivencia entre lo cotidiano y lo científico, porque llevaba muy mal cuando se encontraba con colegas que parecían sentirse por encima o superiores al resto de los mortales, o alejados del día a día, como si fueran personas hechas de otra pasta.

A diferencia de otros investigadores que conocía, ella había tenido que hacer todos sus estudios con un ojo puesto permanentemente en las becas y las ayudas. Desde luego, en su familia no había precedente alguno de alguien que hubiera optado por una carrera científica. No había sido fácil, pero había logrado ir empalmando cursos, el doctorado y una carrera de investigación que la empezaban a situar en un lugar reconocible en el panorama internacional. Aún le quedaba mucho para llegar hasta la élite, esa a la que su director de tesis le había dicho en una ocasión que estaba destinada, pero que se lo tomara con calma. Ella no lo veía tan claro, sobre todo cuando se enfrentaba a la burocracia y a los escalafones petrificados. Y aún más cuando seguía teniendo que hacer equilibrios para llegar a fin de mes con su magro sueldo de investigadora, que no parecía corresponder a su supuesta condición de futura luminaria de la ciencia mundial. Pero, en aquella época, aún tenía ilusión y sentía un impulso que la llevaba, sin desvío posible, hacia una vida soñada que no terminaba de adivinar del todo, pero que estaba segura de que terminaría por revelársele sin fisuras.

No obstante, en aquel momento eso ya no importaba. Allí estaba al mismo nivel que el resto del grupo. Y también del de

Álvaro, del que por ahora lo desconocía casi todo, salvo que estaba obsesionado con la figura de Herschel.

—¿Por qué te has fijado precisamente en él? —le preguntó mientras tomaban un café no especialmente memorable, acompañado de un sándwich, en una mesa al aire libre de uno de los locales del complejo.

—Por lo que consiguió. Y por el hecho de que en realidad era músico; tenía más alma de artista que de científico. Quizá fue eso lo que le permitió pensar de forma diferente a como lo hacían la mayor parte de sus contemporáneos. Además, sabía utilizar las manos; creó un sistema para pulir los espejos de sus telescopios, de manera que tenían un alcance y una precisión mucho mayores que los que existían hasta entonces. Ahora que los científicos trabajan con tantos aparatos y están tan alejados de la tecnología que otros les facilitan, resulta difícil entender lo que suponía ese contacto directo con los materiales, con la labor física y rutinaria.

Mirándolo, Estrella no pudo evitar preguntarse si él mismo sería de los que se arremangarían mucho. No lo parecía, y además había algo en el tono con el que hablaba que le importunó por un instante, un momento de «hombres que me cuentan cosas». Así que, con una cierta malicia, lo interrumpió:

—Creo que tenía una hermana, ¿no? Que también era astrónoma, como él.

—Ah, sí, Caroline... —respondió él con una evidente reducción en el entusiasmo en su tono.

«Vaya, el primer tropiezo —pensó Estrella—. No hemos tardado mucho».

—No parece que sientas el mismo arrebato cuando hablas de ella...

Él pareció reparar en que le había molestado la forma en que había despachado la mención a Caroline.

—A ver, no me malinterpretes... Yo estoy muy a favor del reconocimiento del papel de las mujeres en la ciencia y de rescatar a las olvidadas. Y Caroline fue muy importante, ahí están todas las contribuciones que hizo y los cometas que descubrió. Pero, francamente, no me parece que haga ningún favor a la causa de las mujeres que nos vayamos al otro extremo. Fue una colaboradora estrecha de su hermano, y posiblemente sin ella a él le habría costado mucho más hacer todos los descubrimientos que hizo. Pero el verdadero genio era él, él fue quien abrió el camino. De hecho, creo que aún no sabemos lo suficiente para valorar todo lo que consiguió.

—¿De qué hablas? Creía que se sabía todo sobre él. Es un nombre recurrente a poco que te pongas a leer sobre astronomía...

Álvaro la miró con una peligrosa mueca de suficiencia que afortunadamente cambió a tiempo a otra más burlona, antes de añadir:

—Tú déjame que termine la tesis, y ya verás...

Ella negó con la cabeza, aunque su propia sonrisa pareció expresar que en realidad le iba a perdonar aquel acceso de ultraconfianza personal. Para chincharlo, optó por volver al punto del que él había intentado escapar:

—Fuera lo que fuese lo que consiguió, y no te voy a negar que fue mucho, incluso todo lo que desconocemos y que tú acabarás revelándole al mundo... —el rostro de él hizo un cómico acuse de recibo de la pulla—, eso no cambia que lo tuviera más fácil desde el principio solo por ser hombre.

—Es cierto, pero eso no es un crimen.

Estrella se quedó callada, el ceño fruncido, ante lo que se le antojó una respuesta un tanto sobreactuada. Empezó a darse cuenta de que aquel tema era, para Álvaro, algo mucho más serio que el simple campo de investigación que le permitiría dar un paso más en su carrera académica.

Probablemente consciente de que su reacción quizá había sido excesiva, Álvaro terminó agitándose en su asiento.

—Oh, vamos —dijo al fin—. No lo reduzcamos a un cliché machista. Mira, te propongo una cosa: dentro de un par de semanas asistiré a un simposio que se va a celebrar en la Universidad de York en torno a Herschel. ¿Por qué no te vienes y así puedes comprobar por ti misma si lo que digo es cierto o no?

Estrella se notó clavada en el asiento. ¿De verdad había esquivado la posible discusión con una huida hacia delante y le había propuesto que hicieran ese viaje juntos hasta York? ¿Un tipo al que conocía desde hacía, como mucho, dos horas? ¿Realmente esperaba que le dijera que sí?

—No sé. Veremos —fue todo lo que contestó. Y una parte de ella se sorprendió de que no le pareciera, simplemente, una locura.

Ahora, justo antes de bajarse del autobús en Madrid, Estrella aún seguía sorprendiéndose, de manera retrospectiva, de que aquellos comentarios tan poco entusiastas hacia Caroline Herschel no le hubieran despertado una especial alerta, como le había sucedido en otras ocasiones, cada vez más frecuentes. Pero hacía tiempo que había llegado a la conclusión evidente, por más que no fuera la primera que quería reconocer, de que desde el primer momento Álvaro le gustó lo suficiente como para pasar por alto cualquier comentario fuera de lugar que saliera de su boca.

Y lo cierto es que no se arrepintió, porque los días que pasaron en York fueron muy bien y terminaron en lo más parecido a un tórrido romance que ella recordara haber experimentado en su vida. Aún no sabía cómo Álvaro logró acudir a suficientes sesiones como para que le resultara provechoso el haber asistido a aquel congreso en torno a una figura tan poliédrica.

Estrella no retuvo gran cosa de lo que se habló, porque ella sí que tenía la sensación de que se había pasado todos aquellos días sin salir no ya de la habitación del hotel, sino de la cama. Incluso pedían que les subieran la comida para no perder ni un segundo de intimidad. Ella estaba sorprendida de su propia entrega, pero había algo en aquel chico que parecía vivir en un mundo anacrónico —en el fondo, ella pensaba que hubiera sido más feliz naciendo en la época de Herschel—, apasionado pero frágil —pronto descubrió que tomaba una medicación, pues tenía problemas de corazón, una arritmia que debía controlarse para que no le latiera demasiado lento, y de hecho en alguna ocasión llegó a asustarla al pedirle parar en medio de uno de sus reiterados y fogosos asaltos—, que la atrapó. Ayudaba la confianza en sí mismo que le daba el vivir despreocupado. Ella no tardó en saber que su familia tenía mucho dinero, lo empezó a sospechar al ver que la habitación que él había reservado, sin ser tampoco lujosa en extremo, se alejaba de lo que un doctorando medio podría permitirse.

Lo acompañó a alguna de las sesiones, en las que no podía evitar sentir no solo momentáneos cargos de conciencia por haber abandonado su propio trabajo, sino otros más persistentes por ni siquiera haber vuelto a pensar en él. Le costaba reconocerse en lo que se había convertido en aquellos días, algo que no había experimentado antes y que, desde luego, no volvió a experimentar después: un ansia de disfrutar cada momento, de arañar cualquier porción de placer, de dejarse llevar sin tener que hacer continuas cuentas ni dejar que la preocupación por lo que viniese después la asaltara.

De entre lo poco que recordaba que no pasara en la habitación estaba una ponencia en la que un profesor alemán habló sobre las ideas de Herschel respecto a la vida extraterrestre. El astrónomo estaba tan asombrado de lo que su telescopio le iba revelando que empezó a sospechar que lo que albergaba el cielo era mucho más grande de lo que se había creído hasta entonces. Y probablemente fue esa magnificencia, esa dimensión que intuía inabarcable, unida a su profunda religiosidad, la que lo llevó a la conclusión de que aquellos astros que descubría al mirar por sus gigantescos tubos solo podían estar habitados. Así, no dudó que no solo la Luna, sino el resto de los planetas del sistema solar —incluido Urano, que descubrió él— y el mismísimo Sol estaban habitados. Para él ni siquiera era algo extraordinario, sino una creencia profunda que no tenía por qué chocar con lo que estipulaba la religión, y por eso no tuvo problema en dejar numerosas referencias en muchos de sus escritos.

—¿Por qué te hace tanta gracia? —le preguntó él, divertido, después de que, nada más acabar la conferencia, hubieran sentido la urgencia de regresar a la habitación y lanzarse de nuevo a la cama, como si llevaran meses sin verse.

—¿El qué? ¿Que tu admirado Herschel viera hombrecitos verdes en todos los sitios?

Él le dio un empujón burlón.

—¡Un respeto para sir William! —Ella rio con más ganas—. ¿Es que tú no crees que pueda haber vida en esos planetas que estudias?

Estrella resopló, divertida. Todo un doctorando en Historia de la Ciencia le hacía la misma pregunta que le soltaban muchos al conocerla y descubrir que trabajaba con planetas situados a muchos años luz de la Tierra.

—Lo creeré cuando lo vea.

Él abrió los ojos en una expresión de asombro burlón. Sin sus gafas, los ojos miopes parecían más grandes y expresivos. Y ella se dio cuenta de que adoraba verlos así, como veía su cuerpo delgado. Desnudo, desprendía una cierta fragilidad que, contra todo pronóstico, lo hacía más atractivo. Una especie de doble personalidad, como las de los superhéroes de los cómics, con la que le gustaba fantasear que solo ella había descubierto.

—Vaya, así que solo crees en lo que ves, ¿no?

Se pegó fuerte a su cuerpo y acercó sus ojos a los de él.

—Solo en lo que veo —contestó—. Y en lo que toco. —Y le dio un lento y apasionado beso que volvió a ser el primero de una nueva y larga serie.

Siguieron meses en los que la relación fue perdiendo algo de pasión, y ella hasta pudo volver a su trabajo. Se sentía distinta, elevada; de repente era como si pudiera salvar cualquier obstáculo que apareciera ante ella. Cuando se reencontraban después, en el apartamento, iba construyéndose a su alrededor una rutina que, de una forma extraña para ella, como nunca antes había vivido, la hacía sentirse, por primera vez, en casa. A veces, cuando se bajaba del Metrolink al caer la tarde y, tras caminar un par de minutos, llegaba ante el bloque del apartamento que compartían, veía la cabeza de él recortada al otro lado de la ventana del salón, con su pelo, que se empeñaba en mantenerse despeinado, enfrascado en un libro o tecleando en el ordenador, y la envolvía un calor especial, una impresión de pertenencia como nunca antes había experimentado.

Unos meses después, a él le surgió la necesidad de volver a Londres, donde tendría acceso a nuevos materiales que le harían avanzar en su tesis, que quería dar por terminada al final de aquel curso. Estrella aún recordaba, con una pizca de amargura, la tristeza que la invadió por tener que separarse, aunque no podía ni imaginar hasta qué punto aquello era ya el principio del final.

Durante un tiempo siguieron llamándose y haciendo videoconferencias diarias, incluso varias al día. Cada dos o tres semanas se veían: o él iba a pasar unos pocos días a Mánchester, o más bien era ella la que iba a Londres, una ciudad que les ofrecía más oportunidades para disfrutar juntos.

Sin embargo, poco a poco y de manera al principio imperceptible, algo empezó a cambiar. Álvaro parecía más distraído cuando estaba con ella, incluso ausente mientras le contaba algo, y hasta se sumían en un silencio diferente, un silencio en el que, por primera vez, ella se sentía excluida, como si él se alejase hacia un mundo distinto y extraño para ella del que lo desconocía todo. Incluso lo notaba más cansado, como si sus problemas cardiacos se volvieran más visibles. Temió que hubiese conocido a alguna otra persona, pero nunca llegó a ver nada que lo confirmara. Y pronto hubo algo que la empezó a preocupar de manera más evidente porque, lejos de percibir que lo que fuera que lo estaba alejando de ella le hacía algún bien, su mismo aspecto físico mostraba signos de cansancio. Quiso decirle que fuera al médico, que quizá necesitara que le ajustaran la medicación, o incluso que fuera necesaria una intervención, pero cualquier intento por parte de ella de sacar el tema desembocaba, al cabo de un tiempo cada vez más breve, en un enfado de él. Asomó así un perfil que no había conocido hasta ese momento, desagradable pero no exactamente agresivo, sino más bien la expresión de un profundo hastío, o acaso desdén, porque su mente estaba ocupada en algo que lo agobiaba e iba minando sus fuerzas, sin que ella fuera capaz de tener la más mínima idea de qué podía ser.

Hasta que un día, en la última videollamada que tuvieron, él le dijo sin más que mejor no fuera la semana siguiente a verlo, que prefería tomarse un tiempo, que ya le diría cuándo quedarían otra vez. Y ella, que había ido perdiendo la pasión, y luego la energía, ni siquiera supo cómo oponerse, quizá porque, en el fondo, ya no quería hacerlo. Simplemente asintió, y luego se quedó sentada ante la pantalla negra del portátil, que antes había ocupado una imagen de un Álvaro que ya no parecía Álvaro, la última hasta que había reaparecido en el televisor del bar. Una cara cansada, preocupada, de alguien que, definitivamente, ya no estaba con ella, una persona absorta y que pertenecía a otro lugar.

Poco después fue el mundo entero el que se derrumbó con la epidemia de COVID. Estrella pasó el confinamiento en

Mánchester. Al intentar recordarlos, aquellos meses se le antojaban fundidos en un solo día continuo, como si el final de lo suyo con Álvaro se hubiese, de algún extraño modo, extendido a todo lo que la rodeaba. Sobre todo cuando solo consiguió que, en los primeros días, él le contestara con un escueto «estoy bien» a la pregunta que le lanzó por WhatsApp. Un par de respuestas que se repitieron en otras ocasiones, como si él no quisiera que confundiera su silencio con un posible desenlace fatal, pero que nunca fueron más allá. Todo intento de prolongar la conversación se quedó en el limbo de los mensajes entregados y leídos, pero nunca respondidos.

Ella siguió cayendo y cayendo hasta que algo saltó en su interior y acudió al rescate, poniendo un tope en un estado cada vez más pasivo y anestesiado. En cuanto la situación mejoró, buscó un lugar donde seguir su trabajo lejos de allí, lejos de Mánchester, lejos de Inglaterra, lejos de Álvaro, de quien nunca llegó a saber nada más.

Y lo logró, claro. Regresó a España y se instaló en Madrid, pero la herida que llevó consigo nunca terminó de cerrarse. Para que fuera así necesitaba respuestas. Y ahora se encontraba con que quizá nunca llegaría a tenerlas.

Mientras abría la puerta de su apartamento, entraba en su casa, encendía la luz y dejaba las cosas y el abrigo, no dejaba de dar vueltas a cómo, después de todos aquellos años, Álvaro había vuelto a aparecer en su vida, aunque fuese de una manera bidimensional, como los condenados en aquella película vieja de Superman con la que se topó una vez en la televisión. Y entonces comprendió que, secretamente, una parte de ella había seguido convencida de que, de un modo u otro, él volvería.

«Pero no así. No, así no».

Se pasó dos dedos por los ojos, que sintió húmedos. Y como si aquello fuera una señal, el llanto que se había esforzado en contener hizo acto de presencia, incontenible, liberador. Se sentó ante la mesa y se dejó llevar por las lágrimas, que al menos le hacían sentir y expresar algo, y no ser la mera espectadora de hechos escritos por otros en que se había convertido.

Cuando las lágrimas cesaron, aún se quedó sentada un momento. Notaba los ojos irritados, el rostro congestionado y un enorme cansancio, pero, de alguna extraña manera, el que su tristeza tomara por fin forma le dio un lugar de agarre, algo en lo que reconocerse. El darse cuenta de que, ahora que lo había perdido para siempre, esa parte de ella, la que creía sofocada en su interior, seguía convencida de que él aún tenía algo que decirle...

Y en ese momento algo hizo clic en su interior, levantó la barrera que se había autoimpuesto y, por primera vez en mucho tiempo, el instinto tomó las riendas. Se enderezó en la silla y movió los ojos a un lado y a otro sin ver realmente. En su mente empezó a formarse una idea, una idea que parecía una locura, pero que, cuanto más la observaba, más la estudiaba y más la tocaba, más real parecía.

Hasta que la idea le tiró de la mano y le hizo abrir el cajón de la mesa.

Allí estaba. De repente, todo cobró sentido en su cabeza aún alucinada, y todas las prevenciones, todos los muros que había erigido con esfuerzo, e incluso dolor, comenzaron a derrumbarse como la arena de un castillo que construye un niño en la playa.

Cogió el sobre de plástico que había llegado de Londres, puso la palma abierta de su mano sobre él, como buscando el contacto de otra mano que ella había conocido bien y que con toda probabilidad también lo había tocado. Sacó el sobre pequeño y cogió la llave. La miró fijamente, como si contuviera en su interior todas las respuestas, hasta que cerró el puño con fuerza en torno a ella y lo puso delante de su boca. Se echó hacia atrás en la silla, de repente llena de una convicción, la de que por fin había recibido la señal que estaba buscando.

Sintiendo la inesperada serenidad que le daba tener por primera vez un objetivo claro, se levantó para coger su caja de piezas de Lego, la volcó sobre su mesa y dejó que sus manos empezaran a manejarlas, a ensamblarlas, a dejarse llevar con formas y construcciones extrañas. Así su mente hallaba fuerza en la tristeza para hacerle volver a sentir algo parecido a la vida, a la energía que le otorgaba siempre encontrarse ante un misterioso planeta del que extraer todos sus secretos.

Se reconoció de nuevo. Y, después de mucho tiempo, no le disgustó lo que vio.

# 4

«Acabo de ver lo del joven que han encontrado en Londres. Creo haberlo reconocido por las fotos que me enseñaste en su momento».

«¿Es Álvaro? ¿Estás bien? ¿Necesitas hablar?».

Estrella se quedó mirando con detenimiento los mensajes de WhatsApp que le había enviado su amiga Adela en la ventanita abierta de la pantalla de inicio de su móvil, que estaba bloqueado, de manera que el aviso de «leído» no la delataría en el chat.

Levantó la vista hacia la ventana del autobús que había tomado por la mañana temprano. La noche había sido larga y había puesto sus nervios a prueba, como demostraban las construcciones de Lego que la recibieron al salir del dormitorio tras descansar apenas un par de horas, como si estuviera ante el resultado de un sueño extraño y pesado y tuviera dudas de qué era cierto y qué no.

Mientras en sus AirPods sonaban las espirales continuas y reconocibles de un tema de Philip Glass y su mirada se detenía en los detalles de la frenética actividad de una ciudad que empezaba la jornada, se redirigió las preguntas de nuevo a sí misma. ¿Estaba bien? «No lo sé. Estoy rara, extraña..., ni siquiera sabría decir si eso significa que estoy mal». ¿Necesitaba hablar? «Seguro, pero ahora no».

Guardó de nuevo el móvil en el bolsillo, sin desbloquearlo, y se fijó en un gran anuncio de una lona que cubría la fachada de un edificio. Se trataba de una imagen estereotipada de unas palmeras al borde del agua en una playa, que bien podrían haber sido generadas por IA, si es que no lo habían sido de verdad. Llevada por las espirales perpetuas de la música de Glass, se dejó atrapar por algo extrañamente hipnótico que emanaba de aquel lugar sin duda inexistente. Y se agarró, con todas sus fuerzas, a aquel inesperado momento, si no de esperanza, sí de momentánea tranquilidad.

Aunque era por poco una milenial y todavía mantenía algún ligero vínculo con un mundo cada vez más lejano en el que lo que imperaban eran las cosas tangibles y los vínculos físicos y materiales, Estrella había tenido que buscar en internet cómo funcionaba un apartado de correos bien avanzado ya el siglo XXI. Como la gran mayoría de la gente, especialmente la que, como ella, viajaba con frecuencia, se había acostumbrado a utilizar los buzones de las plataformas para recoger sus compras online. Pero esa especie de casilleros metálicos que había visto cuando había acudido a una oficina de Correos, con algo tan anacrónico como una pequeña cerradura y una identificación por números, le parecía mucho más exótico. Incluso le traía reminiscencias de tantas películas y series de atracos a bancos, en las que supuestamente van a por el dinero pero en realidad buscan otra cosa, que por supuesto nadie sabe muy bien qué es, en una de las cajas de seguridad contratadas.

Antes de salir de casa, había hecho los deberes. Por sí solo, el número del apartado no servía de nada porque podía corresponder a más de una ciudad. Tras reflexionar por un momento descartó Londres y, teniendo en cuenta que la anotación estaba escrita en español y que se lo habían enviado a Madrid, no le pareció disparatado suponer que era esa la ciudad a la que pertenecería. Una rápida consulta en la web de Correos le señaló que el apartado 98.315, en concreto, se encontraba en una oficina céntrica, situada en la Gran Vía de San Francisco.

Al llegar descubrió que los buzones de los apartados de correos se hallaban justo en la entrada, antes incluso de pasar dentro de la oficina. Pensándolo bien, tampoco tenía nada de extraño, pero, una vez más, la contaminación audiovisual de tantos años pasados ante las más diversas pantallas le habían hecho casi desear que estuvieran en una sala aparte, protegida y quizá, incluso, tras una reja. Al fin y al cabo, algo tan misterioso y que involucraba una llave sorpresa debería contar con una puesta en escena mucho más elaborada.

Despejó aquel pensamiento absurdo y buscó el número de buzón, introdujo la llave y lo abrió.

Dentro solo había otro sobre, grande y blanco, algo grueso. Lo cogió con un cuidado especial, aunque en realidad ni estaba acolchado. No parecía querer llamar la atención ni hacer pensar a nadie por cuyas manos, o ante sus ojos, pasase que en su interior podía haber algo importante. Hasta la dirección estaba escrita a mano pero en mayúsculas, «APARTADO DE CORREOS 98.315, 28080, MADRID», de una forma tan anodina que ni siquiera fue capaz de dilucidar si se trataba de la letra manuscrita que creía recordar de Álvaro.

Cerró el buzón y salió de la oficina. No pudo aguantarse y dio tan solo unos pasos antes de sentarse en un banco situado justo ante la entrada, desde el que podía ver la formidable estampa de la iglesia de San Francisco el Grande, coronada por su gran cúpula. Esta vez se sirvió de otra llave para abrir lo mejor que pudo el sobre, procurando no romperlo en exceso, y sacó con cuidado lo que había en su interior.

No sabía lo que se esperaba, pero desde luego no era lo que allí había. Porque dentro del sobre, dobladas, venían lo que parecían unas fotocopias o unas impresiones de escaneos tamaño DIN-A3 de varias hojas de una partitura musical. Estrella se quedó sorprendida mirándolas y las pasó una y otra vez, como si buscara algo más.

Pero no había nada.

No sabía nada de música, pero le llamó la atención que la partitura fuera horizontal. Aunque, pensándolo bien, puede que aquello fuera normal. ¿Qué sabía ella? No aparecía ninguna firma, ningún nombre, en esas líneas de pentagrama llenas de notas, corcheas, semicorcheas, semifusas y esas cosas que recordaba de sus brevísimas nociones de música de la escuela.

«¿Qué narices es esto? Álvaro, ¿de verdad me lo has enviado tú? ¿Es que querías gastarme una broma o qué?».

Iba a guardarlas de nuevo en el sobre cuando cayó en la cuenta de que, en la parte inferior derecha de la primera hoja, había algo anotado con bolígrafo azul, en mayúsculas, la misma caligrafía de la dirección en el sobre. Una anotación que decía simplemente: «MIRA MÁS ALLÁ DE LAS NOTAS».

Aquella frase la dejó aún más perpleja. ¿Cómo se suponía que iba a mirar más allá de las notas cuando ni siquiera era capaz de entenderlas? ¿Qué tontería era esa?

Más tarde, de pie junto a su mesa de despacho, contemplaba aquellas hojas desplegadas sobre ella. Una numeración, en una caligrafía alambicada que claramente era de otra época, en la parte inferior de cada hoja le permitió colocarlas en orden. Pero, por lo que a ella respectaba, era como si un radiotelescopio hubiese captado una extraña señal aparentemente inteligente y alguien la hubiese puesto ante ella con la pretensión de que le encontrara algún sentido. Fotografió con el móvil cada una de ellas con la buena luz que emitía el flexo que les puso encima.

Estrella dio un sorbo al café de máquina, con finos hilos de humo que emanaban de él y trazaban unas líneas ondulantes dibujadas por la luz que los atravesaba. Contra todo pronóstico, aquel misterio, lejos de desalentarla, le había otorgado aún más motivos para dejarse llevar por él, una capa más que la aislaba de la monotonía y el aparente dar círculos en que se había convertido su vida tanto en lo profesional como en lo personal. En cierta forma, aquellos papeles revivían otra sensación que, solo ahora, se dio cuenta de que hacía demasiado tiempo que no experimentaba. La experiencia del reto, de la búsqueda de una respuesta, el arañar la superficie de lo que tenía ante sus narices para ir más allá. Los últimos años, que la habían estabulado en aquel puesto cada vez más administrativo, en el que tenía que pasar más tiempo pegándose con las múltiples burocracias públicas que con una verdadera búsqueda científica, habían amenazado con adormilar el motivo último por el que había elegido estudiar la carrera de Física y, más aún, ser científica.

Sus ojos recorrían una y otra vez aquellos grupos de cinco líneas paralelas, como cables en los que estuvieran posadas siluetas de extraños pájaros de cuello largo y cabezas como óvalos negros. Y siempre, una y otra vez, los ojos terminaban el recorrido en aquellas palabras en mayúscula: «MIRA MÁS ALLÁ DE LAS NOTAS».

¿Qué era lo que había más allá de las notas? Claramente, algo oculto a simple vista, un significado que se le escapaba, una especie de doble fondo donde se ocultaba lo que de verdad quería decirle quienquiera que le hubiese enviado aquello. No sabía cuánto tiempo llevaba el sobre con la partitura metido en el apartado de correos, pero sí había logrado discernir que el de la llave, enviado por mensajería desde Londres, había salido más o menos el día en el que Álvaro, aparentemente, había muerto a los pies del telescopio de Londres. Y esa conexión difusa, difícil de aprehender, la recorría e iba despertando cada uno de sus sentidos; la sacaba del letargo.

Cada vez tenía más claro que Álvaro no la había olvidado. Que, de hecho, en un momento para él crucial, en el que era evidente que había algo que temía, había pensado en ella, había confiado en ella. No tenía sentido, pero por ahora era lo mejor que tenía. Y no estaba dispuesta a dejarlo escapar.

Por eso tomó aquellas palabras en mayúscula casi como una orden directa. Si era Álvaro quien le había enviado aquello, ese Álvaro que una vez dijo que la conocía más que nadie, él sabía que ella podría descifrar el enigma, pasar la prueba, por mucho desconocimiento que tuviera de la notación musical.

¿Qué sabía ella de secretos encerrados en una partitura? Parecía algo digno de uno de aquellos libros de Dan Brown que tanto arrasaron y de los que ya casi nadie se acordaba. Posó el vaso, extendió los brazos y se sentó de nuevo ante el ordenador, donde inició una búsqueda sobre posibles hechos extraños relacionados con partituras.

No fue ninguna sorpresa que lo que le apareció fuese todo un despliegue de sandeces e historias misteriosas de las que antes se contaban en torno a un fuego de campamento y ahora llenaban terabytes en foros conspiranoicos y amantes de lo paranormal. Esos círculos que despertaban una mezcla de repudio en la parte científica de su mente, pero también el inconfesable interés de la que siempre estaba buscando algo que la asombrase. Fue pasando el cursor y visitando improbables relatos sobre partituras asesinas, melodías perdidas, composiciones que sellaban pactos con el diablo y obras malditas de famosos compositores de las que todo el mundo hablaba y que nadie había visto jamás. Incluso se topó con un «estudioso del mundo trascendental» —así se definía él mismo— que sostenía que los grandes compositores, como Beethoven, Bach, Wagner o Mozart, eran todos alienígenas, enviados a vivir entre nosotros por alguna extraña razón. Que esa raza extraterrestre aparentemente solo tuviera interés por compositores caucásicos y germánicos, dejando de lado al resto de la humanidad, le hacía intuir la más que creíble orientación ideológica de quien sostenía aquella tontería.

Sin embargo, entre aquel maremágnum de absurdos e ideas descabelladas, se fijó en un perfil, @MrPartitura, que parecía destacarse sobre la repetición continua y la inanidad del resto. Hizo una búsqueda más específica sobre él. El primer resultado llevaba a un canal de YouTube, y los siguientes dirigían a las cuentas del mismo creador de contenido en otras redes y plataformas. Leyó en la descripción que era un profesor de música y que su gran especialidad eran las partituras, su historia, cuáles eran las más extrañas, y ofrecía tutoriales sobre cómo escribir música o leerla... Le sorprendió sobremanera que tuviera más de diez mil seguidores.

Pinchó en uno de los vídeos. Apareció un hombre con algunos años más de lo que era habitual en aquella plataforma, con una camiseta negra y pelo corto, un estilo con el que pretendía ser más joven de lo que era. Hablaba con esa fluidez un tanto acelerada, plagada de cortes espasmódicos, que parecía el sello distintivo de los nuevos lenguajes audiovisuales.

Sin reparar en nada en concreto, Estrella siguió clicando aquí y allá. El tal señor Partitura mezclaba el grado justo de erudición con un sentido del humor un tanto simple. Sabía cómo hacer que muchas de las historias que contaba cobraran un halo intrigante, pero no encontró ningún exceso ni alienígena ni conspirativo, aunque en ocasiones se rendía a la aparente imposibilidad de explicar el genio de muchos de los que habían escrito aquellas páginas musicales. Hasta que llegó a un vídeo y ahí se terminó su búsqueda, como cuando se dedicaba a tantear las piezas de Lego, cuando sin más una de ellas terminaba por encajar.

El vídeo se titulaba «Mensajes ocultos en partituras». Era, con mucho, el que contaba con más visionados. Inmediatamente, el suyo pasó a sumarse al grupo. En los veinte minutos que siguieron, Estrella no volvió a despegar la mirada de la pantalla del ordenador.

# 5

El siguiente paso parecía evidente y, sin embargo, Estrella aún tuvo que resolver una pequeña disputa en su interior. Una parte de sí misma le recordaba que era una científica y que el marasmo que últimamente sentía no era el mejor escenario para sumergirse dentro de los límites temblorosos y difusos de los saberes casi al margen. Se preguntó si el dejarse llevar por lo mismo que tantos colegas criticaban en las charlas itinerantes con las que iban recorriendo el país, a saber, los conocimientos pseudocientíficos, podía pasarle factura. Pero, enseguida, la otra parte de sí misma en conflicto venía a decirle que, si la sucesión de hechos que la habían llevado hasta allí respondía a una racionalidad de cualquier clase, a ver dónde estaban las pruebas. Ella, desde luego, no las tenía.

Lo que vio en el vídeo inevitablemente hizo que algo resonase en su interior. No había pasado ni un minuto del monólogo a cámara, y a sacudidas, del tal MrPartitura, y ya se había asomado a una larga tradición que, al menos en su voz, cobraba todo el sentido.

Básicamente venía a explicar que, más o menos desde la aparición de la notación musical, es decir, de una forma de registrar por escrito las composiciones musicales, que hasta entonces solo podían confiar en la enseñanza práctica para no perderse para siempre, hubo quien había visto en el nuevo soporte un vehículo extraordinariamente eficaz para la transmisión de mensajes en clave. Ya desde el siglo XVI había espías que sorteaban la censura de las comunicaciones para sacar del país información comprometedora escrita en clave dentro de un pentagrama. En ocasiones se trataba tan solo de una transcripción de las notas que se alejaba del original y cuyo cambio en los caracteres solo sería perceptible para un neófito. En otras, era la propia música, sus notas y sus silencios, la que contenía el mensaje, que hasta un oído afinado podía recibir al ser interpretada, sin necesidad de tener acceso a las anotaciones escritas.

En épocas más recientes, el ejercicio había perdido esa utilidad intrigante para convertirse en poco más que un juego que parecía divertir a muchos compositores, entre ellos algunos de los más importantes. Incluso como vehículo para acariciar su nunca suficientemente bien alimentado ego, lo que demostraba que el propio Bach incluyese una rúbrica de cuatro notas en alguna de sus obras que, utilizando la correspondiente clave, equivalía a su apellido. Pero no fue el único; otros, como Shostakovich —quizá buscando dejar una prueba de vida ante el temor de que tanto él como toda su obra, y su nombre, pudiesen desaparecer de toda memoria ante la abrumadora capacidad del estalinismo para volver inexistentes a personas reales—, también se permitieron el juego.

¿Sería eso lo que tenía ante sí, lo que le había enviado Álvaro? Estrella no encontraba resquicio alguno por el que escapar al desconcierto. Nunca había considerado que Álvaro fuese especialmente melómano y desde luego nunca lo había visto manejar partituras.

Ya en su casa, se fue a la cama sin terminar de tomar una decisión sobre si escribir o no al tal MrPartitura. En la mesa del salón, tras recoger con cuidado las fotocopias, que había estado estudiando de nuevo con detenimiento, solo para sentir que una y otra vez se golpeaba contra un muro, quedó el rastro desperdigado de bloques informes de legos que delataban el rumbo errático de su pensamiento, combinaciones extrañas de colores que parecían transmitir una sensación de inestabilidad, de indecisión.

Al día siguiente intentó distraerse en el trabajo, pero no importaba la reunión en la que estuviese, el texto que estuviera escribiendo, la tabla que revisara o la conversación telefónica que estuviese intentando sostener, el recuerdo de la partitura, incluso la imagen casi fotográfica de ella, estaba ahí, debajo de todo, acechando, esperando el momento para asomarse e irrumpir en primer plano y exigir toda su atención.

Al final decidió cortar por lo sano y se dejó llevar por un impulso, algo que, visto lo visto, amenazaba con pasar de insólito a habitual. Abrió el portátil y rescató las fotografías que había hecho a las distintas hojas extendidas sobre su mesa. Había guardado los originales en un archivador anodino del armario porque, en un ataque de buen juicio, pensó que lo peor que le podía ocurrir era que alguien entrase en el despacho y la sorprendiese perdiendo el tiempo con algo tan alejado de aquello para lo que le pagaban. Estuvo a punto de enviarlas directamente al e-mail de contacto que aparecía en la ficha del canal de @MrPartitura, pero una mínima prudencia le hizo frenarse.

«Mejor entabla un primer contacto —pensó—. Así lo calibras antes de ir más allá».

Con esa coartada que le sirvió para superar el último atisbo de prevención, escribió en su cuenta de correo personal, cuidándose muy mucho de utilizar la del instituto:

> Hola [un asomo de prurito le impidió añadir «MrPartitura»]. Te escribo porque he visto tu canal y creo que podrías ayudarme. Tengo una partitura que me parece que contiene algún tipo de

mensaje, pero no soy capaz de descifrarlo. Si te la envío, ¿podrías echarle un vistazo para ver si realmente es así?

Se quedó mirando el parpadeo del cursor justo tras el cierre de la pregunta. No es que fuera la frase más elaborada ni la redacción más atractiva, pero se veía incapaz de añadir ni una palabra más, bajo riesgo de arrepentirse y no enviarlo. Y tampoco dedicó ni un instante a la otra posibilidad, la de contar que la partitura se la había enviado un… amigo el mismo día que se había enterado por la televisión de que había muerto en condiciones rarísimas y que, intentando encontrarle un sentido a aquel galimatías, había terminado dando con su canal y su vídeo, y planteándose si estaría lo suficientemente pirado como para interesarse por aquel disparate había decidido escribirle.

No, no lo pensó. Y mejor así. Le dio a enviar, oyó el sonido que confirmaba la salida y se levantó para estirarse y mover las piernas con un pequeño paseo por el pasillo hasta la escalera para relajar la tensión que, de manera imperceptible, la había invadido mientras escribía y enviaba el correo.

No llegó a salir por la puerta porque hasta ella llegó la campanilla que indicaba que había entrado un correo nuevo.

Se dirigió hacia su mesa con una rapidez acaso excesiva, diciéndose a sí misma que qué tontería, cómo iba a haberle respondido con tanta celeridad, que sería cualquier otra cosa, la enésima queja por su falta de resultados o una invitación a cualquier evento aburrido.

Pero resultó que sí, que era él y que le respondía.

¡Hola! Claro, ya sabes que no hay nada que me atraiga más que una buena partitura :) Envíame unas buenas capturas, que se vean bien, por favor, y te cuento.

Bueno, no es que él añadiese tampoco demasiada información. Pero, al fin y al cabo, eran las reglas que ella misma había estipulado.

Dudó por un instante de si dejarlo para más tarde, pero saber que ahora mismo estaba al otro lado la impelió a no posponerlo. ¿Cuántos e-mails de gente extraña —prefirió obviar que, ahora mismo, ella entraba perfectamente en esa definición— podía recibir cada día? Fueran los que fuesen, Estrella se inclinaba a pensar que serían demasiados. Le mandó las fotos por WeTransfer y le avisó por correo de que le iban a llegar.

Ya no fue capaz de levantarse de nuevo. Siguiendo un impulso inconsciente, no cerró ni apagó el portátil, pero se refrenó de volver a comprobar el buzón del correo. Imaginaba que, por muy evidente que pudiera ser el mensaje oculto para un entendido, necesitaría algún tiempo para revisar bien cada una de las imágenes. También podía ser que el hombre simplemente hubiese dejado el ordenador para dedicarse a alguna de las cosas que hace la gente en el mundo real cuando no tiene una apariencia bidimensional en una pantalla. Se lo imaginó en la misma habitación donde grababa sus vídeos, como si viviera allí y solo allí. Y así, casi sin reparar en ello, acabó dándose cuenta de qué mundo tan extraño es este en el que vivimos, en un inquietante indicio de la abuela en la que iba camino de convertirse en el futuro.

# 6

Dos días después, Estrella estaba en un sitio del que solo deseaba escaparse en cuanto tuviera la más mínima oportunidad, con una concentración excesiva de gente a la que no quería ver, con las conversaciones que menos podían interesarle; un entorno en el que sabía que se iba a sentir juzgada, en el que en cada mirada y en cada sonrisa ella leería el mensaje oculto de «pobre, con lo que prometía, y mira en qué poco se ha quedado». En definitiva, una jungla conocida como los Premios Anuales de Investigación del CSIC.

Claro que aquel año, por alguna razón, el presupuesto con el que contaban en el organismo público parecía haber recibido un impulso extra, porque para la ceremonia eligieron el ático y la terraza de uno de los grandes hoteles que últimamente habían abierto sus puertas en la Gran Vía madrileña. Estrella había recibido la invitación hacía semanas y casi inmediatamente se había olvidado de ella y había dejado que reposara en la particular bandeja de spam de su cerebro. Y allí se habría quedado, a la espera de que el tiempo hiciera su labor y terminara disolviendo el dato, como hacen las papeleras de los programas de e-mail que se vacían cada treinta días, de no ser porque en una charla informal con varios de sus colegas en la máquina de café le llegó el rumor de que iban a premiar a un miembro de otro equipo que trabajaba en su mismo instituto. A partir de ese momento, Juan decidió que aquel pasaba a ser el proyecto que los representaba y, de hecho, dejó caer en varias ocasiones que esperaba verlos a todos en la entrega para brindar con ellos.

Como única forma de afrontar la perspectiva de pasarse una hora en aquel evento social, Estrella jugó la carta de su amiga Adela, que tenía un cargo en el Instituto Geográfico Nacional, y que suponía que también acudiría. Resultó que así era, y dio gracias por tener a alguien a su lado todo el tiempo que durase la velada. Eso le sirvió, además, como respuesta al wasap que le había enviado interesándose por ella y al que no había contestado. Adela no se lo había tenido en cuenta, lo atribuyó a la impresión de haberse reencontrado con la imagen de Álvaro en una circunstancia tan extraña. Le dijo, seguramente para consolarla, que un poco de distracción no le vendría mal, aunque fuese en compañía de algunas personas que detestaba. «Así es la vida, chica», zanjó el asunto.

Tuvo un atisbo de duda sobre la calidad de su apoyo cuando, tras bajarse del autobús, fue hacia la puerta de entrada del hotel, donde Adela la estaba esperando.

—Pero ¿es que no sabías que había *dress code*? —le dijo nada más verla.

—¿*Dress code*? ¿De qué?

—Digamos que... formal.

Estrella bajó la mirada para contemplar su atuendo y luego se dirigió a su amiga abriendo los brazos para enfatizar sus palabras:

—Pero si vengo formal...

Adela levantó la mano de manera inconsciente para rascarse un lado de la cabeza, en una probable estrategia para no decir de manera directa lo que se le venía a la mente.

—Bueno, una formalidad muy leve…, pero tendrá que valer. Vamos.

Y echó a andar hacia la entrada. Solo en ese momento Estrella se percató de que el vestido gris claro que llevaba su amiga posiblemente fuera formal, pero elegante y nada estridente. Y según se encaminaban hacia el mostrador donde un chico muy serio, con pinganillo, comprobaba la identidad de los invitados, se dio cuenta de que todos los presentes, en mayor o menor medida, parecían haber comprendido mucho mejor que ella el alcance y significado del término «formal».

—¿Cómo puede la gente comprarse esa ropa con lo que se gana haciendo ciencia? —le susurró a su amiga mientras esperaban a que llegara el ascensor que las llevaría al ático.

Su amiga le respondió en el mismo tono susurrante, ladeando la cabeza hacia ella:

—Seguro que lo devuelven mañana. Sobre todo los que no ganen ningún premio. —Y volvió a centrarse en el número descendiente que anunciaba la bajada del ascensor. Una sonrisa burlona se quedó fijada en su cara.

—Mira, ese problema yo no lo tengo —añadió Estrella con la misma expresión burlona.

—Ni yo.

Un timbrazo anunció que el ascensor había llegado y las puertas correderas se abrieron ante ellas. Estaba vacío; en aquel momento, todo el mundo quería subir. Entraron ellas y un buen número de gente que también se había unido a la espera. Estrella no reconoció a nadie. En lo que duró el ascenso, solo le dio tiempo a añadir:

—Espero que ya estén sirviendo copas.

—Por Dios, sí —respondió, casi al instante, Adela.

Afortunadamente así era, y además encontraron con rapidez una mesa alta en la que apoyarlas, cerca del ventanal que permitía ver la impresionante imagen de los tejados del centro de Madrid bajo la tenue luz del crepúsculo, y desde la que podían abarcar cómodamente tanto el escenario como a quienes iban entrando. No se habían detenido en el *photocall* de la entrada, cuya existencia sorprendió a Estrella, hasta que vio que el evento estaba patrocinado por la editorial de una veterana revista de divulgación, que en los últimos tiempos había extendido su actividad al mundo de internet a través de divulgadores que tenían su buena cantidad de fieles en las redes.

Vio llegar a Juan y a parte del equipo directivo del instituto, que sí que posaron en el *photocall*, aunque era evidente que ni el fotógrafo, que hacía las fotos más por inercia que por otra cosa, ni la gente de relaciones públicas tenían la menor idea de quiénes eran. De hecho, buscaron una forma sutil de que no se quedaran allí mucho rato, sobre todo porque un tumulto en la zona del ascensor indicaba que alguien más famoso estaba llegando. A Estrella apenas le dio tiempo a cruzar con Juan un frío saludo con la cabeza cuando pasó a su lado antes de descubrir que el tumulto lo había provocado un conocido influencer de ciencia, con millones de seguidores entre las distintas redes sociales y que trabajaba a caballo entre España y Latinoamérica. En aquel momento, a la cámara del fotógrafo oficial se le unieron muchos móviles con los que los asistentes querían inmortalizar el instante. La directora y el editor de la revista se apresuraron a darle la bienvenida.

—Qué barbaridad. Es toda una *rock star* —comentó Adela mientras daba un sorbo a su copa de cava.

—¿Quién es toda esa gente que lo acompaña?

—Supongo que serán de su equipo. Los vídeos que hacen pueden parecer espontáneos, pero no veas todo el guion y preparación que llevan consigo. Más que un influencer, ya es toda una productora.

En ese momento otro revuelo se hizo sentir de nuevo en la zona del ascensor, pero los nervios y la expectativa, en este caso, eran diferentes, como bien percibió Adela:

—Parece que llega la representación institucional.

No se equivocó, como pudieron comprobar sin tener que esperar mucho. Y no era menos nutrida: la encabezaba la ministra acompañada de la directora del CSIC, que seguramente la había estado esperando abajo y que desde luego también iba formal; tras ellas, no menos de diez personas, entre las que el ojo no muy experto de Estrella fue identificando a cargos importantes y a otros que aspiraban a tenerlos.

De repente distinguió una figura, y a Estrella le produjo una reacción que le hizo llevarse la copa a la boca, más que para beber, para que la base le tapara la mayor parte posible de la cara. A la par una reacción inconsciente le hizo encogerse.

—¿Es ella? —La pregunta de Adela era más bien retórica, como su tono recalcaba.

Haciendo como que bebía de la copa, Estrella emitió un «mmm mmm» que bien podía tomarse por un asentimiento.

La comitiva pasó también ante su mesa. En ese momento la mirada de Alicia, la secretaria de Estado, que iba respondiendo a todos los que se le acercaban, pues sabían que era la cancerbera que podía darles acceso a la ministra, al tiempo que asentía a algo que le iba diciendo la directora del CSIC, se cruzó con la suya. Fue solo un instante, pero lo suficiente como para que a Estrella no le quedara ninguna duda de que la había reconocido.

«Mierda», pensó, pero era como si Adela la hubiera oído.

—¿Te ha visto?

—Me temo que sí.

—Bueno, con un poco de suerte, los politiqueos la tendrán lo bastante entretenida como para que se olvide de ti.

Estrella no estaba tan segura. Alicia siempre se las arreglaba para no olvidarse de ella, y eso, que a muchas otras personas les habría parecido estupendo —que una secretaria de Estado te tenga presente se suele interpretar como una oportunidad para medrar o sacar tajada de cualquier otra forma—, a ella, en su situación actual de inseguridad casi permanente, la sumía en pensamientos y quebraderos de cabeza que raramente llevaban a ningún sitio.

Alicia y Estrella habían estudiado juntas, y juntas habían dado los primeros pasos laborales. Las dos compartían pasión por la astrofísica, o al menos eso parecía, porque, en algún momento, Alicia se había metido en política, concretamente en un pequeño partido que había nacido en la universidad cuando ellas iban a clase y que, contra todo pronóstico, había terminado por convertirse en el socio minoritario de la coalición que ahora mismo gobernaba. Para sorpresa de Estrella, Alicia acabó integrada en una lista electoral, en la que no logró escaño por muy poco. No obstante, con una maestría que sorprendió a su amiga, pues nunca antes le había visto semejantes reflejos políticos, fue ganándose el aprecio de la que sonaba como probable ministra, a pesar de que perteneciera al otro partido mayoritario del Gobierno.

El resultado fue que, cuando finalmente la hicieron ministra, esta dio la sorpresa al nombrar secretaria de Estado a una científica proveniente del socio minoritario. Hubo interpretaciones para todos los gustos: los medios afines lo celebraron como la demostración de que a aquel Gobierno solo le preocupaba trabajar con los mejores, vinieran de donde viniesen; en cambio, las esferas del otro partido, especialmente en las redes sociales, fueron considerablemente menos condescendientes y «traidora» fue el calificativo más suave que le dedicaron.

Aquello no tuvo mayor recorrido, más allá del pequeño sector interesado, porque, no nos vamos a engañar, las cuitas y los navajazos que puedan ocurrir en el mundo científico no despiertan la atención del gran público. Pero Estrella sí que tuvo que tenerlo presente porque, desde entonces, y a pesar de que la agenda de quien se decía que sería la próxima ministra, cuando la actual abandonase la cartera para presentarse a las elecciones autonómicas por su comunidad, era terrible, había logrado encontrar tiempo para hacer una presión constante sobre ella para que se vieran y hablaran.

Estrella sabía por qué. En el fondo, Alicia pensaba que ella estaba tirando su carrera por la borda y empeñándose en un estancamiento que iba a acabar por dejarla fuera de cualquier progresión. Estrella, además, estaba convencida de que quería llevársela consigo al ministerio, probablemente porque necesitaba a alguien de su confianza. Desde luego, hacerlo resolvería de un plumazo su inestabilidad, pero Estrella apenas podía digerir que, por un lado, aquello terminara de volatilizar cualquier esperanza, por utópica que fuera, de que algún día llegara a ganarse un prestigio real como investigadora, y, por otro, que, si no soportaba que los demás pudieran percibir su vulnerabilidad, menos aún que lo hiciese alguien que la había conocido cuando era una joven llena de pasión por la ciencia, alguien que, para rematarlo, supuestamente había compartido con ella esa misma mirada ilusionante.

En conclusión, volvió a lamentar con todas sus fuerzas el haber acudido a aquel acto en el que nada se le había perdido.

Una voz la sacó de su deseo de desaparecer de la vista de todos.

—Perdona…, ¿eres Estrella?

Se giró hacia su derecha. Una figura masculina, que también intentaba tener una apariencia formal con un traje que debía de ser prestado porque le quedaba demasiado amplio, la miraba con atención a la vez que levantaba una mano, como pidiendo disculpas por la interrupción del hilo de sus pensamientos.

—Sí —respondió, quizá frunciendo el ceño, un gesto que no le gustaba nada cuando lo veía en los demás y que sabía que, en su caso, asomaba con una extraña facilidad—. Disculpa, no sé si te conozco…

El hombre se llevó ahora la mano —la otra la mantenía metida en el bolsillo lateral del pantalón, en lo que a buen seguro pensaba que era un gesto elegante— al pecho, como señalándose.

—Soy Rober. —Como vio que el ceño de Estrella no había relajado ni un ápice su fruncimiento, añadió rápidamente—: Mister Partitura.

Ahora sí, el ceño se le relajó de manera automática, y fue ella la que le tomó el relevo de los movimientos explicativos de manos.

—¡Oh! Claro, perdona. Es que... no te había reconocido.

—Claro. Uno cambia mucho cuando deja de aparecer en un cuadrado. —Hizo el gesto de dos rectángulos en torno a su cara, uno horizontal y otro vertical, para así abarcar todos los formatos en los que podía asomarse a una pantalla.

—Sí, sí. —Estrella procuró hacer como que no lo había visto—. Esta es mi amiga Adela.

Los dos se saludaron.

—Vaya, ¿qué haces aquí? —le preguntó su amiga—. ¿Eres científico?

—¡Oh, no! Divulgador musical solo. Aquí estoy en terreno enemigo, ya sabéis, las artes y las ciencias y tal...

—Bueno, la música también es matemática —le respondió Adela, quien de manera visible enarcaba una ceja que indicaba que estaba valorando al extraño conocido de su amiga.

—Sí, pero esa parte se me escapa más. —Soltó una risita. Cada vez que hablaba movía la mano derecha mientras mantenía la otra metida en el bolsillo. Estrella empezó a sospechar si no le pasaría algo en ella.

—Claro, claro. Oye, querida —dijo Adela dirigiéndose esta vez a Estrella—. Voy a aprovechar que ya no te dejo sola para acercarme a presentar mis respetos a la directora del CSIC. ¿Estarás bien? —Esto último lo preguntó haciendo una leve inclinación de cabeza hacia Mister Partitura, que estaba cogiendo una cerveza de la bandeja de un camarero, no tan disimulada como quizá habría sido conveniente, aunque tampoco cabía descartar que esa fuera su intención.

—Sí, sí. Vete.

Estrella casi agradeció a Mister Partitura que le hubiera ofrecido una inesperada excusa para no tener que ir detrás de Adela y acercarse así peligrosamente a la zona de influencia de Alicia. Nada más alejarse su amiga, él le empezó a contar.

—Vengo en realidad con él, ¿sabes? —Señaló en la dirección del influencer con la misma mano libre con la que sujetaba la copa.

—¿Y eso? ¿Lo conoces?

—Digamos que sí. Trabajo en su productora, me siento casi como el padre de todos. —Soltó una risita—. A cambio, me da apoyo para mi propio canal. No es que tenga muchos seguidores, sobre todo si los comparo con él, pero tampoco me puedo quejar. Por cierto, ¿desde cuándo lo sigues tú?

—¿El qué?

—Eso, mi canal...

Estrella se reprochó a sí misma, por enésima vez, la falta de atención que con demasiada frecuencia amenazaba con pasarle factura. «Vamos, concéntrate», se repitió.

—La verdad es que te descubrí cuando me llegó la partitura. Buscaba averiguar qué quería decir eso de mirar más allá de las notas y me acabé topando con tu vídeo sobre mensajes ocultos. Ya sé que parece una tontería, pero pensé que no perdía nada por preguntarte. Espero que no te haya molestado... A todo esto, ¿cómo me has reconocido?

—Bueno, en tu e-mail venían tu nombre y tus apellidos. —Hablaba con un tono de suficiencia que resultaba de lo más patético. Estrella volvió a maldecirse por lo previsible que se había vuelto—. No me fue difícil encontrarte. No hay muchas Estrella Noval Fernández, ¿sabes? ¡Veo que eres toda una celebridad científica! Por cierto, me pareció muy curioso eso de que te llames Estrella y seas astrofísica. ¿Tiene alguna…?

—No, ninguna —se apresuró a interrumpirlo, en parte porque no quería oír de nuevo la eterna tontería y en parte por esa alusión a la Estrella de antes con la que él se había topado en internet—. Pero volvamos a la partitura, si no te importa. ¿Qué te ha parecido?

—¡Oh! Muy interesante, desde luego. ¿De dónde la has sacado?

—Me la enviaron —respondió ella, evasiva.

Por primera vez, percibió cómo la expresión estereotipada de él parecía relajarse para dejar asomar un atisbo de profundo interés.

—Ya… Y quien te la envió, ¿no te dijo qué era?

La respuesta a esta pregunta sí que se la tenía preparada:

—No. En realidad él tampoco lo sabe. La encontró no sé dónde y no le dio mayor importancia. Pero, por alguna razón, a mí sí que me pareció extraña…

—¿Por qué?

Claro, ¿por qué? Estrella se sintió rematadamente imbécil y estaba convencida de que el tal Rober debía de estar vacilándola. Se preguntó si estaría dándole cuerda si no fuera una mujer, si para él no era más que una excusa para el coqueteo. No creía que entre su público el segmento femenino fuera muy significativo, y ahora disfrutaba de una oportunidad inesperada.

Finalmente optó por la sinceridad…, hasta cierto punto.

—Lo siento, no puedo decírtelo. Espero que eso no sea un problema para que me ayudes; si es así, lo entenderé.

Rober pareció estudiarla durante un momento. Aunque ella temió aguardar con una expresión demasiado expectante, no pudo identificar ninguna reacción en su rostro, ni positiva ni negativa. Ya comenzaba a anticipar que la conversación iba a terminar ahí, o a tomar cualquier otro camino inconveniente para ella, cuando él salió de su quietud y, sin ningún preámbulo, comenzó a hablarle, ya sin ninguna señal de artificialidad, como si por primera vez lo hiciera de algo que verdaderamente le importaba. Ella le tuvo que pedir que esperara mientras sacaba de la mochila el cuaderno de notas que siempre llevaba consigo, momento que él aprovechó para introducir una rápida observación sobre las recalcitrantes costumbres analógicas. Sin molestarse en responder, cuando estuvo lista para apuntar le indicó que podía seguir.

—Como te estaba diciendo, lo primero que me llamó la atención es el periodo. Se trata de una composición clásica, como de mediados del siglo XVIII, o cerca de 1770, por ahí. Me recuerda mucho a Haydn, o a Händel. No será de ellos, ¿verdad?

—La verdad es que no lo sé.

—Ya. —Se la quedó mirando de nuevo, como sopesando algo. Estrella volvió a tener la sensación de que estaba poniéndola a prueba y de que en cualquier momento la iba a mandar a paseo, pero él retomó su discurso, como si no lo hubiera detenido en ningún momento—: En fin, podría averiguarlo, pero me llevaría más tiempo. De todas formas, tiene algo extraño. Espera, voy a enseñártelo en el móvil...

Se sacó el teléfono del bolsillo —pues no, no le pasaba nada en ese brazo—, lo desbloqueó y buscó una de las fotos que le había enviado de la partitura.

—¿Lo ves? Es esto.

Le acercó el móvil mientras, con dos dedos, ampliaba algo en la pantalla. Estrella se inclinó a mirarlo, pero le costaba ver algo específico en aquella imagen tan pequeña.

—¿El qué? No veo nada especial...

Un aplauso repentino les hizo alzar la cabeza hacia el escenario. Había comenzado la ceremonia de entrega de premios, con su correspondiente ristra de discursos. Era evidente que, allí donde estaban, les iba a resultar difícil seguir hablando. Estrella le hizo un gesto para que la siguiera y se lo llevó a la terraza. Había pocas personas en ese momento, con el evento ya en marcha en el interior. Además, la temperatura, sin ser extremadamente fría, tampoco animaba a quedarse quietos allí, más allá del tiempo necesario para admirar la estampa de la Gran Vía y el laberinto de calles cercanas, ya con su iluminación nocturna, y las torres y cúpulas de los distintos monumentos históricos cercanos.

Se sentaron en unos sofás con una mesilla en el centro, a una distancia conveniente de un grupo de fumadores que escuchaban los discursos desde lejos y comentaban entre sí con evidente sorna lo que se iba diciendo. Estrella agradeció que su vestimenta no formal fuera más abrigada que tantos vestidos sí formales que llevaban muchas de las asistentes. Eso sí, le dio la sensación de que Partitura no iba tan bien abrigado con su traje demasiado holgado, pero, dado que él no manifestó queja alguna, ella prefirió no decir nada.

—Toda la composición es bastante previsible, lo que esperarías encontrar en una obra de cámara de aquellos años —retomó él la explicación mientras recuperaba la imagen ampliada en su móvil—. Probablemente fue escrita para ser interpretada en eventos sociales, algo no demasiado profundo. Un poco como esto. —Su boca trazó una leve sonrisa que autocelebraba su broma mientras un leve cabeceo indicaba que se refería a aquel acto—. Pero estas líneas —las rodeó con el dedo con lo que Estrella identificó como una cierta excitación; sí, aquella partitura había despertado un interés más que evidente en aquel friki de la música, y eso le hizo sentir la primera inyección de confianza de que, a pesar de todas sus dudas, había hecho lo correcto— simplemente no tienen sentido.

—¿Cómo que no?

—Ninguno para lo que podría esperarse en aquella época. Si alguien las interpretara se llevaría un abucheo, porque no responde para nada a lo que por entonces se consideraba buena música. Faltaba casi siglo y medio para que llegara Stravinski, ya sabes. No había mucho interés por la experimentación en aquellos años. —Y soltó una risita, satisfecho de su propio chiste.

—Pero entonces ¿por qué están ahí?

—Buena pregunta. Pero hay otra previa: ¿eso lo puso ahí el compositor?

—Sí, ¿no? Ahí está.

—Sí, está *ahí*. Pero ¿quién nos dice que esa sea la caligrafía del compositor original? ¿Y si se trata de una copia hecha por alguien que ha aprovechado para incrustar estas líneas en medio de las demás? A ojos no expertos, parece indistinguible del resto de la sucesión de notas. A ti misma te ha pasado...

«Vale, *touché*. No me importa que recalques a la mínima que no tengo ni idea mientras me termines llevando a algún sitio».

—Pero ¿por qué? —volvió a repetir la pregunta.

—Para pasar un mensaje de tapadillo.

Ahora fue Estrella la que se lo quedó mirando con una genuina expresión de interés, aunque en el fondo solo confirmara aquello por lo que había contactado con él.

—Entonces...

—Oh, no es tan extraño. Desde que existe la notación musical ha habido quien ha buscado formas de introducir mensajes secretos en las partituras. Conocemos métodos, al menos, desde el siglo XVI. Y, si lo piensas, tiene todo el sentido: encontrar gente capaz de leer un texto, incluso en aquellas épocas...

—Sí, sí, lo sé —se apresuró a interrumpirlo ella—. Ya vi tu vídeo, me sé toda la historia, no hace falta que me la repitas entera.

—Eeeh..., sí, perdona, je, je. Me dejo llevar, ya sabes. Demasiadas veces soltando el mismo rollo.

»Pues bien, en resumen, eso es lo que han hecho aquí: esconder un mensaje. —Y volvió a señalar el pentagrama.

—Y ¿podemos leerlo?

—Sí, claro. Ya lo he hecho.

—¿Ya? —Estrella fue consciente de que, ahora sí, había sonado demasiado impetuosa.

—Sí. Tampoco es que se hayan complicado mucho la vida. Utiliza el método de sustitución, que todo aficionado al género de los criptogramas musicales conoce bien. Como seguramente sabrás, las notas musicales, en inglés, se identifican por letras: A, B, C, D, E, F y G. Para incluir las letras restantes, aquí han seguido el sistema francés, que simplemente va añadiendo el resto de las notas en el mismo orden; como resultado, cada nota corresponde a tres letras. En ese caso, solo hay que ir probando hasta encontrar la que mejor encaja. A mí no se me da mal; cuando era crío, era uno de los pasatiempos que más me gustaba de la revista que me compraba todas las semanas…

Estrella estuvo a punto de chillarle para que se detuviese, pero era evidente que Rober estaba disfrutando de poder mostrarle todo su conocimiento. Se dijo que, si finalmente le acababa revelando qué era lo que ponía, por ella podía soltarle toda una conferencia sobre cuáles eran los *hits* que arrasaban en los salones de la época.

—… lo único malo es que en realidad no ayuda mucho. No parece tener sentido —llegó al final de su disertación Rober.

—¿A qué te refieres?

—A que no parece referirse a nada concreto. O, en todo caso, a algo de lo que nos falta información para poder interpretarlo. De hecho, estuve bastante perdido hasta que me di cuenta de que son unas líneas escritas en un latín bastante macarrónico; no creo que sea ningún experto el que lo ha hecho, la verdad. Dicen: *Soli qui in rectum spectant, videre possunt quid caeli non habeant. Semita ad id quod quaeris incipit, absconditum, intus.*

—¿Y eso quiere decir…?

—Lo he pasado por un traductor en línea de latín. Más o menos, viene a decir esto: «Solo quien mira en la dirección correcta puede ver lo que los cielos no tienen. El camino hacia lo que buscas empieza, escondido, en el interior». ¿Tienes idea de qué puede significar?

Estrella esperaba que la turbación que se había adueñado de ella no se mostrase hacia el exterior. Mirar en una dirección distinta a la que marcan los cielos... Sin necesidad de pensarlo mucho le vino de nuevo a la cabeza la imagen del telescopio truncado de Herschel en el exterior del Museo Marítimo Nacional de Greenwich. Era casi obsceno, de hecho, cómo encajaba con la escena del cuerpo de Álvaro tendido, inerte, casi a sus pies.

«El camino hacia lo que buscas empieza, escondido, en el interior».

«¿Es que habías ido a hacer tu propia búsqueda, Álvaro? ¿Y qué era lo que investigabas? ¿Qué puede ser tan importante como para incluso morir por ello?».

Notó que su mente se disparaba a mil por hora; le temblaban los dedos, que ansiaban tener entre ellos unas piezas de Lego para así dejar el mundo atrás y concentrarse solo en aquellas palabras, en aquella estampa y en todo lo que significaba, y ver hasta dónde la llevaba. Y era justo ese estado de extrema alerta, el que tomaba el control y la hacía abandonar las inseguridades y las dudas, el que le permitió responder, al mismo tiempo y sin que, estaba segura, se percibiera el más mínimo indicio de que estaba mintiendo:

—No. La verdad es que no tengo la más mínima idea. Disculpa..., tengo que ir un momento al baño.

Y, sin darle tiempo a replicar, se levantó, asegurándose de llevar consigo el cuaderno en el que había ido tomando cumplida nota de todo lo que le había contado Rober, incluida la frase que ahora reverberaba en su mente una y otra vez. Entró de nuevo en la sala y se orientó como pudo para buscar los servicios.

Cuando entró, vio que había alguna mujer más, a la que no prestó atención, y se puso directamente ante el espejo, con las dos manos sobre los lados del lavabo. Se miró en él, y hasta ella se sorprendió de la expresión que subrayaban sus ojos bien abiertos, su pecho subiendo y bajando con rapidez, llevado por una excitación y un nerviosismo que, hasta ese momento no se dio cuenta, llevaba mucho tiempo echando de menos. Los reconoció: eran la excitación y el nerviosismo que sentía al descubrir algo nuevo, al sumergirse en una investigación y nadar entre aluviones de datos, aparentemente sin sentido, para dárselo ella y encontrar lo que sabía que tenía que estar ahí.

La emoción que antes le daba la ciencia, la razón por la que había elegido precisamente dedicarse a ello. Pero también la que la había abandonado desde que se había quedado atrapada en un lugar que no iba a ninguna parte, donde se sentía languidecer, y la rutina más vacía y aburrida había ido infiltrándose en ella, haciéndola a su vez vacía y aburrida.

«Oh, pero no es ninguna broma, Estrella. Alguien ha muerto. Álvaro ha muerto».

—¿Estrella? ¿Estás bien?

La vio antes en el espejo que a su lado. Y Estrella no pudo evitar una leve sacudida de sorpresa, como si volviera de un lugar lejano.

—Hola, Alicia —le respondió a la figura que estaba junto a ella, ante el otro espejo. No sabría decir si ya estaba en el baño cuando entró o si lo había hecho mientras ella se abismaba ante su imagen, aunque sin los retoques que la harían parecer una idiota presumida.

—¡Fíjate dónde nos tenemos que ver! —le dijo ella mientras le cogía el brazo—. Eres más difícil de contactar que el presidente del Gobierno…

—Sí, es que he estado… ocupada.

Alicia asintió con ese gesto que Estrella conocía bien y que básicamente significaba que no la creía. Pero prefirió no detenerse en ello.

—Escucha bien. —Alicia acercó su cara a la suya de una manera que llamó la atención de otra usuaria del baño, que salió de una de las puertas y se refrescó con rapidez—. Comamos la semana que viene. Sin excusas.

—Yo... no sé si...

—Te mandaré un wasap en cuanto mire mi agenda, ¿vale? —Reforzó la presión de su mano en el brazo de Estrella—. Tenemos mucho de que hablar.

—Sí, sí... Ya me dices cuándo y miraré yo también mi agenda.

El hecho de que se abstuviera de hacer cualquier comentario irónico a esa respuesta demostró que Alicia tenía verdadero interés en verla.

—Muy bien. —Le dio un rápido beso en cada mejilla—. Hablamos pronto. —Y salió corriendo del baño, como debía de moverse por los pasillos de los ministerios y los centros de poder.

Abrumada, Estrella se fue directamente hacia la salida. Por el camino encontró a Adela, así que al menos pudo despedirse de ella, aunque no la dejó demasiado tranquila, ya que la vio algo alterada. Pero Estrella no iba a negociar, así que prometió que hablarían al día siguiente y, sin decirle nada a nadie más, tampoco a Rober, que quizá estuviese aún cogiendo frío en el sofá de la terraza mientras la esperaba, ni tampoco a nadie del instituto, tomó el ascensor, bajó hasta la calle y echó a andar en dirección hacia su casa.

Era un camino largo, y ni siquiera sabía si lo haría entero a pie o si en algún momento detendría un taxi o pediría un cabify. No dedicó ni un segundo a pensarlo; no quería que nada ni nadie compitiera en su cabeza con lo único que le importaba en aquel momento, dos frases que, a fuerza de repetirlas, esperaba que se disgregaran ellas solas y le terminaran revelando lo que ocultaban en su interior. Dos frases que decían: «Solo quien mira en la dirección correcta puede ver lo que los cielos no tienen. El camino hacia lo que buscas empieza, escondido, en el interior».

# 7

Al día siguiente llegó al instituto algo más pronto de lo habitual. Apenas había podido dormir en toda la noche, pero tampoco había sido capaz de darles más vueltas a todos los nuevos datos. Era como si hubiese llegado al nivel de saturación y no los pudiese abarcar ni girarlos como las piezas de Lego hasta lograr que encajaran de la mejor forma —que no necesariamente debía ser la correcta, porque para ella, que no buscaba crear figuras que se asemejaran a nada real, había muchas que podían ser correctas—. A la vez la tensión acumulada la alejaba del sueño. Y así, en aquel marasmo en el que distintas fuerzas parecían coincidir para no permitirle moverse hacia ningún sitio, fueron transcurriendo las horas.

Llegar pronto tuvo la ventaja de no cruzarse con nadie más del instituto, lo que le permitió disimular el hecho de que no tenía ni idea de si finalmente sus colegas se habían hecho con el premio, aunque su particular pesimismo en torno a esas cosas le hacía presagiar que la respuesta era negativa.

Apenas llevaba unos minutos en el despacho cuando sonó el teléfono de su mesa.

—Tienes una visita —la informó Chelo desde el mostrador de recepción.

—¿Quién es?

—Un detective.

Estrella temió no haber entendido bien.

—¿Perdón?

Oyó de fondo, tras Chelo, una voz que parecía darle indicaciones, pero no logró entender lo que decía.

—El detective... Satrústegui. Dice que quiere hablar contigo por un tema muy importante.

No necesitaba muchas pistas para hacerse una idea de cuál debía de ser ese tema tan importante. De un modo u otro, ya se imaginaba que tendría que ver con Álvaro, aunque, como sucedía con cualquier nuevo giro en ese tema, no dejaba de sorprenderle cómo, en cuestión de unos pocos días, todo había empezado a estar relacionado con él.

Por un instante, pasó de nuevo revista a su memoria cinéfila y seriéfila, esa que hace que una crea saberlo todo sobre procedimientos policiacos y judiciales, para ver si podía negarse a hablar con aquel hombre. Por lo que creía saber, los detectives no eran agentes de la ley, así que, técnicamente, no estaba obligada a atenderlo. Pero, por otro lado, si estaba ahí sería por alguna razón, alguien lo habría contratado, alguien que también veía algo extraño en lo que había sucedido. Y, sobre todo, le ofrecía una estupenda oportunidad para obtener respuestas ella misma. Eso si tenía que ver realmente con Álvaro, claro, pero la posibilidad de que hubiese algún otro tema que la involucrase se le antojaba, como poco, improbable...

—¿Estrella? ¿Estás ahí?

Suspiró. «¡A la mierda! A ver con qué locura me encuentro».

—Sí. Ahora mismo bajo.

Se giró hacia el monitor del ordenador para cerrar la sesión. Antes de hacerlo, vio que en la bandeja de entrada de su correo destacaba uno que le había llegado desde Estados Unidos. Se preguntó si por fin eran los datos que estaba esperando y que podían confirmarle si lo que anticipaban los modelos era correcto, que le permitirían salvar el pellejo, además de suponer un descubrimiento que pondría patas arriba su campo de trabajo… si es que los misterios más mundanos que ahora la rodeaban se lo permitían, claro. Para descubrirlo, antes tendría que atender a la sorpresiva visita que la esperaba abajo. Tomó aire, se aseguró de guardar bien la sesión y se levantó para salir del despacho.

«¿Es una broma?», pensó. El tal Satrústegui tenía exactamente la pinta que uno habría esperado ver en un detective de una película barata de sobremesa, incluida su gabardina algo gastada, el traje de chaqueta, la corbata que se adivinaba por debajo, y que parecía más propia de un funcionario de una película de *Cine de barrio* situada en el Madrid de los cincuenta, y un peinado sin imaginación alguna y raya al lado que casi lucía solidificado por la gomina. Al acercarse más vio que no era así, lo que no impedía que todo el conjunto pareciera poder quitarse en un solo bloque, como el cabello de los muñecos de Lego, las únicas piezas que no le interesaban y que iba acumulando en un cajón cada vez que alguna de ellas se colaba en las cajas que pasaban a integrar su colección. Pero lo peor era el bigote, definitivamente un bigote de otro tiempo…

—¿Doctora Noval? Soy el detective Tobías Satrústegui. ¿Podemos hablar?

«Tobías, se llama Tobías». Y, encima, le hablaba como Martín, aunque era evidente que este de mexicano no tenía nada. Luchando aún por quitarse de la cabeza la posibilidad de que se tratara de alguna especie de broma sin gracia que le hubiera montado alguien, se contuvo para contestar simplemente:

—Sí. Sígame, por favor.

Se dirigieron hacia los sillones situados en un extremo de la recepción y que, según vio, ya estaban ocupados por un madrugador alumno de doctorado que se tomaba un café de máquina mientras miraba algo en su portátil, que desde la distancia le pareció una página de viajes.

«Qué gran idea. Un viaje lejos de aquí».

—Por favor, César, ¿puedes dejarnos el sitio?

El estudiante cerró de golpe el portátil, como si hubiera sido pillado en falta. Igual no era una página de viajes...

—Eeeh..., sí, sí. Por supuesto. Yo... ya me iba. —Y efectivamente lo hizo con una rapidez un tanto exagerada, que no pasó desapercibida al detective, quien lo miró alejarse con una sonrisa algo ladeada hacia la derecha y que hizo que su bigote se inclinara de una manera aún más anacrónica.

—Ah, los jóvenes —dijo sacudiendo la cabeza, no supo si para ella o para su propia interpretación, que incluía una mano metida en el bolsillo del pantalón, con la gabardina colgando por detrás como una especie de capa, mientras con la otra se rascaba un lado de la cara. Le hizo un gesto para que se sentara, con lo que demostraba que, a partir de ese momento, pretendía tomar el mando de la situación.

«Pues que lo tome —pensó Estrella mientras se sentaba—. A ver adónde nos lleva».

—Bien, usted dirá...

De manera no precisamente imprevisible, el detective sacó del bolsillo interior de la gabardina una libreta negra y alargada, la abrió y fue pasando páginas hasta que pareció encontrar sus notas.

—Me imagino que se habrá enterado de las tristes noticias de lo que le ha ocurrido al señor Álvaro Mateos. Creo que se conocían...

—Sí, pero hacía años que no nos veíamos ni nos hablábamos. Pero, si no le importa, me gustaría saber antes cuál es su interés en todo esto. ¿Para quién trabaja?

—Para su familia. Digamos que no están muy contentos con la forma en la que ha cerrado la investigación Scotland Yard.

Estrella procuró que su expresión de sorpresa fuera ostensible.

—¿Scotland Yard? ¿La policía?

Satrústegui hizo un gesto con la cabeza como diciendo: «Ya, ya, ¿qué me va a decir a mí?».

—Pero ¿no ha sido un accidente?

—Digamos que... la familia quiere estar segura de que todos los detalles están claros.

—Y..., perdone mi pregunta, pero ¿han contratado a un...?

Luchó durante unos instantes por encontrar la palabra exacta, que no le molestase, pero Satrústegui terminó por ahorrarle el esfuerzo:

—¿A un detective madrileño? Sí, entiendo que le pueda sorprender. Pero no se deje engañar por las apariencias, doctora Noval. Conozco a la familia Mateos desde hace mucho tiempo y tengo contactos en Londres. Créame, estoy capacitado para hacer mi trabajo.

—Sí, sí, yo... no pretendía ofenderle.

Satrústegui agitó una mano como quitándole importancia. A Estrella no dejó de llamarle la atención cómo, a pesar del aspecto poco prometedor, había conseguido tomar las riendas de la conversación. Puede que, tras su apariencia de detective de fiesta de disfraces, hubiera de verdad algo más.

Y tampoco le extrañó que la familia Mateos, que vivía en Plasencia, conociera a un detective, que, desde luego, no parecía que estuviera entre los profesionales que alguien normal tendría en la agenda junto al fontanero o el cerrajero. Estrella nunca llegó a conocer a nadie de su familia y solo sabía que su padre era el dueño de un emporio de empresas del sector de la alimentación, especialmente una de embutidos, con filiales en diversos países. En ocasiones, Estrella había visto que Álvaro no tenía que preocuparse por demasiadas cosas, y desde luego no por su sustento, porque era hijo único, con fama de genio intelectual casi desde la infancia, y el ojo derecho de una madre dispuesta a evitarle la presión de un padre que pretendía que se dedicara a estudios más prácticos que le permitieran incorporarse a la dirección del negocio familiar.

—Bien —retomó Satrústegui pasando de nuevo las páginas de su libreta—, usted y el señor Mateos tuvieron una relación, ¿verdad? Creo que se conocieron en el verano de 2019.

A Estrella le sorprendió que pudiera tener una información tan concreta.

—Sí. Nos conocimos durante nuestra estancia en Mánchester. Pero no duró mucho.

—¿Hasta cuándo?

Estrella sintió un pinchazo en algún lugar de su interior por tener que volver a mirar hacia aquellas fechas.

—Hasta la pandemia, más o menos —respondió sin querer afinar más.

—¿No mantuvieron el contacto desde entonces? ¿Nunca volvieron a hablar?

—No.

—¿Por qué?

Ella se encogió de hombros. Se había hecho esa pregunta tantas veces en los últimos días, sobre todo tras descubrir con sorpresa que él sí que la seguía teniendo presente, que ya casi no le dolía.

—No lo sé. Como terminan esas cosas, supongo…

Satrústegui asintió, pero a Estrella no le quedó nada claro que él supiese a qué se refería.

—Comprendo. Creo que viajaron juntos a un congreso en la Universidad de York. Sobre… William Herschel —lo pronunció casi como «Güiliam Jerchel». Estrella no quería dudar de su capacidad para hablar con sus contactos londinenses, pero no pudo evitar pensar que le gustaría tener la ocasión de comprobarlo en persona.

—Así es.

—El mismo Herschel que construyó el telescopio junto al que fue encontrado el cadáver del señor Mateos.

—Sí.

—Es curioso, ¿no?

Estrella prefirió no contestar directamente y se limitó a asentir, comprensiva.

—¿Por qué le interesaba tanto ese astrónomo?

—Era una pieza importante para su tesis. Trataba sobre las consecuencias de la Revolución Científica, y estaba convencido de que la trascendencia de las observaciones que hizo Herschel fue mucho más importante aún de lo que se reconoce. Que hay puntos que todavía no han sido suficientemente abordados y que podía aportar algo al respecto.

Satrústegui hizo un mohín frunciendo los labios a un lado, lo que volvió a inclinar su bigote de una manera casi cómica, a la que Estrella se esforzó en no reaccionar.

—Ya. No suena a nada... peligroso.

Ahora sí que ella dejó escapar una risa sincera.

—¿Peligroso? ¡Claro que no! No es, desde luego, una investigación que pueda llevar a que te maten...

Se quedó callada, sorprendida de lo que por primera vez había expresado en voz alta. Y se dio cuenta de que, de manera más sutil de lo que podría hacer suponer su aspecto casi caricaturesco, Satrústegui había anotado mentalmente cada una de sus palabras, que, desde luego, no eran inocentes.

—¿Qué quiere decir con eso? La policía inglesa dice que su muerte fue accidental...

Estrella era consciente de su error, incluso antes de que él lo hiciera explícito. Pero, cosa extraña, aquello no la puso más nerviosa, antes al contrario, la tranquilizó, como si el haber verbalizado lo que llevaba reconcomiéndola por dentro fuera capaz de aliviarla.

—Sí, claro —respondió sin que le importara siquiera que su discurso fuera coherente—. ¿Cómo podría ser de otro modo?

—¿Seguro? —preguntó él de nuevo con voz aún más tranquila.

—Sí, seguro. —Estrella esperó que no fuera perceptible el segundo de más que tardó en responder.

—¿Vio algo en el tiempo que estuvieron juntos que pudiera hacer creer que alguien tuviese algo contra él?

—¿Más allá de las rivalidades académicas? No, por supuesto que no.

—¿Rivalidades académicas? —repitió él. Para sorpresa de Estrella, anotó algo en su cuaderno de cubierta negra de detective de serie de televisión.

—Sí, ya sabe. Las cosas típicas del mundo académico.

Satrústegui dejó de escribir y la miró, ahora muy interesado.

—No, no sé. Cuénteme.

Estrella se asombró preguntándose qué había querido decir. No tenía ni idea de si la competencia en el campo al que se dedicaba Álvaro era muy feroz, y en todo caso él no debía preocuparse por mantener sus becas y no tener que abandonar sus investigaciones, que era lo que le sucedía a la mayoría, empezando por ella misma.

—No sé. Siempre es difícil hacerse un hueco cuando uno se dedica a investigar sobre alguien tan... inglés siendo español. Sé que tuvo que pasar alguna humillación, que no lo tomaran en serio.

—Vamos, como si viene un alemán a hablarnos del Cid.

Estrella, ahora sí, se quedó muda. Es más, posiblemente se quedó boquiabierta. Se trataba de un comentario tan inesperado que fue incapaz de responder, tantas eran las posibilidades que le inundaban la cabeza. Así que, no sin sentirse algo ridícula, solo pudo decir:

—Eh..., sí, algo así.

Satrústegui aún se detuvo un momento para tomar nota con un leve cabeceo, como si se confirmara algo a sí mismo.

Estrella llegó a la conclusión de que no podía aguantar más, así que improvisó:

—¿Hemos terminado? Tengo ahora una reunión y...

—Claro, claro. —El detective se guardó el cuaderno de notas en el bolsillo interior de la chaqueta, quizá con un punto de más de actuación. Cuando la mano emergió de nuevo, sujetaba una tarjeta, que le extendió—. Si recuerda algo más, llámeme. —Soltó una risita—. Ya, ya, es una frase como muy de película mala, ¿verdad? Pero en serio, hágalo. Y... —pareció vacilar un momento—. ¿Puede darme un teléfono donde localizarla, en caso de que necesite aclarar algo con usted?

Estrella vio la ridícula sonrisilla que se le puso al hacerle la pregunta; a punto estuvo de inventarse cualquier excusa para no hacerlo. Pero, ante la evidencia de que era difícil encontrar alguna que fuera creíble, solo respondió:

—Claro. Apunte. —Y le dijo de corrido las nueve cifras del número. El detective no había terminado de escribirlas, y ella ya se había puesto en pie—. ¿Vamos?

—Sí, sí.

Sin esperar más, echó a andar hacia la recepción, consciente de que él la seguía mientras Chelo y dos trabajadores más, que casualmente estaban al otro lado del mostrador, los miraban en silencio. Las pocas decenas de pasos que separaban los sillones donde había tenido la entrevista con el detective se le hicieron especialmente largas.

Cuando llegaron a la mesa de recepción, Estrella se dio la vuelta.

—Bien, me gustaría haberle podido ayudar más, pero...

—No se preocupe. —Se sorprendió al ver un cambio casi imperceptible en él. Por alguna razón, parecía menos... ridículo—. Al contrario, me ha ayudado mucho. —Le tendió la mano, que ella le estrechó—. Buenos días.

—A... adiós.

Satrústegui se dio la vuelta y empezó a caminar hacia las puertas de cristal de la entrada del edificio. Pero, cuando apenas llevaba un par de metros, se detuvo y se giró para preguntarle:

—Por cierto. Por casualidad, ¿no le habrá hecho llegar algo?

—¿Quién? —preguntó automáticamente. Quizá demasiado automáticamente.

—El señor Mateos.

—¡Ah! —Una exclamación levemente por encima de lo previsible—. Ya le he comentado que hacía años que no hablábamos.

Él cabeceó de nuevo, más para él que para ella.

—Sí, sí. Claro. —La miró y sonrió—. Disculpe. Buenos días.

Ahora sí, se dirigió hacia la puerta de salida, incluso la abrió y salió del instituto. Y, por alguna absurda razón, Estrella se asombró, más sorprendida por su mentira automática que por cualquier atisbo de culpabilidad, de tener tan interiorizado no revelarle nada sobre la partitura, como si el mantenerlo solo para ella impidiese que se mezclase con la parte más fea de aquella historia que cada vez la iba envolviendo más.

Al volverse para pasar por los tornos y subir de nuevo a su despacho, prefirió intuir más que constatar el disimulo tan torpe con el que Chelo y los trabajadores, que se suponían ociosos, la vieron pasar.

# 8

El avión procedente de Londres aterrizó con diez minutos de antelación. Samuele estaba acostumbrado a aprovechar el tiempo exacto que duraban los vuelos para dormir, gracias a una especie de sexto sentido que había ido desarrollando después de toda una vida empalmando prácticamente uno con otro, porque después no tenía seguridad alguna de si el *timing* de su trabajo le permitiría hacerlo. Ese viaje no fue una excepción, pues se descubrió despertándose con la sacudida del aparato al tomar tierra. Su metabolismo se había sincronizado para descansar las casi dos horas y media del trayecto desde la capital británica hasta Madrid.

Aún entre las nieblas del sueño recién abandonado, le dio tiempo a ver cómo la señora mayor que ocupaba el asiento a su lado se persignaba, aliviada por volver a estar en la seguridad del suelo. Samuele se preguntó cómo reaccionaría si supiera que seguía sin estar segura por mucho que hubieran aterrizado y que millones de cosas, sobre todo impredecibles, todavía podrían ocurrirle. Por no hablar de que ni siquiera lo estaría luego en el coche o en el transporte público que la llevase hasta su casa, un hogar en el que tampoco estaría libre de riesgos.

No, realmente el suelo no era ni mucho menos sinónimo de seguridad, pero Samuele prefirió limitarse a dedicarle a la mujer una leve sonrisa de comprensión, que ella pareció agradecer con una cierta timidez. Frente a lo que muchos pensaban, la gente como él no tenía un aspecto intimidatorio; lo reservaban para cuando fuera verdaderamente necesario. Era mejor no despertar la atención de nadie, no atraer las miradas de los demás, y dejar como mucho un recuerdo confuso que equivalía, en la práctica, a un recuerdo inexistente.

Una vez hubieron pasado por el *finger* y atravesado el control de pasaportes —desde el Brexit, se había felicitado en innumerables ocasiones por la lucidez de haber mantenido la nacionalidad italiana al sacarse la británica, lo que le permitía ahorrarse las colas tanto a la hora de moverse por la Unión Europea como en los contados días que pasaba a lo largo del año en su apartamento en Londres—, se dirigió hacia la parada de taxis. Mientras esperaba, chequeó su móvil. Como cabía imaginar, habían entrado bastantes mensajes, la mayoría sobre próximos encargos que tendría que abordar cuando terminase en Madrid, lo que esperaba que no le tomara más de unos pocos días. Buscó si su jefa le había escrito.

Nada. Pero eso, lejos de relajarlo, le indicó hasta qué punto aquella misión era importante para ella. El mensaje que ocultaba la falta de mensajes, que solo él era capaz de descifrar, decía que ella esperaba que él la contactase y que lo hiciese lo antes posible. Y con buenas noticias. Sin ellas, no tenía interés en saber de él.

Samuele contaba con poder responder pronto. En su fuero interno sopesaba que había algo en aquel trabajo, infinitamente más sencillo sobre el papel que muchas otras tareas que había tenido que hacer para la organización, que le hacía mirarlo con cierto recelo. Si algo había aprendido es que no existe nada demasiado sencillo, nada que no pueda complicarse más allá de lo esperado.

Ya a bordo del taxi, mientras el vehículo eléctrico avanzaba silencioso por las laberínticas autopistas que eran iguales a otros primeros paisajes que uno veía al abandonar cualquier otro aeropuerto en gran parte del mundo, terrenos impersonales que parecían compartir los mismos carteles publicitarios, las mismas urbanizaciones y parques de negocios que podrían trasplantarse de un lugar a otro sin desentonar ni dejar huella, sacó de su bolsa de viaje la tablet y la encendió. Había recibido un mensaje en el sistema de comunicación encriptado que utilizaba para sus trabajos.

Al pulsar para abrirlo, volvió a sentir la excitación difícil de definir que lo invadía cada vez que se enfrentaba a un encargo nuevo, las diversas posibilidades que se planteaban, la exigencia de no bajar la guardia ni un solo instante. En la pantalla apareció una ficha completa de su siguiente objetivo, con la información que la IA había podido extraer de las distintas fuentes repartidas por el vasto universo digital. Samuele, aunque realizaba sobre todo trabajos vinculados a lo tecnológico, no terminaba de fiarse de la inteligencia artificial, porque el margen de error, incluso esta que no estaba destinada a un uso comercial, sino restringido, por minúsculo que fuese, podía significar que una tarea con un 99 por ciento de posibilidades de éxito terminara, contra todo pronóstico, fracasando.

Nada parecía indicar, en todo caso, que esta fuera una de ellas. De hecho, por lo que veía en la información personal, se trataba de una persona alejada de cualquier intriga, negocio ilegal o actividad que le pudieran poner a uno en el punto de mira de un profesional como él. Y su foto, que parecía sacada de alguna web académica o de un congreso, decía lo mismo: una mujer de unos treinta y tantos años, pelo rubio oscuro algo lacio, media melena y con un flequillo ladeado que la favorecía, de rostro agradable, quizá atractivo sin la seriedad impostada que invadía a alguien a quien le incomoda posar para una foto. Una persona, en definitiva, que no quería llamar la atención, que no estaba acostumbrada a que los focos se posaran en ella.

Samuele se preguntó qué diría ella si supiera que su existencia tranquila y de perfil bajo había hecho saltar una alerta que hacía que, en aquel momento, un taxi devorara a toda velocidad metros y metros de asfalto con él dentro, hacia la línea de una ciudad que ya iba llenando el horizonte, con un grupo de extemporáneas torres que destacaban sobre todo lo demás.

Antes de cerrar la tablet, sus ojos pasaron de la foto, tras estudiarla con detenimiento, a la casilla que contenía el nombre y los apellidos. No pudo evitar que se le dibujara una sonrisa al ver que su objetivo se llamaba Estrella Noval y que era astrofísica. Pensó que le gustaría tener la oportunidad de preguntarle si una y otra cosa estaban relacionadas, pero no creía que fueran a tener oportunidad de charlar mucho.

# 9

Como no podía ser de otro modo, Estrella llegó la primera. La camarera que la recibió la acompañó hasta una mesa situada en el mejor lugar del restaurante, bastante apartada, pero con la perspectiva suficiente para controlar la sala, todo un logro para un local de moda en la ciudad después de que el chef al frente de la cocina obtuviese el enésimo galardón en unos premios internacionales de los que, por supuesto, ella no recordaba el nombre, aunque hubiera visto la noticia en algún informativo matinal, quizá aquel en el que el rostro de Álvaro había reaparecido.

Sí, la mesa no estaba nada mal, en un establecimiento con una lista de espera de, seguro, varios meses. Y, si lo pensaba con cierta tranquilidad, tenía todo el sentido que Alicia lo hubiese elegido como declaración de intenciones. Aunque a lo mejor ella no lo viese así, buscaba apabullarla para que bajara las defensas. Estrella pensó que se lo podía haber ahorrado: Juan ya se había encargado de minarle la autoestima con su nuevo ultimátum para que consiguiera resultados, de lo contrario cerraría el proyecto. El que abandonara la entrega de premios sin esperar a ver si sus *colegas* ganaban (cosa que por supuesto no habían hecho, ya lo había confirmado) no contribuyó a suavizar su filípica.

Una vez sentada, se dio cuenta de que, inconscientemente, había dejado para Alicia el lugar del círculo ocupado por un asiento acolchado y pegado a la pared, precisamente el que permitía observar todo el local y que ella misma asumía que correspondía a la persona más importante de las dos que se iban a sentar allí. Y aunque de nuevo la conversación con Juan la había enfadado, que era el resultado habitual de cualquier cruce de palabras que tuviera con él, ello no le impidió, mientras dejaba con torpeza el abrigo y la mochila en otra silla, empezar a acariciar la idea de que, total, si aquella comida la pagaba Alicia, o el ministerio, o quien fuese menos ella, igual había llegado el momento de atizarse un buen cóctel a su cuenta.

Solo un repentino temor a lo que pudiera ocurrir a continuación la disuadió de hacerlo.

—Ufff, perdona, perdona, perdona... La ministra no me quería soltar. —La voz de Alicia, siempre eficaz, directa, resolutiva, irrumpió a su lado incluso antes de que la alcanzara el aroma de su perfume, que ella era incapaz de asociar a una marca concreta, pero que a su portadora le servía para tomar posesión, de una manera sutil pero efectiva, de todo el espacio, incluido el aire, en el que se encontraba. Y cuando se inclinó a darle dos besos en las mejillas, que Estrella correspondió con cierta torpeza, ya terminó de impregnarla toda, como el olor de un gato que marca su territorio.

Se dejó caer en el híbrido entre silla y sofá, sin dudar ni por un segundo que aquel era su sitio. Le preguntó si había esperado mucho y, en lo que Estrella tardó en contestar que no, que acababa de llegar, Alicia se las arregló para llamar la atención de un camarero, que se acercó y al que le pidió dos cervezas. Solo cuando este se hubo ido, pareció caer en la cuenta y puntualizó:

—Ay, disculpa. He dado por supuesto que tú querrías otra, no te he preguntado... ¿Lo cambiamos? —Y ya estaba levantando de nuevo la mano para que el camarero deshiciese el camino andado cuando Estrella le respondió que no, que estaba bien. Y sí, se tomaría esa cerveza, aunque igual para algo más fuerte también tendría sitio.

—¿Vas a este ritmo siempre? —le espetó por una necesidad de introducir algo de su cosecha en la conversación.

Ella volvió a resoplar, entornando los ojos con una expresión cómica que Estrella sabía que, en el fondo, era puro teatro. Alicia había nacido para vivir así, esa era la rapidez que siempre había buscado, una existencia en la que hubiese una decisión, una opción, una acción, casi a cada momento. A diferencia de muchas otras personas que había conocido en su vida, ella no necesitaba ningún estimulante para sentirse viva, la aceleración constante era suficiente.

Muchas veces, al pensar en Alicia o al encontrársela en alguna noticia, se preguntaba qué fue lo que las unió aquella primera semana en la facultad, cuando se sentaron juntas, en esa curiosa lotería que lleva a que unos extraños que, por puro azar, acaban a tu lado o cruzan unas palabras contigo para buscar un anclaje en un contexto nuevo, se conviertan en tus compañeros de travesía en esos años de rotura de la crisálida y se transformen en una combinación siempre variable entre mariposas y polillas. No dejaba de sorprenderle cómo habían congeniado siendo tan distintas hasta que recordaba que en realidad entonces no lo eran. En aquellos tiempos que cada vez se antojaban más lejanos, ella era mucho más parecida a su amiga de lo que ahora podría pensarse. Estrella era la que había cambiado, y suponía que esa era la razón por la que ver a Alicia siempre le provocaba fuertes emociones contradictorias. Se alegraba de que ese lazo con aquel periodo casi mítico de su vida perdurase, pero sentía que ella seguía buscando en su interior a la Estrella con la que compartió tantos momentos y aventuras intensas. Estaba convencida de que aquella treintañera poco memorable aún ansiaba salir a conquistar el mundo, revelar el universo y firmar el artículo de portada de la revista *Nature*, todo a la vez y antes de cumplir los cincuenta; cualquier otra expectativa por debajo de esa sería inaceptable.

—¿Cómo estás? —le preguntó ella, por su parte, en un tono que dejaba fuera la política y que recordaba a la Alicia de las confidencias de madrugada en el salón sin muebles de su piso compartido, mientras el camarero dejaba las cervezas sobre la mesa.

Estrella encogió los hombros.

—Nada destacable, ya sabes.

—He visto lo de Álvaro —lo dijo sin ninguna inflexión especial, pero con su mirada posada en ella con lo que parecía una verdadera expresión de preocupación.

Estrella suspiró. Pero, para su sorpresa, la respuesta le costó mucho menos de lo que habría esperado:

—Sí, fue una reaparición de lo más espectacular.

Alicia recibió con una sonrisa aquella broma, pero era una sonrisa algo dubitativa, como si no terminara de decidir si debía tomárselo así o si en realidad había algún mensaje oculto.

—No volviste a saber nada de él, ¿verdad? —Estrella negó con la cabeza—. Qué extraño fue todo.

—Dímelo a mí. —Estrella dio un largo trago a la cerveza. Si no se controlaba, se terminaría la copa en un tiempo récord.

—¿Se sabe de qué murió?

Estuvo a punto de responderle que «asesinado», pero se dio cuenta a tiempo de que en realidad ella no sabía nada más que la información poco precisa que había aparecido en los medios de comunicación.

—Ni idea —dijo, en cambio.

—Bueno, al menos, si le dio un jamacuco, no se me ocurren muchos lugares mejores para él, con esa obsesión que tenía por Herschel.

Entonces se acercó el camarero para tomarles nota y Estrella dio gracias de que Alicia pasara a ocuparse, con la misma determinación de siempre, de pedir por las dos, aunque tuviera el detalle de preguntarle si le apetecían los platos que había elegido. Le habría gustado responderle que cualquier cosa le parecía bien con tal de ahorrarse el cálculo mental del precio de cada plato, por si al final fueran a escote. Al fin y al cabo, también en eso Alicia seguía conociéndola incluso mejor de lo que ella se conocía a sí misma.

La conversación pronto siguió caminos más mundanos, cotilleos sabrosos de personas que conocían las dos y una buena retahíla de maldades sobre los rivales políticos de Alicia. Estrella también tenía que reconocer que, una vez que empezaban a hablar, su amiga no se pavoneaba de que cada día hablaba con muchas personas importantes de la ciencia y la política españolas y del exterior. Quizá fuese el vino —excelente, como siempre que elegía ella—, pero llegó un momento en que se sintió cómoda y casi olvidó lo sucedido en los últimos días.

Hasta que, justo cuando comenzaban el plato principal y habían dejado atrás los entrantes, Alicia decidió que era hora de volver a su letanía particular:

—Tía, te necesito.

A Estrella no le pasó desapercibida la aparente incongruencia que había entre ese familiar «tía» y el significado real, todo menos espontáneo, de sus palabras.

—Alicia, no empieces…

—¿Que no empiece a qué? ¿Crees que no sé que Juan es un imbécil que no es capaz de apreciar lo que tiene ante él? Si la misma Jocelyn Bell trabajara en su oficina, sería incapaz de apreciar su valía. Es un residuo de los viejos tiempos, te lo digo yo, un dinosaurio.

—Lo es, pero en el instituto tengo la oportunidad de investigar…

Alicia posó los cubiertos.

—Vamos, Estrella. No me vengas con eso a mí. ¿Cuánto hace que no publicas nada? —No respondió a la pregunta, pero eso no le pareció importar a su amiga, que continuó—: Ahí nunca vas a hacerlo. Pero lo que sí que tienes es la oportunidad de contribuir a cambiar las cosas. Ahora podemos hacer que los juanes de este mundo se hagan a un lado, que dejen de ser un tapón para las mujeres con talento como tú. Con este Gobierno podemos avanzar mucho, pero tenemos que hacerlo rápido porque nadie sabe cuánto va a aguantar. Y te aseguro que los que vendrán después no tendrán ningún interés en seguir ese camino. Por eso tenemos que aprovecharlo ahora.

»Ven al ministerio conmigo. Te necesito en mi equipo.

—Te lo he dicho mil veces. Yo no me sé mover en la política como tú.

—¡Pero es que no hace falta que lo hagas! Tú déjame la política a mí. Yo solo quiero a quien tenga ideas nuevas, que haya conocido la verdadera realidad de los investigadores. Para lo demás, tendrás a gente capaz de diseñar presupuestos, gestionar equipos... Vente conmigo.

—¿Para hacer qué? —preguntó Estrella, más por intentar que dejara de hablar sin descanso que porque verdaderamente le interesara.

—Como directora general de Investigación.

Contra todo pronóstico, fue ella la que se quedó sin saber qué decir. Nunca se había planteado que la apuesta de su amiga llegara tan alto. Se imaginaba que la querría en algo más relacionado con una asesoría o algún otro cargo menor en cualquier institución o comité públicos. Pero le estaba ofreciendo uno de verdadero peso que sí que podía realmente cambiar las cosas.

—Pero ¿qué dices? ¿Estás loca? Yo... no tengo aptitudes para ese puesto.

—Claro que las tienes. Siempre las has tenido. La Estrella real, la que yo he conocido, las tiene. E ideas. Yo sé lo que piensas y sé que estás de acuerdo conmigo.

—Pero ¿y la ministra?

—Virginia está más pendiente de presentarse a candidata en las próximas elecciones en su tierra que del día a día del ministerio. Sé que no tendré problemas para defender tu candidatura, pero necesito que te decidas ya.

—Yo, no sé… Es un paso importante, ahí no hay vuelta atrás.

Alicia asintió, como si pensara que, por primera vez en toda la velada, su amiga por fin había dicho algo que tenía sentido.

—No hay pasos atrás, tú lo has dicho. Solo pasos hacia delante; todos los que la parálisis en la que llevas sumida todo este tiempo te ha impedido dar.

»¿Y bien?, ¿qué me dices? ¿Te vienes?

Estrella agarró la copa de vino y le dio un sorbo tan ávido como el que antes había casi evaporado la copa de cerveza en un tiempo récord. Deseó que fuera inagotable, que pudiera estar bebiendo y bebiendo y bebiendo, sin tener que bajarla, para no tener que dar ninguna respuesta. Ninguna en absoluto.

Pero, claro, al final la maldita copa se terminó.

# 10

En el autobús que la llevaba a casa, quizá por el efecto del alcohol que había tomado, sintió que por fin, de manera tardía, le venían a la mente todas las respuestas que no había sido capaz de articular. Alicia no logró que aceptara el puesto, pero terminó arrancándole la promesa de que, al menos, se lo iba a pensar, y le daba solo cuarenta y ocho horas para ello: para entonces, debía tener su sí. Y aunque Estrella no llegó a preguntarle qué haría en caso de que rechazara la propuesta, estaba convencida de que, a pesar de lo que le había dicho, apenas tardaría un día en ofrecérselo a alguien más si de verdad le urgía.

Pero entonces ¿por qué no le había dicho directamente que no? ¿Por qué se había dejado engatusar para dejar una puerta abierta a que terminara por salirse con la suya? ¿Y si, al final, una parte de ella quería aceptar, como una medida drástica para abandonar de manera definitiva la mediocridad, por más que supiera que los temores y las dudas siempre iban a estar ahí?

Cerró los ojos e intentó concentrarse en la música de sus auriculares. Y, contra todo pronóstico, lo logró, porque se incorporó con un sobresalto cuando se dio cuenta de que ya estaba en la parada cercana a su casa.

Cuando se sentó a la amplia mesa del salón, tras ponerse la ropa cómoda y la sudadera de estar por casa, notó cómo el ambiente cotidiano, el mismo en el que había intentado engañar tantas noches asediadas por la amenaza del insomnio, amagaba con volver a despertar en ella la pesadez de conciencia que se había convertido en su principal lastre. Casi podía sentir cómo, según iban pasando los minutos, el hecho de que alguien la considerara capacitada para ocupar uno de los puestos más importantes de la ciencia oficial del país parecía ir perdiendo fuerza, como si su energía reconfortante fuera poco a poco absorbida por aquellas paredes monótonas y poco impresionables.

Con un impulso decidió sacarse de encima esa sensación, y no se le ocurrió mejor manera que afrontar la resolución de uno de los misterios que envolvían a la partitura: identificar de quién era la obra. Y eso le permitió silenciar cualquier cargo de conciencia por no dedicar ese tiempo a trabajar en tareas propias del instituto. Ser consciente de nuevo de que bastaría una respuesta monosilábica afirmativa para darle con la puerta en las narices a Juan y todo lo que representaba la llenó de un extraño calor que tenía mucho de satisfacción. Y, por extensión, avanzar en aquel enigma que se había cruzado en su camino, y que despertaba en ella el ansia por conocer y descubrir que parecía haberla abandonado como científica, le pareció una forma perfecta de terminar de darle la vuelta a un día que, como tantos otros, siempre demasiados, había comenzado torcido.

Abrió el ordenador. Con el mismo ímpetu y similar voluntad que dedicaba al rastreo de la ingente suma de datos almacenados en las distintas webs que compilaban la información que utilizaban los miles y miles de equipos de investigación científica que trabajaban en el mundo, Estrella terminó encontrando un reservorio de partituras. Se ufanaban, sin ninguna modestia, de contener el mayor banco de datos que nunca se hubiera reunido. Al tener detrás una rara institución filantrópica, el acceso era gratuito previo registro, aunque existía la posibilidad de una donación, que Estrella prefirió reservar hasta ver si finalmente lo que ofrecía le era útil.

Se le ocurrió la idea de utilizar un servicio que tenía contratado de búsqueda de patrones en línea mediante la asistencia de inteligencia artificial. Este sistema le permitía, por ejemplo, analizar la inabarcable cantidad de curvas de luz que permitían identificar estrellas cuyo brillo parecía disminuir ligeramente cada cierto periodo de tiempo, lo que podía ser un indicativo de que tuviesen un planeta que las orbitase y que se taponara parcialmente su brillo cada vez que este pasase por delante. El uso de la IA, en definitiva, facilitaba procesar más rápidamente los, de otro modo, prácticamente infinitos datos que cada noche los telescopios de todo el planeta, más los espaciales, recopilaban.

Aplicó, con los convenientes y sencillos retoques y ajustes que le llevaron una breve programación, el software para rastrear si la partitura que tenía en su poder estaba incluida en el banco de datos. Se la había traído de vuelta de su oficina, adonde la había llevado, siguiendo un impulso de prudencia que a ella misma le había sorprendido. La había metido en un anodino y obsoleto archivador corriente, distinguido tan solo por las palabras «PRESUPUESTOS 2015/16» escritas a mano en el lomo.

Escaneó la partitura, estableció los parámetros adecuados y lanzó la búsqueda.

Se preparó un té mientras esperaba. Pero apenas le dio tiempo; justo al volver a sentarse, una ventana emergente le informó de lo obtenido:

1 resultado con el 78,3 por ciento de coincidencia

A este le sucedían otros, cada vez menos coincidentes. A Estrella le sorprendió que no se tratara de una coincidencia al 98 o 99 por ciento, o del cien por cien, pero su desconocimiento de la notación musical le hacía ser prudente.

Hizo clic en el vínculo del primer resultado y la imagen de otra partitura se desplegó ante ella.

Pasó los ojos de la pantalla al papel y vuelta. No era el mismo documento, pero incluso para los ojos de una neófita era evidente que los primeros pentagramas eran exactamente iguales. Y, al seguir bajando, vio que la similitud se mantenía.

Con una leve ansiedad, pulsó la pestaña de «Info». Y la ansiedad se transformó casi al momento en algo parecido a un sobresalto cuando leyó los datos de catalogación:

HERSCHEL, WILLIAM (1738-1822)
Concierto para oboe n.º 2 en do mayor

Estrella se echó hacia atrás en la silla de una manera tan brusca que la taza con el té corrió un momentáneo peligro.

«¡Claro! ¿Cómo puedes ser tan estúpida? ¡Sabías de sobra que Herschel también fue músico».

Sí, ahora recordaba aquellos días en York. A pesar de todo, tuvieron tiempo de asistir a varias de las ponencias. Uno de los actos centrales fue un concierto a cargo de un grupo de cámara, con un programa compuesto exclusivamente por obras firmadas por el protagonista del congreso antes de descubrir la astronomía y dirigir hacia ella todo su genio. De hecho, su hermana, que debido a una enfermedad que había sufrido de niña había visto sus rasgos afectados de tal manera que sus padres la habían descartado como candidata a casarse, había logrado salir del yugo del hogar familiar para acompañar a su hermano en los conciertos que realizaban porque su voz, según todos los testimonios, era deliciosa.

Sí, todo terminaba llevando a William Herschel, una y otra vez. Pero Estrella seguía perdida, como si viera estrellas sueltas y, sin ninguna referencia, tuviera que adivinar qué constelación formaban. Intuía que ante ella estaban las pistas que la llevarían a desentrañar el misterio, pero continuaba tan desconcertada como en el primer momento.

Una sospecha le cruzó por la mente. Abrió la partitura en la pantalla del ordenador y fue avanzando, buscando las líneas del pentagrama que contenían las notas que encerraban el mensaje oculto.

Se sorprendió al llegar al final sin habérselas topado. Volvió hacia atrás y se fijó con aún más detalle. Esta vez no le quedó ninguna duda: no estaban.

Era evidente que la copia de la partitura que le había enviado Álvaro no era la misma que la que aparecía en el reservorio. Se trataba de una versión alterada que alguien había reproducido insertando las nuevas líneas de pentagrama.

Pero ¿quién lo había hecho? ¿Álvaro? Y, si no era él, ¿quién?

Cuando le dio al botón para hacer una pequeña donación que reconocía que la web le había sido útil, aún seguía dándole vueltas a la pregunta. No importaban los pasos que lograra dar, siempre estaba ahí, esperándola para que volviera a darse contra ella.

De pronto, algo indefinible pero muy real le hizo levantar la mirada. La paseó alrededor del salón. No sabía qué estaba buscando, pero tenía la total seguridad de que había algo que no estaba como debía, algo que una parte de sí había percibido de manera casi inconsciente, instintiva, a la espera de que su lado racional lo confirmase.

Se levantó, contempló con detenimiento todo. Ni en los libros ni en el desorden de la mesa, en la que siempre tenía que apartar hacia un lado el portátil, los cuadernos y los papeles que, en la era del trabajo en la nube, aún se resistían a desaparecer, logró ver nada extraño; todo parecía estar exactamente donde lo había dejado.

Entonces se fijó en un lego a medio armar..., si es que podía decirse que estaba «medio armado». En realidad, aún no tenía una forma decidida ni probablemente fuera a tenerla nunca, como siempre le ocurría. Sus construcciones eran, más bien, improvisaciones que iban desplegando sus dedos y sus manos, que se dejaban llevar por la *jam session* de pensamientos que atravesaban su mente, menos que un razonamiento, más que una intuición.

Se quedó mirando aquella construcción que permitía dejar volar la imaginación, y algo vibraba ante ella casi de una manera física, la percepción de que algo ocurría en aquel batiburrillo de piezas montadas de forma aparentemente caótica...

En ese momento lo vio. Porque en lo que respectaba a sus legos, tenía una memoria casi fotográfica. La suficiente para darse cuenta de que unas piezas, apenas tres o cuatro, con una plana de color naranja que las cubría a todas, no estaban como las había dejado.

La impresión hizo que se le escapara una exclamación ahogada. Y sí, al verla más de cerca, observó además que había cambiado de posición. Estaba ligeramente girada, algo que pasaría inadvertido para cualquiera que careciera de su sensibilidad.

Tardó un momento en entender qué era lo que había sucedido, pero, cuando lo comprendió, sintió un escalofrío.

Alguien había estado allí.

Y, cuando hubo terminado de hacer un detallado recorrido por toda la casa, abriendo cajones e inspeccionando rápidamente cada rincón, concluyó que no había sido un ladrón común que hubiera entrado para robar, porque no fue capaz de echar en falta nada.

Para ella solo cabía una posibilidad: aquel suceso extraño solo tenía sentido si se conectaba con la sucesión de otros hechos igualmente extraños que habían ido ocurriéndole desde que el rostro de un Álvaro aún vivo había aparecido en la pantalla del televisor del bar donde estaba desayunando.

Quien entró en su casa iba buscando la partitura.

Permaneció de pie, tomándose aún unos instantes para asimilar que su casa de repente había perdido cualquier valor como refugio y tranquilidad. Se preguntó si esa noche sería capaz de pegar ojo.

# 11

—Qué interesante.

Satrústegui observaba las páginas de la partitura desplegadas ante él en la mesa del bar como si fuera capaz de leerlas. Estrella no sabía si era por la musiquita de la máquina tragaperras, por los golpes de las piezas de dominó que soltaba el grupo de jubilados que se sentaban a otra de las escasas mesas ocupadas, o directamente por prejuicio, pero le costaba creer que el detective tuviera la formación en solfeo suficiente para hacerlo.

«Vamos, Estrella, relaja —se dijo a sí misma—. Al fin y al cabo, eres tú quien lo ha llamado».

Sí, así era y no merecía la pena darle más vueltas. Tras la sospecha de que habían entrado en su apartamento y el casi convencimiento de que lo que buscaban era el original de la copia que ahora le estaba mostrando al detective —el primero había decidido meterlo dentro de un archivador guardado en un trastero del instituto que llevaba años, por lo que ella creía, sin que nadie lo visitara para nada útil, en una caja de cartón con albaranes y recibos de los años noventa—, la situación la desbordó. Se preguntó si no estaría metiéndose en algo que la superaba, que no se trataba de ningún juego, sino que, al contrario, estaba lleno de riesgos de un calibre que le venía grande, muy grande.

Pero ¿a quién acudir? ¿A la policía? Y ¿qué les iba a decir exactamente? Ni siquiera estaba segura de si Álvaro había querido que se comprometiera hasta el punto en que lo estaba haciendo, y tampoco sabía muy bien qué contar. Porque, en definitiva, ¿qué era lo que tenía? ¿Y si se trataba de una mera casualidad, por muy tétrica que fuera, y no iba más allá de una broma extraña que, en un oscuro azar, había terminado coincidiendo con su extraña muerte?

Es más, ¿y si lo único que pasaba era que Álvaro se había muerto de forma natural yendo a ver, probablemente por centésima vez, un objeto de un personaje que lo obsesionaba y le había robado toda su atención?

No, la policía quedaba descartada, al menos por ahora. Pero necesitaba imperiosamente poner a rebotar todo lo que tenía, lo que creía saber y, sobre todo, las sospechas que se cernían sobre ella como una nebulosa sin contornos certeros, contra otra persona, otros ojos, otra mentalidad que la tranquilizara y la convenciera de que, o bien todo era una elucubración de una mente en exceso calenturienta, o bien tenía razón y sus sorprendentes conclusiones no eran un disparate.

Y, a pesar de que nada lo pudiera hacer presagiar en un primer momento, se dio cuenta de que esa persona solo podía ser Satrústegui. Era evidente, para empezar, que tanto la familia de Álvaro como él pensaban que había algo que se le podía escapar a una investigación más oficial, por mucho que la hubiese llevado todo un Scotland Yard. Y, en segundo lugar, porque era muy posible que supiera mucho más de lo que le había contado, y contrastar sus temores y sus ideas con lo que él hubiera averiguado podía ser igualmente tranquilizador.

Por eso lo había llamado, y por eso ahora estaban los dos sentados, a una hora temprana de la tarde, en un bar situado junto a la boca de metro de Usera. Ella iba tan absorta que chocó, de la manera más torpe, con un hombre que pasaba por la acera justo ante la puerta del bar. Balbuceó una disculpa y entró. Descubrió que Satrústegui había llegado sin gabardina esta vez, aunque con un traje que habría estado a la moda hacía dos décadas, más o menos. El detective no parecía sorprendido de que hubiera acudido a él, ni cuando lo llamó ni de que, nada más sentarse, procediera a contarle todos sus pasos desde aquella mañana en que había visto el rostro de Álvaro en televisión y cuyos detalles le había ocultado en su primer encuentro. De hecho, Estrella no podía evitar tener la impresión de que él ya sabía que ella no se lo había contado todo y que aguardaba el momento en el que ella misma acudiría a él. Se preguntó si él era consciente de que se trataba de algo peligroso, y una vez más le sorprendió qué interés podía tener el padre de Álvaro en encargar una investigación paralela, qué podía haber en juego que le impidiera acudir a la policía.

Cuando hubo terminado de pasar la mirada por la última página —Estrella seguía sin atreverse a emplear la palabra «leer»—, se inclinó hacia atrás manteniendo aún la vista sobre los papeles.

—Interesante —repitió.

—Sí —se apresuró a intervenir Estrella. Por alguna razón, no le apetecía volver a oír esa palabra, tan poco comprometedora y plana, que no le aportaba gran cosa—. Pero, si esto ha tenido algo que ver con su muerte, si no quería que cayera en manos equivocadas, ¿por qué me lo envió a mí? Hacía años que no nos hablábamos…

Satrústegui aún mantuvo el silencio unos segundos. Estrella volvió a notar una leve transformación en su rostro que hacía vacilar la apariencia de gañán que por momentos podía irradiar, como si se tratara de una pose bajo la que en realidad ocultara su verdadera inteligencia. Para cuando por fin habló, había recuperado su expresión habitual. Y no ayudó el que empezara a contarle algo que no parecía tener demasiada relación con el asunto que los había reunido:

—¿Sabe cómo configuraba antes mis contraseñas?

—¿Perdón? —Estrella no estaba segura de haberlo oído bien.

Él continuó, como si ella no hubiese dicho nada:

—Utilizaba el cumpleaños de una chica que me gustaba mucho en el colegio y a la que no he vuelto a ver desde entonces. Es un nombre que no aparecerá en ningún registro que me haga un hacker: no está en mi teléfono móvil ni en mi ordenador, prácticamente en ningún sitio que no sean mis recuerdos, porque los diarios y las cartas —la imagen de un Satrústegui infantil escribiendo diarios y cartas en cuadernos de papel cuadriculado, con caligrafía recién aprendida y quizá con alguna cursilería que otra, provocó extraños cortocircuitos al atravesar por un momento la mente de Estrella— los perdí hace mucho. En fin, nadie encontrará nada que me pueda vincular con ella. Y, si lo único que buscan es estafarme cien euros de nada o sacarme el número de tarjeta, no se van a poner a explorar cada detalle de mi vida, a rastrear mi expediente académico y averiguar quién iba a mi clase. Y, suponiendo que lo hicieran, resulta que la chica en cuestión no iba a mi clase, sino a otra. —A Satrústegui se le escapó una sonrisa de suficiencia—. Vamos, que van listos.

—Pero, si le pedían también letras, ¿qué hacía?

—Añadía el nombre de su hermana, escrito con caracteres raros, ya sabe, el signo del dólar en lugar de la s y cosas así. No era tan guapa como ella, pero también era de las que llamaban la atención. A veces me pregunto qué habrá sido de ellas...

—Pensé que era usted un buen detective.

Satrústegui la miró, por una vez mostrando que esta vez sí que había logrado hacerle una finta retórica. Sonrió.

—Bien jugado. Supongo que he preferido quedarme con el recuerdo y no tener noticia de cómo se habrán convertido en personas de provecho, como yo. —Aquí, la sonrisa ya había evolucionado hacia el sarcasmo—. En fin, lo que quiero decir es que, muy probablemente, Álvaro hizo algo parecido. Fuera lo que fuese lo que estaba buscando, lo que estaba haciendo, lo natural sería que lo compartiera con alguien o que, aunque prefiriera guardárselo para sí, alguien debería haber tenido alguna noticia de ello, por pequeña que fuese. Si encontró esa partitura por sí mismo, si alguien se la dio, incluso si es de su autoría, es raro pensar que no lo compartiera. Y eso, hoy en día, deja rastro: en el móvil, en el WhatsApp, en el e-mail, en Telegram o en una red social... O en una anotación en el bloc de notas, o en un cuaderno, o dondequiera que apuntara cosas para que no se le olvidaran.

»En cambio, una chica con la que había tenido una relación fugaz hacía seis años y con la que no había vuelto a tener ningún contacto... Bueno, no es tanta distancia como la que separa a un adulto de sus años escolares, pero sí que ofrece suficiente colchón. En todo caso, sería una posibilidad más en una nube de nombres que pueden figurar en la agenda, pero que probablemente no destacaría en nada.

»Pero, a la vez, no bastaba con que fuera alguien inesperado. Tenía que ser, además, alguien que pudiera interpretar y reconocer lo que recibía. Alguien con conocimiento previo que pudiera sumar dos y dos...

—Pero no debía de tener tanta confianza en mí —replicó Estrella sin poder ocultar la incomodidad que había ido creciendo en ella al escuchar el razonamiento de Satrústegui, sobre todo por esa imagen de su nombre mezclado en una nebulosa confusa junto con otros, entre los que probablemente también habría algún otro que correspondiera a una relación tan fugaz como la suya— cuando no me dio ninguna pista.

Satrústegui negó con suavidad con la cabeza.

—No estoy de acuerdo. Confiaba lo suficiente como para darle una muy genérica, con la confianza de que sería capaz de atar cabos por sí misma. Después de todo, cuando estuvieron juntos nunca hablaron de mensajes encriptados en partituras musicales ni nada por el estilo, ¿verdad?

—No.

—Y sabía que sería capaz de darse cuenta de que Herschel había sido también músico...

Estrella prefirió obviar que fue una IA la que le indicó la autoría de la partitura. Lo podría haber anticipado ella si no hubiera estado tan lenta y tan despistada por las miserias del día a día. Tampoco quería que el detective se viniera demasiado arriba.

—Lo sabía, sí —se limitó a contestar de manera escueta.

—¿Mostró el youtuber...? ¿Cómo se llamaba?

—MrPartitura.

Satrústegui soltó una risita, que venía a ser toda una declaración de su opinión general sobre la gente de ahora.

—Sí, eso. ¿Le dio en algún momento la impresión de que ya conocía la partitura?

—No. Se sorprendió mucho.

Satrústegui se quedó pensativo un momento. Luego señaló las líneas del pentagrama donde Estrella le había indicado que se encerraba el mensaje.

—Repítame otra vez lo que dice, por favor.

—Es una frase en latín. Traducida quiere decir: «Solo quien mira en la dirección correcta puede ver lo que los cielos no tienen. El camino hacia lo que buscas empieza, escondido, en el interior».

Satrústegui la anotó en su cuaderno negro, de kit de primero de detective de televisión. Luego la releyó varias veces. Finalmente le preguntó:

—¿Le dice algo?

Estrella se encogió de hombros. «Bueno, vamos a ello. Total, si es una tontería, mejor que quede claro ya y poder olvidarlo después».

—No sé, pensaba que...

—¿Qué?

—William Herschel fue uno de los astrónomos más importantes de la historia. Entre otras cosas, fue el descubridor de Urano, pero a la vez se dio cuenta de que el universo podía ser mucho más grande de lo que se creía y abrió el camino a entender que las nebulosas eran en realidad galaxias diferentes a la nuestra. Además, junto a su hermana Caroline, descubrieron y catalogaron un gran número de cuerpos celestes.

»Pero, en definitiva, no habrían podido hacerlo si, antes, William no hubiese inventado un nuevo método de pulido de lentes que le permitió construirlas con mucha mayor precisión y capacidad de aumento, lo que lo llevó al diseño y la fabricación de telescopios mucho más grandes de lo que hasta entonces era posible...

—«Solo quien mira en la dirección correcta puede ver lo que los cielos no tienen...».

—Sí. Solo quien es capaz de manejar algo tan terrenal como las técnicas de construcción de un telescopio podrá ser capaz de enfocarlo hacia los cielos —confirmó Estrella—. Y esto es bien literal: recuerdo que Álvaro me contó que el pulido de las lentes era un trabajo muy aburrido y constante, al que el propio Herschel se entregaba durante horas. No podía haber nada más terrenal.

—Curioso. Y Álvaro Mateos fue encontrado...

La imagen se le apareció a Estrella de manera inmediata.

—Al pie de lo que queda de un telescopio de Herschel...

—¿Acaso querría mirar a través de él?

—No, no. Lo que se muestra en el jardín del museo de Greenwich es tan solo una parte de uno de los telescopios más grandes que él construyó. Y, además, no tiene espejos. Su único interés es histórico.

—Entonces mejor nos fijamos en la segunda parte de la nota...

Una luz se hizo en la mente de Estrella, que, repentinamente, lo veía todo con una gran claridad.

—«El camino hacia lo que buscas empieza, escondido, en el interior…». Álvaro buscaba algo en el mismo telescopio, algo que no está en los cielos porque estaba en el suelo, a su alcance. No es algo metafórico, es una indicación bien concreta.

—Pero no lo encontró —afirmó Satrústegui.

—Eso no lo sabemos.

—Si alguien busca lo que le envió quiere decir que, sea lo que sea, sigue sin aparecer.

—Es cierto. —Estrella sintió un escalofrío—. Y ese alguien es capaz de matar para hacerse con ello.

Los dos quedaron en silencio. Satrústegui no sonreía, y Estrella parecía sorprendentemente serena.

Un repentino jolgorio electrónico les hizo saber que el señor de la máquina tragaperras había logrado un *jackpot*. Se quedaron absortos mirándolo, tan absortos que Estrella no vio que el hombre con el que había chocado justo antes de entrar en el bar no se había ido, sino que estaba sentado en el asiento del conductor de un coche aparcado justo delante del ventanal que daba a la calle. En ese momento, estaba inclinado sobre su móvil, en cuya pantalla unas líneas de onda sonora parecían latir y vibrar al mismo ritmo que las palabras que ellos iban pronunciando, mientras un software avanzado iba transcribiendo y traduciendo en forma de texto lo que decían. De hecho, frunció el ceño cuando el escándalo procedente de la máquina y los gritos de celebración del hombre de la tragaperras y sus compinches de la partida de dominó se superpusieron a todo.

Justo entonces otra ventana emergió en la pantalla de lo que por fuera parecía un móvil pero que en realidad era un aparato mucho más sofisticado, enlazado en ese instante vía satélite a un servidor de acceso restringido situado en algún lugar bajo las aguas del Ártico. Se trataba de un mensaje en inglés que le anunciaba que el volcado, que había comenzado tras el enlace que había establecido tras acercar su terminal a la mochila de ella en aquel choque para nada fortuito, había terminado.

Para Samuele aquella era la señal para retirarse disimuladamente. Ya no tenía necesidad de seguir escuchando a través del micrófono del móvil de Estrella, que había activado desde la distancia. Todo lo que este contenía, incluido lo que tuviera en la nube, ahora le pertenecía. Había viajado en cuestión de milisegundos desde el servidor corporativo donde estuviera toda esa información hasta el fondo helado de un mar oscuro y casi enemigo de la vida. Y él podría acceder, siempre que lo quisiera, para saber todo lo que ella sabía. De hecho, algo le decía que sabría incluso más que ella. Lo suficiente para adelantarse y evitar tener que tomar medidas más contundentes.

Esas las dejaba en reserva, solo por si el resto fallaba.

# 12

Una semana después, Satrústegui la llamó por teléfono para preguntarle a bocajarro, nada más descolgar y sin siquiera un saludo de cortesía:

—¿Cuántos telescopios más del hombre este hay en el mundo?

A pesar de que iba acostumbrándose a la manera directa que tenía el detective de referirse a las cosas, no dejaba de causarle una extraña sensación que se refiriera al gran William Herschel como «el hombre este». Aun así, Estrella tuvo la agilidad suficiente para responder:

—Varios, la mayoría pequeños. Pero solo hay uno grande.

—¿Dónde está? ¿En Inglaterra también, en Alemania...?

Estrella se permitió una sonrisa de suficiencia, aunque nadie la estaba mirando, y pensó que era una lástima.

—En Madrid.

Hubo un instante de silencio al otro lado.

—¡Anda ya! Se está quedando conmigo.

—No. —Estrella siguió disfrutando cada segundo de la conversación—. Uno de los mayores telescopios que construyó Herschel, aparte del de doce metros, al que pertenecía el fragmento que conservan en Greenwich, es el de nueve metros que fabricó por encargo de Carlos IV. Y está en el Real Observatorio de Madrid, en el Retiro, que es para donde fue fabricado.

—¿Y se puede ver?

—Sí, podemos arreglar una visita. Tengo una amiga que trabaja en el Instituto Geográfico Nacional, que es de quien depende, y nos lo puede enseñar.

—¿De cerca?

—¿Cómo que de cerca?

—Muy de cerca.

—A ver, está protegido y no creo que...

—Vale, ya improvisaremos.

—¿Improvisar?

—Sí, ya me entiende. —«Demasiado», pensó Estrella—. Organice una visita con su amiga. Ya. Si puede ser mañana mejor que pasado.

—No puedo. —Estrella sintió un ligero fastidio por que pretendiera disponer así de su tiempo, sin preguntarle siquiera su agenda—. Mañana me voy a París, a unas reuniones, y estaré dos días fuera.

—Pues a su vuelta. Nada más aterrizar, la llama y lo cierra.

Y así fue. A su vuelta de París, donde se había reunido con una parte del equipo internacional que estaba trabajando en su proyecto, llamó a Adela y, sin un motivo especial, le sobrevino una sensación parecida a un cargo de conciencia, como si todo lo que estaba haciendo en torno al misterioso enigma de Herschel tuviera algo clandestino. Un sentimiento que, sabía, era absurdo, pero que le hizo preferir expresarse mejor de viva voz que por escrito, aunque fuese en un lugar tan poco formal como un chat de WhatsApp.

Adela le respondió con su ánimo habitual. Nada más empezar la conversación, le preguntó si ya había hablado con

Alicia. Estrella intentó no entrar en mucho detalle, porque eso le hizo ser consciente de que se había cumplido el plazo que aquella le había puesto para que respondiera, cosa que no había hecho, como bien se encargaba ella de dejárselo claro inundándola de mensajes. O al menos hasta hacía veinticuatro horas, cuando había cesado el diluvio. Se preguntó, solo por un instante, si por fin se habría rendido, pero tampoco podía dedicar mucho tiempo a pensar en ello porque sentía que ese misterio extraño que se le había cruzado en el camino había ganado entidad suficiente como para captar prácticamente toda su atención. Eso sí, fue una ayuda inestimable para escabullirse de la pregunta el que Adela mostrara sorpresa por su inesperado deseo de ir a ver el telescopio a la sede del Retiro.

—¿Por qué tienes tanto interés de repente? —le preguntó—. Cuando te lo he propuesto yo, nunca has encontrado un momento. Y mira que llevo años en el Geográfico...

—Te lo explicaré con detalle en cuanto pueda; pero, por ahora, te pido que confíes en mí. Y una cosa: iré acompañada.

La sonrisa que se le debió de poner en la cara a Adela al escuchar esas palabras casi era visible a través del teléfono. Estrella podía hacerse una idea del rumbo de las especulaciones que debían de haberse puesto en marcha en su cabeza al oír eso.

—Bueno, bueno, cuánto misterio. Espero que no sea otra vez el tipo de la fiesta del otro día. La verdad es que no te portaste nada bien con él...

La lista de mensajes de Rober, más conocido en redes como MrPartitura, pasó a engrosar aún más el peso de su cargo de conciencia. Si se paraba a pensarlo, lo raro era que aún le quedase alguien que respondiese a sus llamadas.

«Ahora no, no sigas por ahí. Concéntrate».

—¿Puede ser? —Esperó que Adela no advirtiera que había preferido obviar sus últimas frases. Un suspiro de ella le informó de que sí, y también de que se había dado cuenta de que no le iba a dar juego.

—Claro que sí, mujer —respondió en su lugar—. ¿Cuándo queréis pasaros?

—¿Mañana?

La curiosidad de Adela ya se había convertido en una onda energética que casi dejaba una huella física en el aire.

—¡Madre mía! Qué urgencias. Pero mira, justo mañana tengo que estar yo por allí.

Adela tenía su despacho en un edificio de otro lugar de la ciudad, en la sede del Instituto Geográfico Nacional, y Estrella estaba segura de que no tenía que ir para nada al observatorio del Retiro. Pero nunca se perdonaría dejar pasar la posibilidad de un buen cotilleo, y aquel interés súbito por algo que, siendo sinceros, era visitado sobre todo por colegios, grupos de centros culturales y asociaciones de la tercera edad, porque la promoción nunca había sido el fuerte de la institución, tenía suficientes mimbres para ser misterioso y apetitoso.

Habían quedado en verse al día siguiente a las cinco, cuando gran parte del personal ya se hubiera ido y tampoco hubiese ninguna visita. A la hora convenida, ella y Satrústegui subieron la cuesta de Moyano y accedieron a la rampa que daba al grupo de edificios entre los que se encontraba el observatorio. Se dirigieron hacia la entrada principal, donde Adela, a la que Estrella había avisado de que ya habían llegado, los esperaba junto al péndulo, ahora detenido ante la ausencia de visitas programadas, y las vitrinas, llenas de telescopios, astrolabios y todo tipo de instrumentos de época.

—Bueno, bueno —dijo en cuanto los vio aparecer—. El último lugar donde esperaba verte. Ya me contarás a qué viene este repentino interés por las piezas históricas. Hola, soy Adela. —Esto se lo dijo a Satrústegui, quien paseaba la mirada alrededor, muy interesado en todo lo que veía, incluido el péndulo.

—Buenas tardes. Satrústegui. —Le tendió la mano, que Adela le estrechó, con una divertida aprensión en el rostro ante el aspecto poco actualizado del detective—. Qué maravilla de sitio. Dígame, ¿han notado si falta algo?

Estrella lo miró con ojos como platos, que luego dirigió hacia Adela, quien a su vez frunció el ceño mientras respondía:

—No, no nos falta nada. ¿A qué viene esa pregunta?

—Oh, por nada, simple curiosidad. Con tantas piezas históricas, que seguro que son muy valiosas, imagino que este debe de ser un lugar muy codiciado por los ladrones...

Adela se tomó un instante antes de responder. Estrella imaginó que valoraba si había cometido un error al acceder tan rápido a la petición de su amiga.

—Bueno, supongo que somos tan poco conocidos que ni siquiera la gente a la que puedan interesar nuestras piezas históricas sabe de nuestra existencia...

Satrústegui asintió mientras seguía paseando la mirada aquí y allá.

—Es una suerte —dijo al fin—. No parece que tengan mucha seguridad por aquí. —Estrella casi percibió la fuerza con la que Adela cerraba los puños y se sintió impelida a decir algo, cualquier cosa, que suavizara la situación, pero, antes de que pudiera hacerlo, el propio Satrústegui lo solucionó, intencionadamente o no, al añadir—: ¿Podemos ver ya el telescopio?

Estrella vio cómo la propia Adela agradecía la vía de escape que se le había aparecido para no tener que decir lo que de verdad se le agolpaba en la punta de la lengua.

—Sí, sí, claro; veo que tenéis mucho interés. Vamos.

Adela echó a caminar hacia la puerta de salida, pues el telescopio se encontraba en un pabellón aparte, construido específicamente para él, al que se entraba por el jardín.

Estrella se las arregló para retrasarse un instante y advertir a Satrústegui:

—Un poco de sensibilidad no nos iría mal, ¿no? Aunque vaya de dura, Adela adora este sitio, y no creo que haga falta meterle cosas raras en la cabeza...

—Bueno, nos está llevando, ¿no?

Estrella quiso encontrar algo para responderle, y lo encontró. Pero, por alguna razón, también ella prefirió no expresarlo.

Mientras avanzaban por el camino, al frente vieron el pabellón que había diseñado el arquitecto Antonio Fernández Alba para alojar el ingenio de Herschel. A pesar de ser una construcción moderna, se integraba a la perfección con el estilo neoclásico del edificio principal, obra de Juan de Villanueva, el mismo arquitecto del Museo del Prado.

Según se iban aproximando, tanto Satrústegui como Estrella ya podían ver, a través de los ventanales que hacían de paredes del pabellón, el gran tubo de color oscuro, apoyado en su compleja estructura de madera. Y, aunque había visto fotos y sintió un calor especial al contemplar aquella construcción que, en un tiempo, encarnó el tema que la unió con Álvaro, Estrella experimentó, de manera paradójica, una reacción nerviosa ante un objeto que era imponente en sí mismo, pero que, a partir de los acontecimientos que se habían precipitado en las últimas semanas, cobraba aún mayor peso, más ominoso. Sin embargo, Satrústegui, a su lado, parecía más interesado en el envoltorio, en el edificio, en todo lo que lo rodeaba. Estrella se preguntó si estaría también evaluando, en un primer vistazo, la seguridad antes de centrarse en el objeto en sí. Aquello, por un lado, la intranquilizó todavía más, como si despertara en ella un sentido de inminencia, de algo que, o bien había ocurrido, o bien estaba a punto de ocurrir; por otro, volvió a reparar en hasta qué punto aquel hombrecillo extraño y anacrónico era todo un misterio. ¿De dónde había sacado toda aquella información detallada que parecía tener? Estrella dudaba de que un simple detective cualquiera de Madrid pudiera mostrar tanto conocimiento.

Un pensamiento tomó forma de manera casi tangible en su cabeza: «Claro, porque tú conoces de siempre cómo son de verdad los detectives. ¿Quieres dejar de darte importancia?». Estrella acusó el golpe de su parte cínica y contundente, la que llevaba demasiado tiempo sin ver la luz del sol. Convino en que tenía razón y decidió no darle más vueltas..., por ahora.

Al entrar, pasaron primero por una sala que acogía una pequeña exposición de instrumentos relacionados con las especialidades de quienes trabajaban en aquel grupo de edificios. Aunque el más conocido era el dedicado al observatorio astronómico, ahora fuera de uso desde el momento en el que la ciudad había crecido alrededor de aquella colina y el cielo nocturno se había visto colonizado por la iluminación artificial, todo el complejo formaba parte del Instituto Geográfico Nacional y de otros organismos, así que allí también trabajaban meteorólogos y geólogos. Por eso, aquella sección ofrecía a los ojos de los escolares y los grupos que de vez en cuando se acercaban por allí una representación del instrumental utilizado por las distintas ramas de la ciencia.

A pesar de su condición de astrofísica, Estrella no habría sido capaz de identificar la mayoría de ellos, probablemente solo los que se utilizaban para las mediciones que luego se recogerían en los mapas, los usados antiguamente para las predicciones del tiempo y pocos más. Tampoco les dedicó especial atención y ya se encaminaba sin darle muchas vueltas hasta la puerta que daba al recinto del telescopio cuando Adela, que había llegado hasta la entrada y sujetaba la barra vertical que hacía las veces de manilla, se quedó mirando hacia un punto a su espalda.

—¿Qué narices hace tu amigo?

Estrella se detuvo, sorprendida, y se volvió. Vio a Satrústegui detenido frente a un aparato que tenía una estructura en la que destacaba lo que asemejaba un gran rollo de papel, sobre el que escribía una línea una especie de fino punzón que parecía temblar y que sobresalía de una masa colgada de un muelle. Tampoco era su especialidad, pero esta vez Estrella reconoció lo que era: un sismógrafo.

Durante unos incómodos segundos, las dos amigas se quedaron mirando al hombre, que se había inclinado para observar más de cerca el rollo de papel. Cuando Estrella por fin iba a decirle que espabilara, sorprendió a las dos volviendo a ponerse recto para, a continuación y de manera sorpresiva, saltar para descargar todo su peso sobre una sola pierna, lo que, en la especial resonancia de aquella estancia, produjo un sonido seco que resonó como si alguien hubiera dado un gran pisotón. Se inclinó otra vez hacia el papel, y una extendida sonrisa asomó a su rostro. Se incorporó de nuevo y, ahora sí, se giró y caminó hacia ellas.

—¡Qué divertido! —dijo, aún sonriente.

—Sí, a los colegios les encanta dejar su huella en el sismógrafo —respondió Adela con un evidente retintín en su voz—. ¿Vamos ya?

—Claro.

Estrella y su acompañante pasaron ante Adela, que sujetaba la puerta mientras continuaba con los ojos clavados en Satrústegui como si se tratara de algún misterio por descifrar, con esa sonrisa aparentemente relajada pero que, como bien sabía Estrella, delataba que estaba sumida en elucubraciones de las que prefería no saber nada.

Estrella no se consideraba una persona especialmente fetichista, pero ver por fin en todo su esplendor aquel soberbio aparato le hizo apreciar la envergadura de lo que estaban haciendo, que ni siquiera sabía muy bien qué era. Porque resultaba imposible contemplar aquel prodigio de gran tubo, sujeto por poleas y con una plataforma en la parte superior para poder mirar por el en comparación diminuto visor, y no maravillarse de lo que a finales del siglo XVIII, con materiales aparentemente poco sofisticados como madera, hierro y cuerdas, aquel portentoso hombre y su equipo habían sido capaces de construir.

A pesar de todo lo que ya conocía sobre Herschel y sus telescopios, volvió a sentir la admiración de una obra aún capaz de impresionar a un visitante dos siglos después de su construcción, con una técnica que su propio constructor tuvo que ir descubriendo y perfeccionando sobre la marcha.

La estructura que mantenía al gran tubo apuntando a un ahora inexistente cielo, con la escalera para poder acceder a la parte superior, y el complejo sistema de poleas que permitía que toda la estructura girara y que el tubo cabeceara, y así poder seguir a los astros en su continuo movimiento por el cielo —a Estrella siempre le había sorprendido que los antiguos consideraran que lo que sucedía en la bóveda celeste era una garantía de estabilidad frente a los cambios continuos que definían la realidad terrestre porque, como cualquiera que se dedicara a estudiar el universo sabía, la vorágine y el cambio continuos eran la definición del firmamento—, era un verdadero prodigio de diseño. No le extrañaba que los contemporáneos de Herschel se acercaran a ver el telescopio aún más grande que tenía en un terreno adyacente a su casa. Hasta el rey Jorge III, antes de enloquecer, acudió a admirarlo como una grandeza más de su país, que no tenía nada que envidiar a las prodigiosas naves que estaban haciéndose con los mares. Sus restos, recordó ahora con dolor, habían presenciado los últimos momentos de Álvaro.

—Es alucinante, ¿verdad? —Adela sonreía—. A mí aún me sigue impresionando, y mira que he visto la gran mayoría de los grandes telescopios del mundo.

—Sí, es una maravilla —admitió Estrella, que esperaba escuchar una respuesta más o menos similar por parte de Satrústegui, hasta que se dio cuenta de que el hombrecillo, sin añadir nada, había sacado una vieja cámara digital con la que empezó a hacer fotos de cada detalle del gran instrumento. Se fue acercando cada vez más, incluso hizo el amago de levantar la pierna para posarla sobre la estructura de madera.

—¡Oiga! ¿Qué está haciendo? —lo interrumpió Adela, quien, más que esperar una respuesta de él, se volvió hacia Estrella con una interrogación muda en su mirada.

—Te lo explicaré. Confía en mí. —Fue todo lo que esta pudo decirle.

Con un gesto de resignación, Adela asintió. Desde ese momento no dijo nada ni puso ningún problema a que Satrústegui tomara todas las fotos que considerara, e incluso terminó aceptando que pasara al otro lado de la base de madera y se quedara de pie en un punto en el que podía ver el telescopio desde abajo. En lo único que no transigió fue en que tocara ninguna parte del aparato. Aparte de por las evidentes medidas de protección, Estrella estaba convencida de que Adela estaba movida por un inconsciente rechazo a que aquel bárbaro mancillase con su simple contacto algo demasiado elevado para él.

Entonces a Adela le entró una llamada al móvil y se retiró a un lado para atenderla. Estrella casi lo agradeció, porque percibía la tensión creciente del momento, y se preguntó cuánto tiempo más podría soportar su anfitriona sin echarlos con cajas destempladas. Asumió que solo aguantaba porque, en el fondo, le podía más la intriga por saber qué era lo que había motivado que su habitualmente timorata amiga, de repente, participase en una situación tan extraña con un hombre no menos extraño.

Al cabo de cinco minutos, Adela volvió con ellos y, mientras se guardaba el móvil en el bolsillo, pareció llegar a la conclusión de que ya estaba bien, de que aquel espectáculo absurdo tenía que ir terminando.

—Bueno, creo que ya nos podemos ir…

—Disculpe, ¿eso siempre ha estado así?

—¿Cómo?

—Eso.

Satrústegui señalaba una tira de metal curvo que servía para mantener cerrada una especie de tapa que daba a la parte baja del telescopio y que probablemente se usaba para acceder a los espejos y sacarlos para pulirlos al cabo de un tiempo de uso. La tira de metal encajaba en otra pequeña pieza con un agujero, y el arco de un candado, también de la misma época que el telescopio, lo atravesaba para asegurar el cierre completo.

Salvo que el candado estaba abierto, y el cuerpo redondo y pesado colgaba, con una cierta precariedad, de su enganche.

Adela frunció el ceño.

—Qué extraño... —Se acercó a mirar más de cerca—. Pues no sabría decir, la verdad. Yo creo que eso suele estar cerrado.

—¿Hay alguna forma de comprobarlo?

Adela volvió los ojos hacia Estrella, quien asintió otra vez, una muda renovación de su petición de confianza. Su amiga pensó durante unos instantes.

—No lo sé... Nadie suele manipular el telescopio, que yo sepa. Dejadme ver... —Cogió el móvil y fue hacia la página del observatorio. Allí había varias fotos del gigantesco aparato; escogió una en la que podía verse la parte inferior. La amplió con los dedos.

La resolución no era la ideal, pero sí suficiente como para que, en la imagen de la web, se viera claramente que el candado estaba cerrado.

—Qué raro... —murmuró Adela.

—¿Sabe si se ha abierto esa tapa últimamente por alguna razón? —le preguntó Satrústegui, que ya había salido del círculo de la base del telescopio y se había unido a ellas.

—No..., no lo sé, yo no estoy aquí normalmente.

—¿Hay alguien a quien le pueda preguntar?

Adela miró la hora.

—El responsable de conservación no está ya. Puedo preguntarle mañana...

—¿Podría llamarlo ahora?

Adela volvió a fruncir el ceño.

—Vamos a ver, ¿qué es lo que está pasando aquí? ¿Por qué os importa tanto eso? Puede haber sido una gamberrada de algún colegial o de algún visitante.

—¿Alguien que haya podido subirse ahí, manipular un candado macizo de metal y abrirlo sin dejar ninguna huella? —preguntó Satrústegui en lo que evidentemente no era más que una cuestión retórica—. Dudo que sean ustedes tan negligentes como para dejar sin supervisión a un grupo tanto tiempo.

—Por favor —le pidió Estrella a su amiga con un tono intencionadamente amable mientras la cogía con suavidad del antebrazo—, ¿puedes llamar al responsable y preguntarle?

Una vez más, Adela volvió a luchar contra las mil preguntas que se le amontonaban, pero pudo más la duda de si, en efecto, por muy loco que fuese todo aquello, alguien había accedido, o pretendido acceder, al interior del telescopio. Así que cogió el móvil, marcó y se lo llevó a la oreja. Por fortuna, alguien respondió:

—¡Hola, Jesús! ¿Cómo estás? —El tal Jesús debió de responder algo no necesariamente amigable—. Sí, sí, ya sé que estás yendo a tu clase de pilates... Oye, solo quería hacerte una pregunta rápida: ¿sabes si ha habido alguna intervención últimamente en el telescopio de Herschel, si alguien lo ha manipulado? —Su interlocutor debió de preguntarle a qué se refería—. No sé, si se ha hecho alguna labor de mantenimiento o si alguien puede... haber mirado en su interior. —Adela abrió mucho los ojos, y ellos dedujeron que el encargado debía de estar diciéndole que si estaba loca—. Pues estoy justo delante de él, y el candado que cierra la parte de abajo está abierto... Sí, sí, abierto. No te tomo el pelo... Ya, yo también he pensado que igual ha sido un chaval... Ya, pero no podemos dejar de mostrar el telescopio, ya lo sabes... Bueno, Jesús, no te molesto más, pero si mañana puedes averiguar algo más te lo agradecería... Sí, vale... Adiós.

Colgó y añadió, dirigiéndose a ellos, una aclaración ya casi innecesaria:

—No, no ha habido ninguna intervención en el telescopio en los últimos tiempos. Y ahora, ¿me vais a explicar de una vez qué está pasando aquí?

# 13

Estrella no sabía cómo respondería su amiga después de escuchar el relato que los había llevado hasta allí. Ella misma prefirió no darle muchas vueltas mientras iba desgranándolo, pero lo cierto era que, cuando se detenía a escucharse, le parecía todavía más irreal que cuando se lo contó a Satrústegui. En parte porque, de una manera intuitiva, algo en el detective le decía que difícilmente podría oír algo que a estas alturas le sorprendiese; y en parte, también, porque Adela era una persona hasta aquel momento totalmente ajena a lo que estaba pasando, que había vivido una vida razonablemente normal en la que la actividad más trepidante era buscar financiación. Aunque hacía ya tiempo que lo que encontraban en el universo y en las fronteras de la física era mucho más asombroso que lo que cualquier relato de ciencia ficción podría haber anticipado, la racionalidad seguía siendo la brújula de toda su labor, salvo cuando lidiaba con el mundo político, académico o el de otros colegas científicos, claro.

Ahora aquella científica de vocación los miraba con los ojos muy abiertos, en un anodino despacho que podría estar en cualquier oficina de estilo anticuado, ante una mesa llena de papeles que no daban la sensación de haber sido consultados en mucho tiempo. Los había llevado allí cuando Estrella le pidió buscar un lugar más tranquilo donde hablar.

—¿Y decís que hay alguien obsesionado con los telescopios de Herschel? ¿Lo suficiente como para... matar por ello? ¿Se lo habéis contado a la policía?

—¿Contarles el qué? —preguntó Satrústegui.

—Lo que me habéis contado a mí.

—En realidad no hay mucho que contar... hasta ahora —terció Estrella.

—¿Creéis que no? Vamos a ver: para empezar, aquí hay una obligación que no puedo esquivar, y es que como mínimo hay alguien obsesionado con los telescopios de Herschel. Y ese es un patrimonio histórico muy importante para muchas instituciones. Mi deber es lanzar una alerta.

—Por supuesto —intervino Satrústegui—. Pero en realidad no podemos decir que se trate de un comportamiento reiterado. Y no podemos descartar del todo que se trate de algo fortuito.

—Pero vosotros mismos habéis dicho que es la segunda vez que entran en un museo que tiene una pieza de Herschel. Ya lo hicieron en Londres...

—No —la cortó el detective—. En Londres nadie le hizo nada a la pieza de Herschel, al menos no se ha detectado nada. Y nadie ha podido probar tampoco que la muerte de Álvaro Mateos fuera intencionada. Así que, en todo caso, esta es la primera manipulación de un telescopio de Herschel de la que tenemos noticia, y eso solo si se confirma que efectivamente ha sido así. Ahora mismo no es como si unos activistas de esos contra el cambio climático la hubiesen tomado con un Van Gogh o un Rembrandt.

—Pero, si fuera así, ¿por qué alguien iba a hacerlo? Quiero decir, más allá de hacer una gracieta que quizá suba a TikTok.

Estrella se adelantó a Satrústegui.

—No lo sabemos. Ojalá lo supiéramos, ese es el problema.

Adela se echó para atrás en su sillón. Se llevó la mano a la boca y posó la mirada en la mesa abarrotada de informes y papeles, como si fueran de un mundo casi tan antiguo como las paredes que los acogían, cuando aún todo lo importante necesitaba ser impreso.

—Está bien —concedió—. Esperaré a lanzar la alerta y por ahora no diré nada más de vuestra historia de espías y enigmas. Pero me tenéis que mantener informada. Y en cuanto sepáis algo más concreto, lo comunicaré a la policía, ¿estamos?

—No será necesario —le aseguró Estrella—. Nosotros mismos lo haremos.

Adela asintió. Parecía que había encontrado un punto en el que sentirse cómoda con todo aquello. Se volvió a echar hacia atrás, pero esta vez parecía más relajada.

—En fin, solo espero que ahora no tengamos que preocuparnos por chiflados que la emprendan con el patrimonio científico. Con los insultos en redes ya tenemos bastante.

—Ya me imagino. Es difícil entender algo así.

—Con lo que costó que el ministerio diera el dinero para reconstruirlo... No quiero ni imaginar lo que pasaría si le sucediese algo que necesitara una intervención. No me gustaría tener que ir a tu amiga a pedirle un presupuesto extraordinario, que ya bastante nos cuesta que nos adjudiquen el suficiente para mantener esto...

Estrella y Satrústegui intercambiaron una rápida mirada, e incluso un leve fruncir de ceño. Ni siquiera la mención indirecta a Alicia logró distraerla de algo mucho más importante que había dicho Adela.

—¿Qué pasa? —preguntó esta dirigiéndose en particular a Estrella, con la leve sonrisa de suficiencia que le salía de manera espontánea cuando pillaba a su amiga en el renuncio de desconocer algo—. No me digas que no sabes que el telescopio es una réplica. Perfecta, pero una réplica.

—Eh…, no. ¿No es el que construyó Herschel por encargo del rey y que enviaron aquí?

—No. El original llegó a montarse aquí, pero apenas duró unos pocos años. Los franceses lo quemaron.

A Estrella, presa de una ansiedad repentina, tampoco se le escapó que también el detective se había enderezado en su asiento.

—¿Cómo que lo *quemaron*?

—Sí. En la guerra de la Independencia acamparon en el Retiro y usaron el edificio para alojar a una parte de las tropas. Se cree que utilizaron la madera del telescopio original para calentarse.

—Pero ¿nada es original?

—Bueno, los espejos sí, que es la parte más importante, al fin y al cabo. Pero el resto fue reconstruido a partir de los planos, lo levantó una empresa del norte, creo, especializada en la construcción de traineras. Fue una obsesión del director de entonces, que logró que le concedieran los fondos al cumplirse el segundo centenario de su llegada al observatorio. Si tenéis mucho interés, os puedo decir con quién hablar. Es un periodista que se ha ocupado mucho del tema, probablemente sea el que más sabe de su historia, y de hecho hace un tiempo publicó un artículo conmemorando los veinte años de la reconstrucción. ¿Queréis que os pase su contacto?

—Sí, por favor.

Hablarían con él. Pero, aun así, Estrella no pudo evitar el desaliento de pensar que, quizá, nunca resolverían el misterio que los perseguía. Se veía obligada a aceptar la posibilidad de que lo que estaban buscando tal vez llevara más de dos siglos perdido y que probablemente ardiera para ayudar a un soldado francés a pasar los rigores del invierno madrileño.

Se levantaron para irse, y Adela los acompañó hasta la misma puerta por la que habían entrado. Les prometió mantenerlos informados cuando sus compañeros comprobaran que todo estaba correcto en el telescopio, y que más allá de que alguien hubiese jugado con el candado, o incluso abierto el tubo que en realidad estaba hueco, no había que lamentar ningún desperfecto más.

Ya se despedían cuando, en lo que Estrella empezó a pensar que era un golpe de efecto al que Satrústegui era especialmente aficionado, este se dirigió una última vez hacia Adela y le dijo:

—Por cierto, aproveche para consultar a sus colegas geólogos o a la persona concreta que se encargue del mantenimiento del sismógrafo de su colección. Pídale que revise los registros de las últimas noches. He visto que tiene tal sensibilidad que incluso detecta a alguien que pase caminando por sus cercanías. Si encuentra una vibración que no coincide con los horarios de las rondas de su vigilante, tendrá la confirmación de si han tenido una visita inesperada. Y, por favor, comuníquenoslo también, aunque estoy convencido de que será así.

»Muchas gracias por atendernos y por enseñarnos este sitio. Muy bonito.

Y echó a andar por el camino que volvía hacia la cuesta de Moyano. Adela y Estrella se quedaron mirándolo, encajando lo que acababa de decir.

—En fin, me alegra ver que definitivamente no soy la persona más rara con la que tratas. —Fue lo único que pudo decir Adela.

# 14

—¿Así que aquí se celebraron las famosas conferencias Solvay? ¡Guau! Me pregunto qué diría mi profesor de Física si me viese aquí…

Lieve miró a su interlocutor de una manera que pretendía ser casi casual. La boca fija en una expresión seria que en realidad no quería decir nada porque era la que habitualmente resaltaba en su rostro. En cambio, sus grandes ojos muy perfilados, que en ocasiones, cuando se encontraba con alguien especialmente osado, habían sido comparados con los de una muñeca, traslucían la curiosidad justa. Ni siquiera parecían mostrar especial interés por aquel elegante edificio de otra época en la que Bruselas había hecho sus pinitos como imperio, antes de que se transformara en capital de un actor global como la Unión Europea y atrajese una nueva corte que se hizo con el centro de la ciudad, que llenó de edificios de diseño moderno para alojar el trabajo de las nuevas instituciones y, también, de todos los que buscaban medrar, cuidar sus intereses o influir en las políticas de la Unión, normalmente con el fin de seguir ganando dinero o ganar aún más, si eso era posible. Como el joven que la acompañaba en la galería llena de estantes con libros desde la que, más abajo, podía verse la cuidada selección de nombres importantes congregados por ella.

Era el entorno ideal para Lieve, que se había convertido ya en una de las referencias que todos conocían, una de esas figuras cuyo nombre sabían hasta los mismos comisarios, poseedora de un codiciado pase para entrar siempre que lo desease en el Parlamento Europeo y que en realidad apenas usaba, porque los tratos más importantes siempre se hacían en otro sitio.

Como, por ejemplo, en aquel edificio, que, efectivamente, había albergado las famosas conferencias Solvay —punto para el lechuguino— a principios del siglo pasado y entre cuyas paredes se habían congregado las mentes más importantes de la física de aquellos años: Einstein, Bohr, Curie, Heisenberg... Todas aquellas cabezas discutieron sobre el mundo fabuloso que se abría ante ellos con la misma intensidad con la que los distintos países se preparaban para despedazarse, y sus teorías e investigaciones demostraron que todo lo que creíamos conocer estaba equivocado. Entre otras cosas, la nueva realidad de lo cuántico trajo consigo nuevas reglas que, más de un siglo después, aún se seguían intentando entender, pero que, en última instancia, habían supuesto una oportunidad de oro para la tecnología. Y la tecnología, a la larga, era lo que había traído a Lieve, ingeniera de sistemas con un doctorado en Economía y otro en Física, hasta aquel fascinante entorno, donde se había especializado en observar y manipular las interrelaciones de los miles de personas que se afanaban en aquel lugar que aspiraba a ser una moderna Roma, una Constantinopla del siglo XXI, y que, por momentos, se parecía más bien a un mercado del Bagdad del siglo IX.

Sí, conocía cada una de las partículas que estaban chocando e interactuando allá abajo, entre las mesas altas y los camareros, con una clara mayoría de hombres, donde lo caro de los trajes no indicaba, necesariamente, quién tenía más poder, porque ni siquiera eso era sinónimo de tener estilo, lo único que en verdad podía marcar la diferencia.

Apoyada en la barandilla del primer piso, hacía tiempo que había determinado que el joven —¿por qué estaba allí?, intentó recordar. ¿Trabajaba en Comercio?, ¿o en el Consejo?— había resultado ser un objetivo sin importancia. Mono, como tantos otros, pero no le había invitado a subir allí, con la excusa de mostrarle los lomos de los libros que una vez fueron compendio de sabiduría y ahora lucían como simple atrezo de las auténticas luchas de poder, influencia, dinero y datos, muchos datos, solo para un ligoteo para el que no necesitaría tanta estrategia si estuviera interesada en llevárselo a la cama. Una mínima fracción de uno de los servidores que AWAKE tenía bajo el hielo de Groenlandia daría para almacenar varios cientos de bibliotecas como aquella, y no dejaba de sorprenderse con qué poco podía alguien llegar a ser considerado sabio en los viejos tiempos.

No, definitivamente no estaba allí para desperdiciar su tiempo, lo más preciado que tenía entre todos los objetos valiosos que podría comprar con su escandaloso sueldo. Así que le hizo sujetar su copa de champán apenas tocada con la mano que él tenía libre, miró al joven desde la altura de su metro ochenta y, sin alterar su expresión, le dijo, como si no hicieran falta mayores explicaciones:

—Perdóname.

Sin más, se alejó y se dirigió hacia la escalera de caracol. Sabía que mil ojos la observarían descender, calculando las posibilidades de acercarse a ella por multitud de razones, pero prefirió concentrarse en la mirada perpleja del joven al que dejaba atrás mientras avanzaba, con un toque felino sorprendente en una mujer tan alta, convencida de que en su interior se despertaría la lucha entre la humillación y la admiración por la figura que su vestido negro recalcaba convenientemente.

Era una frivolidad, lo sabía. Pero ayudaba a rellenar los huecos en los que no pasaba nada. Incluso, si le fuera posible, hasta se permitiría sonreír abiertamente, pero se limitó a alzar un poco una de sus comisuras y a mirar con seguridad con sus grandes ojos de muñeca, de un castaño que casaba a la perfección con su lisa y cuidada melena pelirroja.

Nada más poner el pie en la sala, André, el joven asistente que iba siempre de un lado para otro, porque sabía que Lieve nunca consentiría verlo quieto ni un solo segundo, se le acercó, la tablet pegada a su pecho con la misma intensidad con la que una doncella medieval sostendría su misal.

—Por fin, *mevrouw* Visser. El comisario Wantuch estaba preguntando dónde estaba.

—Perfecto. No esperaba menos de él.

Y con el mismo paso seguro atravesó el mar de personas, sintiendo cómo la falda negra seguía su trayectoria como una bandera, respondiendo a su avance, saludando aquí y allá, sin llegar a establecer un contacto directo que llevara a nadie a intentar detenerla. Su caminar solo se interrumpió cuando alcanzó la mesa alta en la que se encontraba el comisario polaco de Nuevas Fronteras, el pomposo nuevo cargo que la presidenta de la Comisión había creado para englobar todos los campos de vanguardia que estaban transformando el mundo, desde la inteligencia artificial a la inminente colonización de la Luna y otros planetas, un campo en el que Europa había hibernado demasiado tiempo y en el que, ahora que sentía el aliento de los chinos y los indios en el cogote, y que los estadounidenses habían decidido darle la espalda, pretendía dejar su impronta.

Una idea muy loable. Lo malo era que habían puesto al frente del departamento a un regordete sesentón que uno se imaginaría más fácilmente en un festival de la cerveza que recibido en un pulcro y minimalista despacho en Silicon Valley o en Shenzhen. La capacidad de los delicados equilibrios de la política europea para que el potencial de una idea, tras pasar por sucesivos comités, negociaciones y mercadeos de influencia, acabase plasmada en una caricatura no dejaba de fascinarla.

—¡Querido Tomasz! Qué bien que hayas podido venir —le saludó en inglés.

Tomasz Wantuch sonrió tanto que su poblado bigote pareció erizarse en la misma medida en la que se le entrecerraban los ojos y los carrillos se le iluminaban.

—¡Señora Visser! Ya sabe que a usted no le puedo negar nada. —Su expresión parecía dejar claro que le encantaría poder llevar ese deseo hasta el extremo, sobre todo por el esfuerzo manifiesto que ponía en no mirarle el escote que silueteaba su perfecto pecho.

—Me alegra. Lástima que el Parlamento siga empeñado en legislar contra los intereses de mi empresa —le respondió ella con una sonrisa marca de la casa, una onda de su pelo rojizo ocultando con cuidado uno de sus ojos.

—Ay, querida. Ya sabe que nos debemos a lo que impone la democracia, y ahora mismo no es fácil llegar a consensos, sobre todo con la postura hostil que ha tomado su gobierno. Tenemos que andar con pies de plomo. Dígale a Marc…

—Le recuerdo que somos una empresa, no un gobierno. Y, en cuanto a Marc, podrá decírselo usted personalmente el 24.

El bigote del comisario traslució una sorpresa absolutamente genuina.

—¿El 24? ¿Es que va a venir?

—¿No recibió usted la invitación para nuestro retiro exclusivo? —Lanzó una mirada hacia André, quien se apresuró a despegar un instante la tablet de su cuerpo, comprobar algo y responderle con una leve inclinación de cabeza, visiblemente aliviado.

—Sí, claro, pero…

—Serán solo diez personas seleccionadas de todo el mundo, y el *señor* Hoffman —esperó que así quedase claro que muy probablemente a su jefe, uno de los hombres más ricos del mundo, y de vez en cuando el más rico de todos, le repatearían las tripas ver a aquel sujeto tutearlo— se sentiría muy feliz de poder contarle entre nosotros. Nuestro equipo se pondrá en contacto con su oficina para cerrar los detalles para que nuestro avión pueda recogerle...

—¡No! —Wantuch se apresuró a cogerla del brazo con una fuerza un tanto excesiva. Lieve no pudo evitar mirar primero aquella mano regordeta sobre su piel blanca, sembrada de algunas pecas, y seguir el brazo hasta mirar directamente a la cara del comisario, que se apuró en retirarla, levantando los dedos en lo que casi parecía una disculpa—. Quiero decir..., sí. —Se afanó entre sonrisas nerviosas mientras se llevaba la mano al bolsillo interior de su chaqueta para buscar algo—. Pero no lo haga con mi oficina. —Sacó una tarjeta, un simple rectángulo de cartón blanco con solo un número de teléfono y una anodina dirección de e-mail—. Envíe toda la información aquí. Prefiero... no ser muy evidente, ya me entiende.

Por supuesto que lo entendía. Era un paripé, claro, pero todos los cargos, parlamentarios y funcionarios de la Unión Europea tenían que dar cuenta de los contactos que tuviesen con personas y agentes a los que afectaban las distintas leyes y decisiones políticas en las que pudiesen participar. Lo que se había traducido en que muchas de esas reuniones determinantes se celebraran por canales —y en lugares— oficiosos que no estaban incluidos en las normas de conducta. Salvo, claro, que se quisiera hacer así expresamente para que quedara constancia o se enviara un mensaje.

—Lo haremos. —Le tendió la tarjeta a André, que la cogió de inmediato, con una poca disimulada decepción en el rostro del comisario, quien probablemente albergaba alguna esperanza de que ella se la guardase para su uso personal—. Ahora, si me disculpa...

—Solo si vuelve pronto.

—Lo haré. —Inclinó la cabeza y echó a andar, un segundo antes de que su expresión fría se endureciese aún más y su mente fuera atravesada, de manera fugaz, por alguna palabrota neerlandesa especialmente hiriente.

Tomando su arranque como la señal para volver a acercarse a ella, André comenzó a susurrarle las mesas a las que convendría que se acercase y dónde se encontraban los otros objetivos prioritarios por los que AWAKE había organizado aquel evento, bajo la excusa de anunciar una beca millonaria creada por el propio fundador para quien encontrase una cura rápida para el enésimo virus que había surgido en el sudeste de Asia y que podía convertirse en la nueva y última gran epidemia. Un premio suficiente para financiar toda la investigación, de la que la empresa no esperaba sacar gran beneficio financiero, más allá de vender la patente, porque el farmacéutico era de los pocos campos en los que Marc A. Hoffman, el hombre del momento, del año, de la década y presumiblemente del siglo, había preferido no entrar. Sus sueños volaban mucho más alto y más lejos, como su proyecto para colonizar Marte con sus cohetes, sus naves y sus hombres y mujeres bien entrenados, entre los que había quien sospechaba que se incluiría él mismo. Un proyecto que iba quemando etapas y que prometía que, con el cambio de década, habría ya una población estable de trescientas personas en el planeta vecino. Lieve estaba convencida de que Hoffman fantaseaba con una escultura erigida en su honor en la plaza central de aquella avanzada de colonizaje, un guiño al Hari Seldon de los libros de la saga Fundación, de Isaac Asimov, que había leído de niño.

Por eso era imprescindible que Europa levantara las trabas y le permitiera extender todo su poderío tecnológico en el continente. Solo por eso había gastado unos preciosos minutos de su vida en hablar con el enervante Tomasz Wantuch.

Una vibración inesperada la hizo detenerse. Casi sintió cómo André, que la seguía, hacía auténticos esfuerzos, poniéndose incluso sobre las puntas de sus pies, para no chocarse con ella y cometer el error de tocarla, siquiera por accidente.

Miró su elegante reloj de pulsera, totalmente negro, con una esfera que podría perfectamente pasar por uno mecánico tradicional. Y en la pantalla de repente opaca leyó un mensaje de la aplicación privada de mensajería exclusiva para el círculo de confianza de AWAKE: «Resultado de la búsqueda negativo. Pero sigo una nueva pista».

Lieve se quedó mirando la pantalla con lo más parecido a una alteración que le había cruzado su rostro perfecto en mucho tiempo. Sintió cómo la respiración se le aceleraba, y por un momento temió que su pérdida de control fuera evidente.

No podía ser. No, la última persona que temía que le pudiese fallar era Samuele. Le hizo un gesto a André para que no la siguiera y se dirigió hacia un rincón más retirado de la sala. Tras comprobar que no había nadie a su alrededor, abrió la grabación de un mensaje de audio con un leve movimiento de la mano y comenzó a susurrar en un furioso neerlandés, aparentemente para nadie:

—¿Qué quiere decir exactamente «negativo»? ¿Y qué pista es esa? Sabes que se nos agota el tiempo. Necesitamos resultados *ya.*

Hizo un leve gesto con uno de los dedos, y en el implante del interior de su oreja oyó el sonido que le indicaba que el mensaje había salido. Unos minutos después, mientras ella esperaba ajena a los nervios de André, que tenía algo de cachorro desatendido que la miraba desde una prudente distancia de varios metros, la vibración de la muñeca le anunció que la respuesta había entrado. Era otro mensaje de audio. Lo activó con el movimiento codificado de dos de sus dedos y lo escuchó a través de los auriculares disimulados que llevaba en los oídos. Era la voz de un hombre que le contestaba también en neerlandés, con un acento que hacía evidente que no era su lengua materna. De fondo se podía oír el ruido del tráfico que delataba que se encontraba en una calle concurrida.

—El telescopio del Retiro es una réplica, el original fue destruido hace más de doscientos años. Pero nuestra amiga está trabajando por nosotros y ya ha concertado una cita con un periodista que puede ponerla sobre la pista de lo que pasó con la pieza original. Si averigua algo, lo sabremos de inmediato.

Lieve cerró los ojos y contó mentalmente hasta cinco. No soportaba que las cosas se torcieran de aquella manera. Si había algo que no toleraba, bajo ningún concepto, era la incompetencia. Sobre todo cuando procedía de alguien que por lo general no era incompetente. Y ahora se encontraba con que la pista más segura que tenían, la que le habían asegurado a Marc que los llevaría hasta aquello que lo tenía obsesionado, que parecía preocuparle más que todos sus múltiples intereses económicos y mundiales, y que a ella sin duda le aseguraría un lugar preeminente en el futuro que estaba diseñando su jefe, podía quedarse en nada. No, no era aceptable, porque el nombre de Alex empezaba a estar demasiado presente en las conversaciones con su jefe, y eso no le gustaba.

Por tanto, se esforzó por que su voz sonara con un tono especialmente gélido, más incluso de lo normal, al grabar la respuesta:

—Síguela, pero, si es necesario, acéléralo. No me importa cómo lo hagas, pero quiero resultados ya. Es prioritario, no salgas de Madrid hasta que no los tengas.

«No solo es prioritario; es vital... para mí», se dijo.

La respuesta final llegó unos pocos instantes después, un lacónico «OK» de texto. La esfera del reloj volvió a transparentarse y recobró su apariencia de reloj tradicional.

Lieve se detuvo a recuperar la respiración. No podía ser que, con todo lo que estaba llevando a la vez, fallara precisamente aquello. Samuele *tenía* que tener éxito. Ni se paraba a pensar en otra posibilidad.

Cuando hubo recobrado el aplomo lo suficiente, lo que incluyó un giro de su largo cuello, que trazaba unas líneas perfectas y definidas y armoniosas con la parte visible de sus hombros, se dispuso a volver hacia el lugar donde la esperaba André, nervioso, como siempre sucedía cuando la veía hacer algo que se escapaba de lo escrupulosamente agendado. Por el camino, se fijó en que en una de las mesas estaba el joven con el que hacía un rato había subido a la galería. En las nuevas circunstancias, pensó que podía ser la solución perfecta para aflojar la tensión en cuanto acabara aquel maldito evento. Al pasar junto a él, le rozó el brazo como por casualidad y, cuando él levantó la vista, sorprendido, ella lo miró con la justa sonrisa en sus labios para que la pudiese interpretar sin posibilidad de duda.

No necesitó chequear su reacción para saber que aquella noche tampoco la pasaría sola.

# 15

Antonio, el periodista del que les habló Adela, la recibió en la sede de su medio digital, uno de los más importantes del país y también de los mejor situados. Frente a lo que era habitual, establecer las redacciones en polígonos o centros de oficinas clónicos e impersonales, la suya se ubicaba en uno de los edificios más reconocibles de la Gran Vía, en uno de los primeros rascacielos que imitaban el por entonces recién nacido *skyline* neoyorquino, en plena plaza de Callao.

Había decidido ir a verlo sola. Cuando Adela les dio el nombre, Estrella lo reconoció al instante. Bueno, la inmensa mayoría de los científicos del país lo habrían reconocido porque era uno de los periodistas especializados de mayor renombre, además de un inquieto divulgador al que no le imponía ningún medio: aparte de artículos, había escrito libros, hecho televisión, radio, un pódcast, y era uno de los fundadores del mayor evento anual de divulgación del país, que se celebraba en Bilbao y que lograba llenar el palacio Euskalduna con miles de asistentes ávidos de charlas sobre los contenidos más diversos.

Estrella no solía participar en esos eventos. No se sentía cómoda dirigiéndose a grandes grupos, y probablemente los organizadores lo notaban, por eso no solían incluirla en las invitaciones, aunque ella no lo echaba de menos. Pero sí que había atendido en un par de ocasiones a Antonio cuando este quiso conocer su opinión sobre alguna de esas noticias que periódicamente saltaban de la prensa especializada a la general sobre algún descubrimiento astronómico. Por suerte, nunca la había llamado para memeces como la enésima superluna o para comentar algún trabajo que se tendía a simplificar, como la demostración de haber encontrado rastros de vida en la atmósfera de Venus o el subsuelo de Marte, o si un objeto venido de fuera del sistema solar era en realidad un artefacto alienígena. Bueno, sobre este último sí que lo había hecho, pero es que se daba la circunstancia de que Estrella conocía al otrora prestigioso astrofísico, con el que había coincidido durante su estancia en Mánchester, que había hecho semejante proclama. Pero, en general, Antonio se hacía eco de noticias verdaderamente importantes y relevantes, y Estrella no sabía cómo se las arreglaba para que en los sucesivos medios por los que había pasado le hiciesen hueco, porque estaba segura de que no debían de ser las más seguidas por sus lectores.

Por eso, cuando le ofreció pasarse por la redacción, aceptó. Por alguna razón, no le apetecía hacerle la consulta a través de medios electrónicos, y la sede no quedaba lejos de donde se encontraba en aquel momento.

La recibió justo a la entrada, tras subir por una escalera que no se distinguía de la de un edificio de viviendas. Solo que, en este caso, al otro lado de la puerta había un extenso piso lleno de mesas y pantallas, lo que aún permitía reconocer una redacción, cuando muchos medios ya ni siquiera contaban con una sede física.

Antonio salió a su encuentro con su sonrisa habitual, su fina barba y esos ojos con una expresión casi permanente de asombro que acababan permeando sus noticias, sus crónicas, sus charlas y sus libros. Probablemente era la clave de su éxito. La llevó hasta una salita, separada del resto por una pared y una puerta de cristal, tras la que siguieron teniendo de telón de fondo la redacción, mucho más silenciosa de lo que uno vería en una película de los sesenta, porque allí no se oía ninguna máquina de escribir y, ya puestos, casi ni teléfonos. La actualidad era más trepidante e inmediata que nunca, pero parecía suceder en otra dimensión que conviviera, camuflada, con la nuestra.

Tras los saludos de rigor y las preguntas de Antonio por el trabajo que estaba haciendo ahora, porque no desaprovechaba la ocasión para indagar si podía tener algo noticiable, enseguida abordaron lo que la había llevado hasta allí. Sin dar mayores rodeos, le dijo que Adela le había comentado que era la persona que más sabía sobre el telescopio del Retiro.

—Si lo dice Adela, más vale no llevarle la contraria. —Estrella sonrió al comprobar que compartían la misma opinión sobre el carácter de su amiga—. ¿Por qué te interesa?

—Quiero escribir una nota para *New Astronomy Reviews*. A Adela le gustaría que el observatorio tuviera más visitas, y eso es lo que yo puedo hacer. No creo que precisamente atraiga multitudes, pero todo cuenta.

Unos meses atrás una parte de Estrella se habría sorprendido de la facilidad, incluso la elegancia, con la que había sido capaz de montar, como si fueran piezas dispersas de Lego, una mentira como aquella. Pero la Estrella actual había llegado a la conclusión de que no tenía mucho tiempo que perder en consideraciones superfluas como esa.

—Claro. Dime qué es lo que necesitas saber.

—Es una réplica, ¿verdad?

—Sí. La construyeron a principios de siglo, y resultó toda una fiesta. Fue una de esas raras ocasiones en las que se encontró dinero para invertir en la recuperación del patrimonio científico, y todavía me pregunto qué misteriosa enfermedad les daría a los burócratas de Hacienda para darle el visto bueno.

—Porque hubo que volver a construirlo desde cero, ¿no?

—Sí, en la guerra de la Independencia se perdió prácticamente todo, salvo los espejos, que el relojero del observatorio escondió en un torreón del edificio, que fue donde tiempo después los encontraron. Y, para colmo, se habían perdido también los planos, así que, suponiendo que alguien hubiese tenido la ocurrencia de reconstruirlo, no habría podido, porque las pocas menciones que se conservaban no decían nada de sus verdaderas dimensiones.

—Pero los telescopios de Herschel eran todos de un tipo muy definido, bien conocido.

—Sí, pero no dejaba de ser un trabajo artesanal, en el que el propio Herschel se reservaba algunos detalles, como era costumbre de los gremios en aquellos tiempos. Además, en muchas ocasiones cada telescopio individual tenía alguna característica que lo hacía único. Ni siquiera tenía que ser intencionado, sino la consecuencia inevitable de trabajar manualmente, algo que involucraba a un grupo de profesionales especializados que tenían sus días buenos y sus días malos, como todos. No es que fuera un trabajo en cadena.

—Pero entonces, si los planos estaban perdidos, ¿cómo pudieron reconstruirlo?

Fue como si a Antonio lo recorriera una corriente eléctrica. Era algo que le sucedía cuando tenía una buena historia que contar, y aquella respondía a la perfección a esa definición:

—Es una anécdota maravillosa. No se sabía nada de ellos hasta que, en los años noventa, aparecieron en un piso del barrio de Argüelles.

—¿Cómo que «aparecieron»?

—Sí. Los encontraron los hijos de un anciano que vivía solo en un piso enorme en el paseo del Pintor Rosales y que al parecer tenía una tendencia bastante acusada a guardarlo todo. Es una familia de largo abolengo, con apellidos ilustres que han ocupado puestos importantes durante siglos en diversos cargos de la Administración, y que entonces se había venido a menos. Por eso los hijos estaban ansiosos por vender el piso cuando por fin consiguieron meter a su padre en una residencia, pero para ello primero tenían que vaciarlo y eso, al parecer, no era poca cosa. Entre muebles, libros y objetos históricos varios, encontraron una carpeta de gran tamaño. Ahí fue donde aparecieron los planos, solo que, claro, no sabían bien lo que eran.

»Y menos mal, porque lo que hicieron fue vender todo un lote de documentos antiguos y casi toda la biblioteca a un librero de viejo de Madrid, seguramente por cuatro perras, porque no lo consideraron valioso. Pero se dio la circunstancia de que uno de los clientes habituales de la librería era un académico especialista en historia de la ciencia, que al primer vistazo vio lo excepcional de aquellos planos. Haciendo las correspondientes consultas, no le llevó mucho tiempo identificar que aquellos eran los del telescopio perdido del Retiro. Así que el Estado terminó adquiriéndolos y volvieron al lugar de donde habían salido hacía tanto tiempo.

—Pero ¿cómo es que los tenían ellos?

Ahí Antonio levantó un dedo con una sonrisa, una expresión que podía traducirse como «buena pregunta».

—Porque los planos los dibujó el militar que se encargó, desde Inglaterra, de todo el proyecto y de supervisar la fabricación por parte de los Herschel. Y a sus órdenes tenía a otro, que fue quien finalmente lo trajo a España. Pues bien, nuestra familia de Rosales desciende de este segundo.

Aquí le tocó a Estrella sorprenderse. Se dio cuenta de que no había hecho los deberes y que en realidad desconocía los detalles sobre cómo había sido el encargo y el traslado de una mercancía así. Pero ahora tenía delante a una de las personas que más sabían sobre el tema, así que no le pareció necesario andarse con rodeos para ser directa con las preguntas. Al fin y al cabo, no estaba mal que, en esa ocasión, las tornas se volvieran.

—¿Puedes decirme su nombre? —Mientras lo decía abrió su cuaderno para tomar notas.

—Claro, si es que soy capaz de recordarlo..., espera, sí. Alonso de Castuera. Por entonces era alférez. Formó parte de la expedición que fue a Inglaterra a recoger el telescopio y que luego partiría del puerto de Londres en 1802 para viajar hasta Bilbao. Un envío descomunal, por cierto, más de cincuenta cajones de un material muy delicado, lo más parecido a un transporte de alta tecnología que podamos imaginarnos hoy en día.

»Castuera trabajaba para José de Mendoza y Ríos, que fue el intermediario que negoció el encargo con Herschel. Todo un personaje este Mendoza. Se dice que era espía y que transmitía a España lo que averiguaba sobre las técnicas de construcción de barcos de los ingleses, que habían supuesto una revolución que había dejado a España muy atrás. Pero lo curioso es que también era un gran matemático que llegó a hacer grandes aportaciones a los cálculos astronómicos. Pero, como suele ocurrir, cayó en desgracia con España tras la guerra de la Independencia y terminó viviendo en Londres, donde incluso ingresó en la Royal Society. En fin, no me quiero desviar, pero te aseguro que es otro de esos personajes más conocidos fuera de España que aquí, otro más de esos que nunca reivindican tantos supuestos patriotas que andan sueltos...

Por la mente de Estrella pasó una pregunta fugaz y quizá no muy pertinente, que aun así logró abrirse paso hasta su boca:

—¿No sabrás por casualidad cómo enviaba sus informes el tal Mendoza? —No pudo evitar un escalofrío interior al darse cuenta de que la formulación de aquella pregunta bien podía haber sido firmada por Satrústegui.

Antonio frunció el ceño y levantó la mano para pellizcarse por encima de la boca, lo que parecía un gesto que revelaba que algo inesperado le había intrigado.

—Pues no sabría decirte… Por entonces, utilizaban claves en las cartas para hacer llegar sus mensajes. Recuerdo que hace un tiempo hubo una exposición en el Museo Naval donde se veían las que Jorge Juan enviaba cuando estuvo también en Inglaterra y de las que se conservan las claves. ¿Por qué lo preguntas?

—No, por nada… Sigue, por favor.

—Bueno, ¿por dónde iba? ¡Ah, sí! Habían pasado varios años desde el encargo oficial, con el que Herschel se comprometió con Mendoza en 1796. Al final, junto con el telescopio grande, que el propio astrónomo alabó y afirmó que tenía los espejos más perfectos que nunca hubiera construido, fabricó otro más pequeño, que seguramente habrás visto también en el observatorio. —Estrella supuso que se refería a alguno de los que habían admirado a la entrada, así que asintió sin pensárselo mucho más—. Y el envío se completó con toda una serie de instrumentos necesarios para acompañar la observación, como relojes, teodolitos, cuadrantes y todas esas cosas.

»El envío alcanzó tales dimensiones que desde España viajó todo un equipo, al frente del cual estaba el instrumentista jefe del observatorio de Madrid, Carlos Rodríguez. Él sería el responsable desde que el barco zarpase de Inglaterra. Mendoza dispuso que Castuera fuera con él porque pasó el último mes de construcción en Slough, la casa taller de Herschel, y al parecer hasta tuvo la fortuna de conocer a los dos hermanos y participar en algunas de las observaciones nocturnas. Por eso Mendoza confió en él para que portara los planos que él mismo había realizado, para así estar seguro de que en Madrid comprenderían el detalle de aquel montón de piezas que les iba a llegar…

—Como quien monta un lego —comentó Estrella con una sonrisa.

—Efectivamente. Un lego bastante complicado, eso sí. Muy de la línea técnica. —Antonio soltó una breve risa, pero enseguida retomó el hilo—. Finalmente, como digo, el barco, un bergantín llamado Juana, de bandera danesa, partió con aquel extraordinario cargamento, más Castuera y Rodríguez. En Bilbao los esperaban otros hombres, expertos arrieros, que distribuyeron todo el material en cuatro carros que transportarían el tubo y los bultos mayores, y un número indeterminado de carretas para el resto. Y ese sorprendente séquito emprendió el viaje hacia Madrid por los caminos de la época a través de la meseta, en lo que debió de ser un espectáculo realmente fascinante.

—¿Por qué lo dices?

—No sé, me gusta mucho recrear ese momento. Imagínate: un país cuyos dirigentes luchaban por insertarlo en la modernidad de la Ilustración y con muchos pueblos aún dominados por curas integristas que desconfiaban de todo lo que estaban trayendo los avances de la razón, sobre todo después de lo que estaba pasando en Francia. Por eso me gusta lo simbólico de esos aparatos, que, en aquella época, eran una de las cumbres de lo que el ser humano podía hacer para intentar descifrar los misterios de un universo que estaba empezando a comprender... En fin, es uno de esos momentos estelares, en pequeño, que casi compensan muchos otros terribles de los que también hemos sido responsables.

Estrella no pudo evitar sentir cómo la pasión de Antonio se le contagiaba, casi hasta hacerle olvidar los extraños sucesos que parecían empeñados en vincularse con ese monumento a la razón. Solo casi, pero por ahora le valía.

—Deduzco que el viaje transcurrió sin problema, porque terminaron por llegar.

—¡Qué va! Todo se empezó a torcer desde el principio. Y no es una exageración: al poco de salir de Bilbao, en el puerto de Orduña, en Álava, y en el que pasaron una auténtica odisea para abrirse paso por aquel angosto camino de montaña, una mula que se asustó al borde del precipicio que los flanqueaba tiró al suelo a Carlos Rodríguez, con tan mala fortuna que quedó malherido. De hecho, lograron trasladarlo hasta Berberana, ya en Burgos, pero no se pudo hacer nada por su vida y terminó falleciendo a consecuencia de las heridas que le produjo la caída. Así que se quedó solo nuestro Castuera al frente, y fue él quien finalmente logró alcanzar Madrid.

—No fue el mejor de los inicios, desde luego.

—No. Y lo peor es que fue todo un presagio de lo que iba a pasar más adelante. Primero, el telescopio se quedó durante mucho tiempo dentro de las cajas mientras se libraba toda una pelea burocrática sobre dónde tendría que montarse. Principalmente porque se había determinado que se construyera en un terreno compartido con un cementerio contiguo, lo que causó la protesta de los curas que atendían la parroquia cercana. Para colmo, al arquitecto Juan de Villanueva, el constructor del observatorio, se le metió entre ceja y ceja que el telescopio tenía que montarse en un templete que iba a adaptar. Una idea marciana que se basaba en criterios meramente estéticos y que se daba de bruces con poder utilizar el aparato. Pero, bueno, Villanueva tenía mucha mano en la corte, así que todavía se dilató más el proceso. Y por si ya era poco estrambótico todo, al final también se añadió el que el rey quería ser el primero en poder mirar por el telescopio, cosa difícil porque su carruaje no podía acceder hasta el observatorio y el hombre no iba a ir a pie, así que además hubo que esperar a que se mejoraran los accesos a la colina.

Estrella recordó el ascenso por la cuesta y no pudo por menos que admirarse de las exigencias de comodidad de los monarcas de la época. Imaginó que hacia 1800 debía de ser mucho más complicado que ahora, claro, pero tampoco lo vio como una razón para retrasar la puesta en marcha de un artilugio que, además, había costado un buen pellizco del erario público.

—¿Castuera participó en todo el proceso?

—Al menos mantuvo la relación con el observatorio. Por lo que sabemos, llegó a tomar un interés personal en todo aquello y procuraba hacer visitas regulares a Madrid cuando le era posible, aunque a su vuelta había sido destinado al observatorio de la Armada en San Fernando, en Cádiz. Por eso debió de sentir un gran alivio cuando por fin el aparato empezó a funcionar de manera regular, en 1804, y seguro que vino alguna vez a Madrid solo para verlo, y es posible que hasta mirara por él.

»De hecho, se dio la casualidad de que estuvo aquí poco antes de la invasión francesa y, aunque desconocemos los detalles, se ocupó de poner a buen recaudo los planos del telescopio, no sabemos si por una corazonada o porque de algún modo se enteró de que los franceses tenían la intención de instalarse en él, porque desde aquella colina se controlaba muy bien el acceso a Madrid. Supongo que se imaginaba que, por mucho que representaran a la Francia de la revolución por la razón, no iban a tener muchos miramientos con la obra, encima, de un eminente inglés, como luego se demostró: utilizaron la madera para calentarse y destrozaron el resto.

—Y ¿sabes si se llevó algo más?

Antonio la miró ahora con sorpresa.

—¿A qué te refieres?

—No sé, algo más que estuviera… —Estrella tuvo suficiente agilidad como para no añadir «dentro del telescopio»—, que tuviera relación con el telescopio. Si se sentía tan unido a él, pudo ocurrir que deseara preservar algo más…

Antonio la miraba con verdadera curiosidad, como si quisiera desentrañar algo oculto que se escondiera tras las palabras que había pronunciado. Estrella empezó a sentirse incómoda, como si hubiese revelado algo que no debía.

—La verdad es que no te sabría decir —le respondió al final él—. La propia familia solo pudo deducir lo que había ocurrido cuando encontraron los planos, porque de hecho la pista de Castuera se perdió poco después de su última visita a Madrid. Fue una de tantas víctimas del conflicto posterior del que no se llegó a saber muy bien su destino, terminó dado por muerto. Pero a saber, podría ocurrir que se hubiese llevado algo más, aunque no tenemos nada que lo demuestre.

—¿Crees que le podríamos preguntar a alguien de la familia?

Antonio hizo un gesto poco alentador con la cabeza.

—El único, que yo sepa, que os podría decir algo es uno de los hijos, el mayor, porque solo él se preocupó de recopilar toda la información tras la muerte de su padre. Sufrió algo parecido a una revelación, porque pasó de no darle importancia a la historia de Herschel a convertirse en un verdadero experto en ello. Y, para más ironía, ahora vive en una residencia.

—¿Podrías decirme cuál? Me gustaría hablar con él.

—Vamos a ver... Lo localicé para el reportaje, déjame buscar. —Abrió su móvil, consultó algo y finalmente, con un asentimiento, tocó la pantalla mientras le informaba—: Acabo de pasarte el contacto por WhatsApp.

—Muchas gracias. Ha sido un abuso, pero me ha resultado muy útil.

Estrella cerró el cuaderno y recogió sus cosas. Antonio se levantó también y la acompañó de vuelta hacia la salida.

Cuando estaban en la puerta, al despedirse, le preguntó:

—Sea lo que sea que descubras, ¿lo compartirás conmigo antes de contárselo a nadie más?

Estrella se pensó la respuesta. La cola de personas que esperaban noticias empezaba a tener una longitud algo inquietante. Sin embargo, no vio otra respuesta posible que:

—Por supuesto, te contaré, si es que al final hay algo que contar.

Acababa de poner el pie en la calle, en el trasiego de la siempre abarrotada Gran Vía a la altura de Callao, cuando le sonó el móvil. Lo cogió y lo miró. Era Adela.

—Dile a tu amigo que ha acertado.

—¿Cómo? ¿A qué te refieres?

—Dos noches antes alguien entró en el pabellón del telescopio.

Aunque no era exactamente una sorpresa, Estrella sintió un sudor frío que le ascendió por el cuerpo. Una cosa era tener una sospecha, y otra, la evidencia de que el fantasma que los acechaba era real, hasta tal punto de que podía ser detectado por otros, lo que descartaba que se tratara de una mera alucinación suya.

—¿Cómo lo sabéis?

—Por el sismógrafo. Efectivamente, detectó los pasos de alguien que estuvo por allí entre la una y las tres de la mañana.

—Pero ¿y las cámaras? ¿No registraron nada?

El par de segundos que Adela se tomó antes de responder le pesaron como un ominoso presagio, y el tono de su voz cuando finalmente habló no hizo más que corroborarlo.

—Eso es lo más extraño. Las cámaras no muestran nada, y el vigilante tampoco vio a nadie en la ronda que hizo en ese intervalo.

—¿Cómo te lo explicas? ¿Un hackeo?

—Es la única explicación, aunque tendrán que investigarlo. Estrella, sabes que tengo que informar de esto, ¿verdad?

—Por supuesto. Pero te pido que solo informes de lo que has averiguado por ti misma. No digas nada de lo que nosotros te hemos contado.

—Pero ¿por qué? Es todo muy raro, y no me siento muy tranquila con esta situación en la que te está metiendo el Satrústegui este…

Estrella había estado dispuesta a aceptar la preocupación de Adela, pero que creyera que había sido otra persona la que la había arrastrado le molestó sobremanera.

—*Nadie* me está metiendo en nada, Adela. —Se dio cuenta del tono hiriente con el que pronunció esas palabras—. Solo te pido que no cuentes nada porque en realidad no hay nada que contar. Y, si hay algo turbio, la policía puede averiguarlo a partir de vuestra denuncia.

Su amiga suspiró al otro lado del teléfono. Resignada, le respondió finalmente:

—De acuerdo. Pero, si averiguas algo concreto, cuéntamelo, ¿de acuerdo?

Estrella le respondió con un lacónico «sí» y volvió a visualizar la cola que seguía formándose para escuchar sus explicaciones.

—¿Has hablado con Antonio?

—Sí. Justo ahora acabo de salir de verlo.

—¿Te ha contado algo útil?

—Me ha puesto en antecedentes de toda la historia del telescopio. Muy interesante, pero no sé si de ahí podremos sacar algo que nos sirva —mintió.

—Sí, es todo muy extraño, pero alguien se está tomando muchas molestias con nuestra joya de la corona. Lo que nos faltaba... En fin, cuídate y no hagas tonterías.

Estrella se despidió con unas palabras poco comprometedoras y fue a colgar el teléfono. En ese momento sus ojos repararon en algo extraño que no había visto hasta entonces. Junto a la hora, en la parte superior derecha de la pantalla, aparecía un punto rojo, no muy grande, que parpadeaba con suavidad. Se lo quedó mirando, el ceño fruncido, hasta que desapareció ante sus ojos y no dejó huella alguna.

Tuvo un rápido pensamiento de mirar en cuanto pudiera qué podía significar aquella notificación, pero enseguida se le cruzó otra idea y decidió dejarlo para más adelante.

# 16

A pesar del lugar extraño en el que se había adentrado en las últimas semanas, el mundo exterior seguía su curso. A Estrella le hubiese gustado que se quedara suspendido, paralizado, que todas las situaciones que aguardaran una decisión, una respuesta por su parte, se congelaran mientras ella se sumergía en ese otro territorio recién descubierto y que, a pesar de sus tintes siniestros, en comparación se le antojaba más fácil de transitar. Un territorio en el que existían unas reglas que aún era incapaz de dilucidar del todo, pero en las que, por alguna extraña razón, parecía capaz de desenvolverse. Algo muy distinto a lo que le ocurría con las cosas del día a día, esas en las que el resto de los mortales se movía con naturalidad y que a ella podían resultarle más marcianas que cualquier especie que habitara uno de los lejanísimos planetas que investigaba.

Satrústegui recibió con su contenida emoción habitual la información que ella le transmitió de su conversación con Antonio. Sin tampoco ponerse a dar saltos, coincidió en que aquello era muy prometedor.

—Tiene toda la pinta de que el tal Castuera —Estrella volvió a recordar cómo ella misma se había referido a ese personaje histórico de esa manera— no solo puso a buen recaudo los planos. También sacó algo del telescopio, algo que consideraba necesario mantener lejos de las manos de los franceses.

—Pero, si sabía que estaba ahí, ¿no lo habría cogido antes, cuando estaba por montarse el tubo?

Al otro lado, Satrústegui calló durante unos segundos. Era un silencio casi demasiado intenso en el que, por un momento, Estrella creyó estar oyendo cómo rumiaba aquella información.

—Puede que, cuando acompañó el envío hasta España, no supiera que Herschel, u otra persona, había introducido en el tubo algo que no querían que se descubriera. Pero seis años después pudo averiguarlo. O alguien se lo dijo. Si seguía manteniendo relación con los Herschel, quizá fueran ellos. O Mendoza, el intermediario.

—Pero ¿qué puede ser algo que alguien, por un lado, quiere preservar y luego, por otro, oculta en un lugar casi imposible de descubrir?

Ahora al silencio lo sustituyó otra de las risitas típicas del detective.

—Querida mía, si lo supiéramos, prácticamente habríamos terminado ya nuestra investigación. No querrá que la diversión se acabe tan pronto, ¿verdad?

Estrella procuró que su respuesta reflejara una adecuada indignación:

—No me parece que esto en lo que estamos metidos sea precisamente divertido...

—¿No? —El ligero tono sarcástico de la respuesta se hizo muy evidente.

Ella buscó una respuesta, pero se descubrió a sí misma incapaz de hacerlo, y lo que más la alteraba era darse cuenta de que no lo podía hacer porque una parte de ella estaba de acuerdo con él. Se repetía que era por Álvaro y, en buena medida, seguía siéndolo, pero en realidad se había dejado arrastrar a aquella historia de novela barata atraída por el resplandor de algo que se salía de la monotonía, de lo cotidiano, de lo habitual que amenazaba con aburrirla hasta el extremo.

—Tengo que colgar —se limitó a responder—. ¿Puede organizar la visita a la residencia?

—Por supuesto.

Colgó y se detuvo durante un instante, tranquilizándose con un suspiro, y fue a coger el autobús para volver al instituto.

Allí las cosas parecían estar por fin cambiando. Le esperaba una reunión telemática con el resto del equipo internacional para poner en común los resultados de los análisis de los datos que al fin les había ofrecido la NASA. Para cuando hubo terminado, se encontró con una sensación que hacía mucho tiempo que la había abandonado, la de que empezaban a llegar a algún sitio, porque esos datos confirmaban que sus hipótesis eran reales, que en la órbita del exoplaneta se producían unas alteraciones que abrían nuevas vías al estudio de las mecánicas planetarias.

Cuando hubo cerrado la sesión y terminado la reunión, se permitió por primera vez en mucho tiempo dejarse caer hacia atrás en la silla, relajada, casi feliz. De pronto todas las indagaciones en torno al telescopio de los últimos días pasaron a un segundo plano. Volvía a sentirse casi una persona normal, con las preocupaciones de las personas normales, o al menos de las personas que se dedicaban a lo mismo que ella, a procurar hacer ciencia en un país que se empeñaba en ponerlo complicado.

Las conclusiones que habían extraído tras aquella conversación que había unido a un grupo de astrofísicos, que combinaba a algunos de los más destacados con otros prometedores, venían a confirmar lo que ella misma sospechaba. Ahuyentaba así sus temores de que se estuviera engañando con un optimismo exagerado: los datos indicaban que en efecto había algo extraño, inesperado y medible en aquella órbita, que potencialmente podría incluso llevar a cuestionar algunas teorías sobre cómo se forman los planetas y los sistemas que los albergan y, en última instancia, obligar a revisar muchos de los argumentos que ya se daban por supuestos.

Si al final los indicios se confirmaban, aquello caería como una bomba en todos los foros astrofísicos del mundo. Por eso necesitaban estar seguros de que cada dato estaba confirmado, de que en ningún momento ponían delante cosas que querían ver pero no estaban allí. Y, en su caso, ser una de las firmantes de uno de los artículos que a buen seguro iban a centrar las discusiones y las polémicas de las próximas décadas terminaría por confirmarla, a sus treinta y seis años, como uno de los nombres de referencia de la especialidad.

Sí, todo aquello era cierto. Pero por debajo había otro asunto que reconocía y que era en realidad lo que en verdad la llenaba de aquel nuevo optimismo que sentía renacer en su interior: haber recuperado la ilusión por investigar, por descubrir, todo aquello que la había impulsado a elegir ser científica cuando el ambiente que la rodeaba en el colegio no animaba, precisamente, las vocaciones de las niñas. Solo ahora se daba cuenta de hasta qué punto la desaparición de aquel aspecto fundamental de su vida la había dejado coja y desprotegida. Y solo así se explicaba, también, que se hubiera dejado llevar por la locura aparente que planteaba la nueva y extraña irrupción de Álvaro en su vida y todo lo que lo había seguido, aquella historia de detectives de película de los ochenta que no resistía ninguna aproximación medianamente racional, por mucho que en el vértigo de lo que iba sucediéndose había optado por aparcar los muchos sinsentidos que aquello arrastraba. Sin embargo, al final, también procuró no ser dura consigo misma: tan solo se había encontrado, o había creído encontrarse, con una búsqueda que parecía real y que sacaba a la luz un hallazgo que antes no estaba y que merecía ser descubierto. Nada que pudiera plasmarse en un *paper*, cierto, pero tampoco es que tuviera mucho donde escoger en el momento de impasse en el que todo había ocurrido.

Pero, se dijo, aquello tenía que terminar. Ahora todos sus esfuerzos, toda su atención, debían focalizarse en el trabajo científico real, riguroso y de resultados tangibles, publicables y reconocibles por sus pares, aunque fuera para tirar contra ellos e intentar desmentirlos. Y esa era una batalla que, por primera vez, no solo se veía con fuerzas de librar, sino que estaba más que convencida de que podría ganar.

Para eso, claro, antes necesitaba tranquilizar el frente más importante, inmediato, de cuya resolución dependía todo lo demás, que Juan dejara de amenazar con prescindir de ella, lo que la dejaría sin la infraestructura, el prestigio y la estabilidad del instituto, aspectos indispensables para que pudiera volcarse en la investigación y olvidarse de todo lo demás. Y sí, eso incluía también dar carpetazo a sus pesquisas de Agatha Christie de pacotilla.

Ese era el espíritu con el que había recorrido de nuevo el camino hacia la planta noble. Esta vez lo realizó en tal estado de confianza que el pasillo que desembocaba en las mesas de las secretarias ahora hasta le parecía luminoso y elegante, en lugar de la versión adulta de la ruta hacia el despacho de un jefe de estudios, esa que nunca quieres hacer porque ahí nunca se va para nada bueno, ahí solo se va para afrontar cosas malas.

Es probable que hasta tuviera una sonrisa en la cara cuando llegó ante las secretarias y le preguntó a Ana con un tono que podría resultar cantarín:

—Buenas, querida. ¿Está el gran jefe? ¿Puedo verlo un momento?

Su tono debía de dejar entrever algo que Ana no habría visto muy a menudo, porque una evidente mueca de sorpresa tiñó su habitual expresión de amabilidad circunspecta.

—¿Dices que quieres verlo? —le preguntó, de hecho, solo para confirmar que había entendido bien, no fuera que luego tuviera que rechazar cualquier responsabilidad.

—Sí, es importante.

La secretaria tomó aire un momento con una intensidad quizá un tanto excesiva, descolgó el teléfono y marcó para hablar con el interior del despacho. Le transmitió a quien descolgase, se suponía que Juan, que Estrella quería verlo un momento. No dijo nada más, simplemente asintió, como si su interlocutor pudiese verla, colgó y se dirigió a ella:

—Puedes entrar. Tienes cinco minutos.

—¡Muchas gracias! —Y con el mismo atisbo de sonrisa, que igual sí que lo era, se encaminó hacia la elegante puerta de madera sin volverse. Si lo hubiera hecho, habría llegado a ver la significativa mirada que se cruzaron las dos secretarias. Quien contemplase la escena desde fuera hasta podría haber reconocido en ellas cierta resignación. O pena, si fuese un intenso.

—¡Buenas tardes, Juan! Tengo buenas noticias, los datos dicen que...

—¿Te has quejado a Alicia de mí a mis espaldas?

Estrella todavía musitó algunas palabras más antes de procesar lo que le acababa de espetar.

—¿Qué estás diciendo? ¿Yo?

—Sí, tú. —Su tono delataba una tensión interna que amenazaba con reventar en cualquier momento el dique que impedía que se desparramase por el exterior. Pero todo indicaba que aquella barrera era frágil y que lo más seguro era que no durase.

—Por supuesto que no.

—Ah, ¿no? —Y por fin, liberando la presión interna, cogió el móvil que estaba sobre la mesa y lo agitó ante ella, como si fuera un árbitro de fútbol sacando una tarjeta—. Entonces ¿por qué he recibido una llamada de la mismísima secretaria de Estado que, por resumir, ha venido a decirme que deje de joder y que te deje salir de aquí? —Arrojó el móvil sobre la mesa—. ¿Es que no ibas a decirme nada?

—¡Por Dios, Juan! ¿Decirte algo sobre qué?

—Sobre que te ibas a ir con ella al ministerio y nos ibas a dejar tirados. Porque parece que aquí te estamos tratando fatal y te hacemos sufrir...

—¡No seas ridículo! Yo no he dicho nada de eso, y mucho menos a Alicia. De hecho, venía a decirte que...

—¡Me importa una mierda lo que vinieras a decirme! —El tono de Juan era tan agresivo que, a pesar de debatirse entre la indignación y la sorpresa que a punto estuvo de hacerle alzar la voz, Estrella se quedó sin palabras—. Si tan incómoda estás, cuando llevamos mucho tiempo aceptando tu actitud pasiva, tu falta de resultados y de integración en el colectivo, no seré yo quien alargue tu sufrimiento. Si tanto quieres irte, que sepas que en Recursos Humanos ya están preparando los papeles para que puedas irte al ministerio o a donde cojones quieras. No me importa, siempre que sea lejos de aquí.

Estrella sentía arder su cara. Toda la furia que crecía dentro de ella se centraba en un único punto, aquel que concentraba a todas las personas que se consideraban con derecho a decidir por ella. Juan, por supuesto, pero también Alicia, quien, fiel a su estilo, se había cansado de esperar y había preferido mover ficha para forzarla a aceptar una oferta que ya había visto que no la entusiasmaba. Porque, claro, ¿quién le dice que no a la gran Alicia, el valor en alza de la política, la encarnación del acceso femenino al sacrosanto templo de la ciencia, la mujer tan convencida de hallarse en el bando bueno que ni siquiera dudaba ni por un instante de que todas las demás que afirmaban estarlo también pensaran algo distinto que ella?

Pero no explotó. Logró reunir la fuerza suficiente y comerse también los suficientes restos de dignidad como para en un hilo de voz responder:

—Por fin tenemos indicios sólidos, Juan. Las conclusiones van a ser una bomba...

—Me alegra. Te recuerdo que tú estás ahí en representación del instituto, así que alguien tomará tu relevo. Espero que al menos tengas la decencia de ponérselo fácil.

Ahora ya no pudo reprimirse más. Su lado racional, que tan poco le había lucido en los últimos tiempos, seguía susurrándole que no lo hiciera, que Juan buscaba precisamente esa reacción que en nada la beneficiaba, pero estalló:

—¡No me jodas tú, Juan! Sabes de sobra que esa investigación es mía. La empecé en Mánchester, y fue la razón principal por la que me contrataste. Si me echas, me la llevo conmigo.

Juan esbozó una media sonrisa que, por alguna razón, resultaba más amedrentadora que cualquier grito que pudiera dar.

—Querida, te recomiendo que revises tu contrato. O, mejor dicho, que lo revise un abogado si tienes la menor intención de utilizar un solo dato de un trabajo que pertenece en exclusiva a las instituciones involucradas. Y, que yo sepa, el instituto es una institución, y tú solo una empleada desleal que ha perdido la confianza de esta dirección. Ahora, por favor, déjame.

Estrella se quedó callada, la boca como a medio pronunciar alguna palabra que ni siquiera estaba muy segura de cuál podía ser. Y entonces, como había ocurrido hacía pocas semanas, todo volvió a repetirse. Se incorporó con la cabeza gacha, invadida por una frustración que, lo sabía y lo temía, dejaría tras de sí una tristeza y una sensación de fracaso que sería mucho peor. Cuando salió del despacho, vio de nuevo la conmiseración en la cara de las secretarias, pero siguió caminando sin decir nada.

Cuando se abrió la puerta del ascensor con un ping, se quedó mirando, sin entrar, a la mujer que se reflejaba en el espejo del fondo. Se vio con su cara cansada, su pelo descuidado y con canas incipientes que empezaban a dejar de ser casos aislados que podían pasar desapercibidos. El vidrio le devolvía una imagen que había visto demasiadas veces en los últimos tiempos, que se resistía a irse, la Estrella que había perdido la capacidad de decidir por sí misma y que no encontraba la manera de retomar el control. Un rostro que conocía bien, el que lucía en los sueños en los que se desenvolvía en un mundo que no entendía, y que había barrido casi por completo a la joven prometedora e ilusionada que había salido de la facultad para descubrir algo nuevo en el cielo que perdurase por siempre.

Y entonces, contra todo pronóstico, reaccionó. Lo que no consiguió Juan, con su amenaza de quitarle lo que daba sentido a su vida profesional, que era casi ya la única que le quedaba, lo movió su propia imagen, aquello que estaban construyendo entre todos los demás solo porque les dejaba hacerlo, porque se había ido retrayendo y ya no quería plantarles cara.

En un arrebato dio un paso atrás y se alejó del ascensor, que cerró sus puertas de nuevo con otro ping. Y como si aquella Estrella derrotada que ahora rechazaba con todas sus fuerzas se hubiera quedado atrapada dentro, sintió un impulso crecer en ella, una capacidad de decisión similar a la del náufrago que reúne sus escasas fuerzas para alzarse sobre un tablero que le salvará la vida en el mar, y echó a andar hacia la escalera apenas transitada, a la que accedió tras empujar la barra de la puerta de emergencia. Descendió un tramo de escaleras, hasta un descansillo que la gran cristalera que se abría al exterior llenaba de luz y a través de la que se recortaban los rascacielos del norte de Madrid, y con ese paisaje ante sus ojos sacó su móvil y marcó el número de Alicia.

Tras los correspondientes tonos no contestó, claro. Pero Estrella llevaba demasiado dentro para dejarlo ahí, porque lo que la invadía solo tenía sentido si lo expulsaba y lo dirigía contra alguien que encarnara ese ansia por controlarla, por decidir por ella como si fuera una menor o no tuviera capacidad de juicio. Así que en cuanto sonó el pitido del contestador lo dejó salir todo, su rabia, le dijo que la dejara en paz, que no la manipulara, que lo sentía si no era quien ella decía que era o había sido, pero que lo había jodido todo, la iban a echar por su culpa, y si creía que eso iba a empujarla a los brazos del ministerio, a *sus* brazos, que se olvidara, porque no quería ser lo que otros dijeran, lo que ella en su soberbia establecía que tenía que ser, porque ella era una científica, era una jodida científica que era muy buena en lo suyo, y no le importaban las vueltas que tuviera que dar, a cuántas puertas tuviera que llamar, que se lo demostraría, a ella, a Juan, al mundo, conseguiría escribir ella misma su historia y no la que todos estaban empeñados en escribirle, porque no era un peón ni estaba a las órdenes de ella, porque joderjoderjoderjoderjoder…

Para cuando se dio cuenta de que hacía tiempo que el buzón de voz había dejado de grabar, seguramente porque estaba lleno, y ahora su exasperación compartía memoria junto con citas de políticos y gestores, llamadas de compañeros de partido y periodistas en los mil frentes de la vida de un cargo público en ejercicio, reducida quizá a la única señal de un sentimiento real en el mosaico de máscaras, poses e intenciones ocultas en el que Alicia se movía como pez en el agua, Estrella comenzó a llorar. Y lloró un buen rato mientras fuera, en esa secuencia de hechos barata en que parecía haberse convertido su vida, llovía, y algunas de las gotas empezaron a dejar su huella sobre el cristal. Y aquello, por alguna razón, la hizo llorar aún más.

# 17

—¿Usted no tiene coche?

Satrústegui, que iba sentado frente a ella en los asientos de cuatro, enfrentados dos a dos, del metro ligero, apartó la mirada de la ventana y la posó en Estrella, con aquella media sonrisa que permitía siempre albergar una razonable sospecha de que pudiera estar burlándose de ella, aunque también podría ser todo lo contrario. No iban sentados uno delante del otro porque el espacio estaba tan aprovechado que sus rodillas chocarían e irían muy incómodos, sino cada uno en el asiento contiguo frente al otro, con lo que tenían que girar levemente el cuello para verse. Estrella dio mentalmente las gracias por que viajaran a una hora en la que apenas lo hacían los estudiantes de las universidades de las poblaciones cercanas, por lo que había sitio de sobra.

—Sí que lo tengo, pero es poco práctico.

—Ya.

—Sí, sí —insistió él, como si considerase importante que ella le creyera—. Tiene ya sus años. Es una máquina sólida, como un tanque, un Opel Astra del 2000. Pero, con estas medidas nuevas y absurdas que hay ahora para que los coches no puedan circular por las ciudades, casi no puede pasar por ningún sitio.

Estrella lo miró con una expresión de incredulidad. ¿De verdad le daba para tan poco el sueldo que no le permitía comprarse un coche, aunque fuera de segunda mano? ¿No era tan buen detective?

Él mantuvo la seriedad durante un segundo, pero a continuación dejó que le asomara una gran sonrisa, sin aclarar exactamente qué le hacía tanta gracia, si le había colado una mentira o le divertía pensar que había incurrido en alguna provocación infantil. Y, para no dejarle tiempo para formular una respuesta, se apresuró a añadir:

—De todas formas, ¿quién necesita un coche en Madrid, con lo bien comunicado que está todo?

—Sí, desde luego —zanjó Estrella para no seguir con el tema.

Llegaron a la estación de destino después de un trayecto a lo que a ella le había parecido una velocidad más propia de un caracol que de un vehículo estrella de una red de movilidad moderna. Solo hacía dos días que había entrado en barrena tras su nuevo choque con Juan, tiempo que a Satrústegui le había bastado para contactar con la residencia donde vivía el descendiente de Castuera, que, esperaban, les arrojaría más luz sobre el destino que sufrió lo que fuera que hubiese entrado de tapadillo en España introducido en el tubo del telescopio.

Satrústegui no creía, y Estrella estaba de acuerdo con él, que el misterioso personaje que les seguía la pista, y que parecía haberles tomado la delantera al visitar el observatorio del Retiro antes que ellos, hubiese encontrado nada. Que la réplica que se exhibía fuese una obra de este mismo siglo descartaba que se ocultara nada allí, aunque era evidente que su competidor sabía muy bien dónde buscar.

Un competidor que, Estrella no dejaba de repetirse, parecía carecer de escrúpulos a la hora de hacer aquello que considerase conveniente para sus intereses. Por eso, se decía, tenían que moverse rápido para evitar que quien fuera que les seguía volviera a ganarles por la mano. Y se hallaban en un terreno tan resbaladizo que prácticamente iban descubriendo sobre la marcha qué hacer a continuación, con cada nuevo paso adelante, sin mucha idea de hacia dónde les llevaba aquel camino, porque no podían saber si lo que buscaban estaba al alcance de la mano o si, por el contrario, era como el arcoíris, que se mantiene siempre a la misma distancia de ti, no importa lo rápido que pretendas acercarte a él.

Además, tampoco en eso se engañaba Estrella. Centrarse en la resolución de aquel misterio le devolvía una coartada para levantar de nuevo una barrera con respecto a su situación personal, cada vez más acuciante. Durante un breve periodo de tiempo, tras la visita al Retiro, había empezado a sopesar la posibilidad de dejarlo, con el convencimiento de que ya se había divertido bastante y que desde luego no superaría el impasse con la persecución de metas fantásticas como la que la tenía entretenida. Cuando además, y por primera vez en años, su trabajo científico parecía recuperar visos de llegar a un sitio real y atractivo, empezó a hacerse a la idea de que ya estaba bien de seguir dándose largas, de portarse como una inmadura, y de que tocaba afrontar como nunca los retos que verdaderamente importaban. El momento era crucial, puesto que podía definir si en realidad tenía algo que decir en el mundo de la ciencia o, por el contrario, era otra promesa fallida más en un campo en el que los abandonos y las rendiciones estaban más a la orden del día de lo que en buena medida se creía.

Pero llegó la nueva bronca de Juan, y aquel refugio que apenas había empezado a construir, y que la tendría que haber protegido de las inclemencias de lo que estaba por venir, estalló en mil pedazos como si fuera un frágil invernadero con paredes de cristal. Sentir que no tenía ningún control sobre nada de lo que la rodeaba, que sus rivales reales, con cara y ojos, podían acabar con su carrera con solo chasquear los dedos, y que podían hacerlo sin más, sin un motivo real para ello, solo porque ella estaba empezando a demostrar que merecía la pena apostar por su investigación, le hacía más daño que los desprecios o los obstáculos.

Había decidido no coger el teléfono. Así que no se lo cogió a Alicia, quien por supuesto la llamó en cuanto escuchó su desquiciado mensaje en el buzón de voz; tampoco a Adela ni a sus colegas, ni a quien fuera que se hubiera unido a la lista de llamadas. No quiso saber nada más y se encerró en su casa. Durante horas y horas sus manos volaron de pieza en pieza, construyó artefactos que destruyó inmediatamente; la música de Philip Glass a todo volumen; el paso lento de las horas de un día gris que pareció oscurecerse antes de tiempo, mientras pugnaba por conseguir que su mente se vaciara, que los remolinos de pensamiento dejaran de girar, destrozando lo que moldeaba y que le parecía especialmente indescifrable y ominoso, solo para comenzar de nuevo, una y otra vez. Hasta que llegó a una especie de confusión continua en la que iba dando cuenta del tequila de una botella de formas rectas que estaba en su casa, ni siquiera sabía muy bien por qué, al mismo ritmo en el que, por momentos, creía encontrar algo parecido a una tregua.

Y fue a la mañana siguiente, sumida en un sueño pesado y nada confortable que estaba logrando su objetivo de difuminarlo todo, especialmente los contornos de lo que dolía, cuando entró la llamada de Satrústegui. Y a él sí que se lo cogió, lo que quizá significara algo, o tal vez tan solo se trataba de que el aturdimiento era superior a lo que ella misma pensaba.

Era consciente de que el detective notó la resaca que la atenazaba, el pesado dolor de cabeza que el tequila deja en quienes se acercan a él sin apenas experiencia previa, y que había sido tan contundente que se había quedado dormida sentada en el sofá mientras entreveía la silueta de las formas de los legos como quien mira un atardecer perpetuo en el que el sol siempre se está poniendo detrás de la línea de los edificios.

En cuanto le dijo que Manuel Castuera los recibiría al día siguiente en la residencia, aún logró mantener la entereza suficiente antes de correr a vomitar en cuanto colgó, para citarse con él en el vestíbulo de Colonia Jardín, donde cogerían el metro ligero. Aunque, eso sí, él se permitió avisarla de que lo reconfirmaría con ella por la tarde, seguramente porque no acababa de confiar en que se hubiera enterado de verdad.

Unos minutos después, mientras contemplaba su cara ojerosa y despeinada en el espejo del baño, el ácido sabor del reciente vómito aún en su boca, se aferró a aquel clavo ardiendo del que, a pesar de todo, tenía un mínimo control: podía elegir dejar aquella absurda investigación o continuar, e incluso se repitió que, si finalmente fracasaban, aquello no tendría una especial incidencia sobre ella. De todas formas, tampoco cabía descartar que salieran victoriosos, que descubrieran qué le pasó a Álvaro, qué secreto había desencadenado aquello. De aquel modo, todo terminó de nuevo en el lugar que apenas cuarenta y ocho horas antes había abandonado, y volvió a subirse al carro del misterio Herschel, como pomposamente había empezado a referirse en su cabeza a toda aquella historia sin sentido.

El camino desde la estación del metro ligero en la que se bajaron —un apeadero de formas modernas— discurría por un pequeño parque, habitual en aquella zona en las afueras de la ciudad que estaba más poblada por urbanizaciones que por núcleos urbanos en sí. Estrella lo agradeció. Era uno de esos días en los que, a pesar de que las horas de luz seguían acortándose en anuncio de que el invierno asomaba, el tiempo había traído consigo un sol agradable, con ese calor justo del astro que aparece fuera de su territorio familiar del verano, y que los acompañó durante todo el camino.

Se fijó en que Satrústegui parecía observar cada árbol y hasta le señalaba alguno de los pájaros que se desplazaban de una rama a otra o daban saltitos sobre el suelo de tierra. Le decía el nombre de unos y de otros, nombres que ella no retenía porque aquellas criaturas con las que compartía planeta le parecían más ajenas que los gigantescos mundos de roca y gas que buscaba conocer con su trabajo. No porque le molestaran ni le resultaran sucios ni nada por el estilo; no, era que, como le pasaba a tanta gente, simplemente no los veía porque su cerebro no dedicaba neuronas suficientes a ser consciente de su presencia.

Aunque fuera alrededor de aquella naturaleza domesticada, parecía como si el encontrarse en un terreno abierto flanqueado de árboles, a tan corta distancia de las masas de hormigón de los edificios, obrara un cambio sutil en el detective. Estrella siempre lo había visto como el habitante arquetípico de los barrios más castizos de la ciudad, si bien su actitud desenvuelta, incluso sonriente, mientras daban aquel corto paseo, lo identificaba más con alguien habituado a moverse por las más reducidas dimensiones de un pueblo, reducidas si hablamos de la huella humana, claro, enormes si nos referimos a la naturaleza en la que se enclavan.

Estuvo tentada de preguntárselo directamente, pero prefirió callárselo e intentar jugar al juego que él tanto dominaba, el de extraer conclusiones acertadas solo con permanecer con los ojos y los sentidos abiertos. Y aunque llevaba la misma gabardina del día en que lo conoció, y que tan horrible le había parecido, su figura algo desgarbada transmitía, para quien fuera capaz de verla, confianza en su capacidad para desenvolverse en el medio que lo rodeaba, aunque fuera totalmente desconocido para él. Y esa observación se tradujo en una especie de envidia por esa aparente seguridad, indicio de que, bajo sus modales bruscos y poco refinados, se ocultaba una inteligencia seguramente innata y profunda, capaz de convertir en interesante y apasionante casi cualquier cosa con la que se cruzara. Porque en todo lo que se refiere a los seres humanos se oculta una historia digna de ser conocida; solo hay que saber hasta qué profundidad hay que llegar para descubrirla.

Llegaron al camino de entrada asfaltado que conducía a la residencia de la tercera edad en la que vivía Manuel Castuera. Nada imponente, pensó Estrella, para albergar al miembro de una familia con antepasados ilustres que vistieron peluca y casaca y que pertenecían a la élite minoritaria que se embarcaba para viajar a países extranjeros en un momento en el que la inmensa mayoría de la población apenas salía unos kilómetros más allá de sus pueblos. El letrero luminoso con el nombre de la institución —DESCANSO Y FLORES, que a Estrella le pareció ridículamente tétrico— había conocido épocas mejores.

Subieron las escaleras hasta la recepción, con la correspondiente rampa para sillas de ruedas que había sido incorporada más tarde, con criterios estéticos bastante discutibles. Cuando pasaron las puertas de cristal, que se abrieron automáticamente ante ellos, se dirigieron al mostrador de la entrada, donde un hombre cuyo uniforme denotaba que debía de ser enfermero estaba mirando algo en la pantalla de un ordenador de mesa.

—Buenos días —se adelantó Satrústegui. El enfermero levantó la mirada del teclado—. Tenemos una cita con el señor Manuel Castuera.

—Sí, buenos días. Estupendo; lo único que mi compañera, que es la encargada de hacer el registro de las visitas, se ha tenido que levantar un momento de su puesto. Si pueden esperar un minuto a que vuelva, se lo agradecería.

Ellos asintieron y le dijeron que por supuesto esperarían. Estrella se apoyó en el mostrador y paseó la mirada alrededor. Satrústegui, por su parte, cogió un folleto de un exhibidor, que aparentó leer con sumo detalle. Estrella se preguntó si estaría haciendo planes para un futuro más próximo que tardío.

Desde la recepción se atisbaba el movimiento que a esa hora de la mañana reinaba en la residencia. Algunos internos caminaban por el pasillo: una anciana se desplazaba de manera parsimoniosa con su andador hacia un corredor lateral, acompañada por una enfermera que le hablaba con suavidad. A Estrella no le pasaron inadvertidas las semejanzas de la escena con sus recuerdos de alguna residencia universitaria que había conocido cuando estudiaba la carrera, y esa similitud la desconcertó.

Al cabo de pocos minutos apareció la recepcionista. El gesto casi inadvertido de pasarse la lengua por las comisuras de los labios mientras se limpiaba lo que parecía una miga daba una buena pista sobre la razón por la que se había ausentado.

—Buenos días —repitió en esta ocasión Estrella—. Venimos a ver al señor Manuel Castuera.

La recepcionista tecleó algo en su ordenador.

—Sí, aquí está anotado. Estrella Noval y Tobías Satrústegui. ¿Me dejan sus DNI, por favor?

Se los entregaron, y con ellos rellenó las fichas de visita. Cuando hubo terminado, se levantó del asiento y les señaló el pasillo por el que había desaparecido la mujer del andador.

—Vayan por allí y al final del pasillo giren a la derecha. El señor Castuera estará en su habitación, la 117. Hasta la hora de la comida prefiere quedarse allí; su movilidad no está en su mejor momento.

Le dieron las gracias y echaron a andar por el pasillo, que en un primer tramo se abría a salas comunes y diversos despachos y que, tras un espacio abierto que funcionaba como distribuidor, se convertía en una sucesión de puertas que daban a las habitaciones de los residentes, muchas de ellas abiertas a aquella hora. No les costó mucho adelantar a la mujer, que avanzaba constante en su disciplinado camino, acompañada por un ritmo metálico cada vez que el andador tocaba el suelo, mientras la auxiliar caminaba a su lado con una sonrisa permanente en el rostro, un gesto que a Estrella se le antojó de una amabilidad extrema que dotaba a aquella estampa de dos mujeres de edades tan diferentes, y en momentos vitales tan distintos, de una belleza sorprendente.

Se cruzaron con una o dos personas más. También con un individuo que a Estrella le recordó a alguien, probablemente a algún otro doctor que hubiese conocido, calvo, salvo por una banda de pelo gris que iba de las patillas a la mitad inferior de la parte trasera de su cabeza, y que iba mirando algo en un portapapeles en el que llevaba enganchados unos documentos. Estrella le dedicó una rápida mirada al cruzarse, pero enseguida la voz de Satrústegui reclamó su atención:

—Habitación 113..., 115..., 117. Aquí está.

El detective señaló la placa situada junto a la puerta, que era una de las pocas cerradas. En el centro de la parte superior había un ventanuco de cristal, una precaución que Estrella supuso les servía a los celadores y al personal para ver de forma rápida y discreta cómo se encontraba el residente. Y aunque entendía la utilidad de una medida así en un lugar en el que muchos de los que allí vivían tenían algún tipo de dificultad para valerse por sí mismos, no dejó de pensar que, en el fondo, vulneraba una intimidad a la que, aunque allí pudiera parecer lo contrario, los residentes que enfrentaban el último tramo de sus vidas seguían teniendo derecho.

Satrústegui llamó a la puerta. Esperaron unos instantes, pero nadie contestó al otro lado. Entonces el detective habló, acercando la cara a la madera:

—Señor Castuera, soy el señor Satrústegui. Teníamos una cita.

Continuó el silencio al otro lado.

Estrella, olvidando pronto sus recelos de hacía tan solo unos segundos, miró por el ventanuco. Atisbó la cabeza y la parte superior del cuerpo de una figura sentada en una silla de ruedas. Les daba la espalda, pues estaba parada ante la ventana, como si estuviera contemplando el parque al otro lado del aparcamiento.

—Hay alguien sentado junto a la ventana —informó al detective—. Pero no parece que se haya enterado.

—A lo mejor es duro de oído —respondió este cogiendo la manija de la puerta—. Vamos a entrar.

—Sí, pero hágalo despacio. No queremos darle un susto.

El detective sonrió, de nuevo un poco de más, como si exagerara la gracia de lo que ella había dicho. Giró la manija y abrieron la puerta despacio. En cuanto estuvo abierta del todo, les llegó el aroma de la habitación, poblado de matices que hablaban de efluvios de medicinas y ese olor indefinible común a cualquier lugar, no importan la edad o el estado, en el que las personas viven de manera aún más provisional de lo habitual.

—¿Señor Castuera? Soy Tobías Satrústegui; hemos hablado por teléfono.

Estrella se habría preguntado si la recepcionista se había sorprendido tanto como ella al oír aquel nombre si no hubiera sido porque el hecho de que el anciano siguiera sin reaccionar empezó ya a parecerle algo raro.

Satrústegui cruzó una mirada con ella. Luego recordaría que en su semblante vio algo que se adelantó a lo que estaba a punto de ocurrir, porque cualquier atisbo de sonrisa, burlona o no, se había esfumado. Ahora Estrella lo veía por primera vez con el ceño fruncido y una expresión que, si tuviera que definirla de alguna forma, sería de severa expectación, como si estuviera de manera innata preparándose para algo.

Llegaron hasta la silla de ruedas, que seguía inmóvil, igual que la figura sentada en ella. El detective se acercó despacio por el lado izquierdo para prevenir que se asustara al ver de repente a un hombre a su lado. Estrella hizo lo mismo por el derecho.

Fueron a repetir una vez más el nombre de su anfitrión, pero se les hizo evidente que no tenía sentido. Los ojos abiertos y el hilo de baba que relucía por el lado de la boca entreabierta, todo enmarcado por la inexpresividad absoluta de quien ya no respira ni ve su cuerpo recorrido por la casi imperceptible fuerza de los latidos, que nos avisa de que estamos ante alguien vivo, no dejaban duda alguna.

Solo lo había visto en las ficciones de las múltiples pantallas, pero Estrella dedujo que aquel hombre era Manuel Castuera y que estaba muerto.

—Mierda... —murmuró Satrústegui, casi con un tono más de fastidio que de susto.

De pronto ese hilo de pensamiento inconsciente que casi le había alertado de ese hallazgo terminó cristalizando en una secuencia lógica en la que todo empezaba con el doctor con el que se habían cruzado, aquel hombre calvo de bata que miraba un portapapeles con unos documentos y que, ahora estaba segura, era tan médico como ella.

Y esa misma asociación le hizo ver ese mismo rostro en otro contexto: en la puerta del bar de Usera en donde había quedado con Satrústegui, la tarde en que habían entrado en su apartamento.

Sí, todo encajaba, y ante ella estaba la conclusión última de aquella cadena de hechos: un anciano muerto en una silla de ruedas que iba a revelarles una información que, ahora, nunca sabrían, al menos de su boca.

—Hijo de...

Tiempo más tarde, cuando tuviese ocasión de rebobinar lo ocurrido y de analizar por qué actuó como actuó, intentaría encontrar una explicación a su reacción. Por qué, contra toda lógica, echó a correr hacia la puerta, apenas oyendo la voz de Satrústegui, que dejaba inacabada una pregunta. Y cómo cuando, tras volver al pasillo, no reparó en quien se paraba sorprendido al verla salir de aquel modo de la habitación, como la pareja de la anciana del andador y la enfermera, que hasta detuvieron su caminar.

Le pareció oír que alguien le gritaba que parara, pero, o no lo escuchó realmente, o no le hizo ningún caso. Tan solo fue levemente consciente de que habían entrado en la habitación y alguna voz más alta parecía desencadenar algún tipo de protocolo que involucraría a Satrústegui, que se había quedado dentro de la habitación.

Pero ahora eso no importaba. No importaba para nada. Solo importaba ese impulso que se manifestaba de nuevo y que la hacía correr por un pasillo por el que, estaba segura, estaba prohibido hacerlo. Sentía una descarga liberadora que la impulsó con una energía que no recordaba y que le hacía concentrarse en un único objetivo.

Sus pasos la llevaron hasta el distribuidor, aquella especie de sala a medio camino del pasillo, y el mismo instinto, férreo pero invisible, que la había traído hasta allí le hizo ahora detenerse, justo en el momento en que se activó una alarma en el extremo de otro corredor que surgía a su derecha. Y, cuando volvió la cabeza en dirección al lugar de donde venía aquel sonido tan desagradable, lo hizo justo a tiempo para intuir, más que ver, cómo una puerta que se encontraba al final de aquel tramo, y que tenía una ventana esmerilada en el centro con una luminosidad que delataba que seguramente daba al exterior, se cerraba con un leve chasquido, lo que silenció de inmediato el sonido taladrador de la alarma.

La parte inconsciente de su mente, o la que funcionaba sin rellenar informes de actividad, tomó el mando y la lanzó por aquel tramo, justo mientras alguien a su espalda le decía algo. Pero no se detuvo porque fueron más bien las dos o tres personas con las que se cruzó las que se hicieron a un lado para dejarla pasar.

Llegó hasta la puerta, donde ya pudo ver con claridad el icono que señalaba que se trataba de una salida de emergencia, empujó la barra horizontal que la abría y salió a la luz exterior que repentinamente la envolvió. Sobre su cabeza sonaba, esta vez mucho más contundente, aquella alarma que rápido dejó atrás y que se dejó oír aún un instante mientras la puerta se cerraba.

Miró a los lados, buscando al individuo que perseguía entre las filas de coches aparcados, hasta que se fijó en un bulto de color blanco que sobresalía de una papelera, a unos metros de ella. Corrió hacia allí y, cuando llegó, vio confirmada su sospecha: se trataba de una bata de médico y bajo esta asomaba la tableta portapapeles.

Un ruido repentino de una moto al arrancar le hizo volver a girar la cabeza y, aunque le costó unos segundos vitales localizar de dónde provenía, cuando se hubo desplazado en el sentido del sonido, mirando a un lado y a otro entre los coches, por fin descubrió a un hombre que, vestido con ropa de calle, se terminaba de poner el casco.

—¡Eh, tú! ¡Ni se te ocurra...!

Echó a correr hacia él. Este reaccionó de manera inmediata, rápida pero no apresurada; la imagen de quien en ningún caso iba a perder el control. Agarró el manillar de la moto y la puso en marcha. La moto salió con un impulso repentino, giró en su dirección y fue hacia ella. Y todo fue tan seguido y tan veloz que ni siquiera se dio cuenta de cómo se giraba lo suficiente como para que el vehículo la rebasara, pero lo bastante cerca para que sintiera el golpe del aire que movió contra ella.

Y eso fue todo. Allí se terminó la persecución de aquella figura que había estado sobre ellos todo el tiempo, que había pasado de ser una entelequia a encarnarse en un hombre calvo y corriente, no lo suficientemente anodino para no dejar huella alguna en la memoria, pero sí lo bastante como para cruzarse más de una vez ante ella sin casi reparar en él. Pero estaba convencida de que era todo pura fachada, que ese aspecto anodino tan solo era una tapadera para moverse sin ser visto.

Algo le decía que, al contrario, podía ser capaz de interferir en la realidad, en cualquier cosa, y dejar una huella muy profunda si lo deseaba.

Por alguna razón, que tuviera una apariencia tan poco memorable lo hacía más ominoso que si se tratara de uno de esos matones de las películas y las series que, una y otra vez, volvían a su mente.

La moto se perdió al otro lado del edificio, donde probablemente ya había tomado el camino de salida que la conduciría hasta la autovía de entrada a la ciudad. Y su sonido todavía se estaba apagando cuando vio venir hacia ella la figura, un tanto excesivamente redondeada, de lo que tenía todo el aspecto de ser un vigilante.

Solo entonces la tensión se le aflojó. Se apoyó en un coche y miró hacia el cielo, en el que había aparecido alguna nube empeñada en desmentir que aquella tarde de aquella época del año pudiera estar en manos del sol. Cerró los ojos y se dejó llevar por los latidos aún acelerados por la adrenalina y la carrera, e intentó dar sentido a la mezcla de emociones que la embargaban, antes de responder a las preguntas que, estaba segura, se aproximaban junto con el vigilante.

# 18

Tuvo tiempo de echar de menos el aire exterior, porque luego pasarían varias horas, hasta bien entrada la tarde, que apenas aportaron nada a lo único con verdadero peso e interés, el hecho de que, una vez más, cuando estaban a punto de dar un paso adelante, se les habían adelantado. Solo que, esta vez, de una manera especialmente cruel y directa.

Primero tuvo que explicar a un par de vigilantes, a quienes era evidente que aquello les venía grande, por qué había echado a correr de aquella manera al encontrarse con el cuerpo sin vida de Manuel Castuera. Sin entrar en mayor detalle, mintió, o más bien forzó la realidad, al afirmar que le había parecido que aquel hombre justo había salido de la habitación cuando ellos se acercaban, y su tranquilidad le pareció sospechosa porque, de ser médico, dudaba que se hubiese ido sin inmutarse.

Procuró no mirar a Satrústegui mientras hablaba por temor a encontrarse de nuevo con aquella sonrisa que tan nerviosa la ponía y que él parecía tener tendencia a dejar que le asomara a la mínima en su rostro. Temía que tuviera algún efecto en la más que razonable mezcla de sorpresa e impacto que asomaba en su relato.

Fue algo más complicado cuando, un tiempo inusitadamente largo después, que pasaron en una sala de espera junto al despacho del director de la residencia, donde se les pidió que esperaran, tuvieron que repetir la historia ante una pareja de jóvenes policías que, primero ella y luego él, demostraron ser más metódicos y experimentados, y que buscaban fisuras que los vincularan, de alguna manera, con la muerte del anciano. Estrella no pudo evitar pensar que, si no hubiera echado a correr, aquello se habría resuelto de forma más rápida, porque no habría ido más allá de la mala suerte de encontrarse con que había fallecido el interno al que iban a visitar; acaso aquello no fuera frecuente, pero tampoco improbable, en un centro como aquel. Fue su reacción, que no cuadraba con la de unos visitantes que solo buscaban una información para un artículo que ella estaba escribiendo, tal y como había dicho Satrústegui al concertar la cita, lo que arrojaba una sombra de duda de si, bajo la superficie, se ocultaba algo distinto que mereciese la atención de la policía.

Afortunadamente, no necesitaron mentir. La pareja de policías puede que fuera joven y, seguramente, con poca experiencia, y era más que probable que no terminaran de tragarse aquella escena protagonizada por el extraño tándem que componían una astrofísica y un detective, pero lo cierto era que no tenían nada concreto para retenerlos y la historia, aunque pudiera parecer cogida por los pelos, tampoco les dio muestras evidentes de que fuese falsa, por lo que, al final de la tarde, los dejaron irse, pidiéndoles que estuvieran localizables por si necesitaban volver a hablar con ellos.

Atardecía ya cuando por fin salieron de la residencia. Pasaban junto al letrero luminoso de DESCANSO Y FLORES cuando ella sacó el móvil.

—¿Qué hace? —le preguntó Satrústegui.

—Pedir un cabify —le respondió ella—. Quiero irme a mi casa.

Por toda respuesta él extendió rápidamente el brazo y le quitó el teléfono de la mano.

—¡Eh! Pero ¿qué hace?

El detective se quedó mirando la pantalla del aparato con el ceño de nuevo fruncido. Ella, cansada ya de todo el tiempo que habían pasado allí y con ganas de irse cuanto antes, tuvo que retener el impulso de estirar el brazo y recuperar el móvil. Si no lo hizo fue porque empezó a entender que lo que Satrústegui miraba con tanta atención era el pequeño punto luminoso que hacía unos días le había llamado la atención a ella.

Tanto anticipó que se trataba de eso que ni siquiera protestó cuando él apagó el teléfono y, hundiendo la mano en el bolsillo de su gabardina, sacó lo que le pareció una pequeña navaja suiza —ese socorrido regalo de tantos días del padre de hacía décadas— y desplegó una especie de alambre recto que hundió en el resorte que abrió el pequeño compartimento que alojaba la tarjeta SIM. Satrústegui la sacó y la introdujo en un pequeño hueco de su abarrotada cartera, llena de lo que a Estrella le parecieron tíquets descoloridos, recibos de tintorería o cosas por el estilo.

—¿Me lo han pinchado?

—Tiene toda la pinta —respondió él—. Por fin sabemos cómo conseguía nuestro amigo ir siempre un paso por delante de nosotros. —Levantó el aparato y lo agitó ante ella—. Me lo llevo. Necesitaré unos días, pero espero poder devolvérselo limpio. Y hágase a la idea de que puede que su portátil, el ordenador del trabajo o cualquier otro que tenga también estén intervenidos.

—A lo mejor el suyo también... —replicó Estrella, un poco fastidiada de hacerla parecer descuidada solo a ella.

—Sí, es posible. —Y antes de que ella pudiera relajarse y saborear la victoria, añadió—: Pero lo dudo. Cabe la posibilidad de que también hayan instalado algún micrófono en su casa o en el trabajo, pero, sinceramente, no tendría mucho sentido. Si ya llevaba uno con usted a todos los sitios, ¿para qué correr riesgos?

Estrella empezaba a sentir una sensación de vértigo. Cuanto más hablaba el detective, más iba comprendiendo todas las implicaciones de aquello. Al final, Satrústegui la emplazó a que se vieran al día siguiente.

—Y otra cosa: sería conveniente que, al menos durante unos días, no durmiera en su casa.

Ahora sí, Estrella no pudo evitar que una oleada de preocupación, directa, contundente, se hiciera con ella.

—¿De verdad lo cree necesario?

Por toda respuesta el detective señaló con la cabeza la residencia que acababan de dejar atrás.

—¿Es que no ha visto lo que nos hemos encontrado ahí?

Estrella se detuvo. Sintió una opresión en la boca del estómago. Empezaba a procesar todo lo que habían vivido, que hasta aquel momento, y a pesar de la forma en que se había iniciado, se asemejaba más a un juego elaborado y extraño que a una amenaza que pudiera dañarlos de verdad.

—¿Quién puede ser capaz de llegar hasta estos extremos por algo que, en todo caso, no deja de ser una curiosidad histórica? No tiene ningún sentido...

Satrústegui asintió muy serio. Estrella no fue capaz de dilucidar si porque estaba de acuerdo con ella o porque sabía algo que no le había dicho.

—Créame —dijo al fin—. Todo acaba por tener sentido, incluso las cosas que parecen suceder sin un motivo aparente. Hay alguna razón por la que hemos llegado hasta aquí, y lo que ha ocurrido es la demostración de que nos estamos acercando más de lo que suponemos. Por eso es buena idea tomar precauciones. Dígame, ¿tiene alguien con quien quedarse?

El nombre que de inmediato le vino a la mente fue el de Adela. Al fin y al cabo, ella ya había presenciado indicios de que sucedía algo extraño, aunque no fuese capaz de adivinar hasta qué punto lo era. Suponía que podría presentarse en su casa sin más, ahora que se había quedado sin teléfono. Resultaba curioso que, al darse cuenta de su incomunicación repentina, no se le ocurriera que también lo estaba con respecto al instituto, a Juan y a su trabajo; probablemente, de haberlo hecho, habría sentido algo parecido al alivio.

—Sí, tengo a alguien, a…

—No me lo diga.

Ella alzó las cejas.

—¿Es que cree que siguen escuchándonos?

—No lo creo, pero sería de tontos no tomar todas las precauciones, aunque parezcan exageradas. Volvamos a Madrid y encontrémonos de nuevo mañana. —Escribió una dirección en una hoja de papel de su cuaderno de detective de serie, la arrancó y se la entregó—. Allí decidiremos qué hacer.

—Muy bien —respondió ella mientras se guardaba la hoja en un bolsillo. Por un momento, le dieron ganas de preguntarle si luego tenía que comérsela o algo así, pero se reprimió. Resultaba asombrosa la rapidez con la que asimilaba el absurdo de todo lo que estaba sucediendo—. Y ¿cómo volvemos? No parece que por aquí haya una parada de taxis, y tampoco podemos llamar a ninguno, ni a un cabify, ni nada.

—Creo que lo más discreto es volver como vinimos, en el metro ligero. Una nueva oportunidad para disfrutar de su gran espacio y comodidades. Y, por cierto, creo recordar que necesitaba recargar la tarjeta, porque gastó su último viaje para venir, ¿verdad?

—Eh…, sí.

—Bien. ¿Tiene usted metálico?

—Algunas monedas, sí…

—Perfecto. El buen y viejo dinero de siempre. Pague con él y haga acopio para estos días. Saque una buena cantidad de una sola vez.

Estrella empezó a entrever todas las implicaciones de ese regreso, o más bien retroceso, hacia un mundo analógico que aún parecía respirar bajo las capas del día a día interconectado.

—Vale, lo haré. ¿Cree que con eso estaremos a salvo?, ¿que no nos podrán seguir?

—¿Francamente? No tengo ni idea. Depende de los recursos a los que tenga acceso nuestro amigo, que, pondría la mano en el fuego, no trabaja solo. Pero ¿qué otra cosa podemos hacer?

«Sí, ¿acaso podemos hacer otra cosa que no sea vivir como si estuviéramos en 1980? Solo que ese mundo ya no existe, no tenemos teléfono fijo —bueno, seguro que Satrústegui sí, y que comparte la línea con otra de fax— ni hay cabinas públicas ni en los bares. Así que, a decir verdad, estaremos en el limbo. Una perspectiva arrebatadora».

Todo eso pasó por su cabeza, pero nada de ello llegó a salir por su boca mientras desandaban el camino de la mañana hacia la estación del metro ligero.

# 19

Un par de horas más tarde temió que la aprensión que se había apoderado de ella, que la necesidad de pensar y de abordar cada acción como si fuera la primera vez que se asomaba a ella y tuviera que replanteársela de nuevo, le hacía ver visiones. Pero, en cuanto dio la vuelta a la esquina de la acera que llegaba hasta su portal, se detuvo en seco cuando vio un coche aparcado casi frente a él y, sentado al volante, un hombre que no parecía estar haciendo nada, salvo esperar. Y aquello, a lo que en circunstancias normales apenas habría prestado atención, después de lo que acababa de vivir se le antojó, como poco, sospechoso.

Y aquella impresión no hizo más que incrementarse cuando se dio cuenta de que el hombre la había visto y que, de inmediato y como un resorte, se había incorporado y había abierto la puerta para bajarse.

Ya estaba dándose la vuelta para desandar el camino, para correr de nuevo si era necesario, como antes lo había hecho en la residencia, cuando llegó hasta ella una voz inesperada de mujer, una voz que era la última que esperaba oír en aquel lugar:

—¡Estrella! ¿Adónde vas?

Se detuvo, sorprendida. Pero cuando se giró de nuevo ya no tuvo ninguna duda, porque la propietaria de aquella voz ya estaba yendo hacia ella, con el hombre que ocupaba el asiento del conductor, alto y fornido, siguiéndola a unos pasos de distancia.

—¿Alicia? —dijo por fin mientras la dueña de aquel nombre la alcanzaba.

—¡Sí, claro! —respondió la aparecida; su escolta se detuvo a unos metros de distancia—. Mujer, parece que hayas visto a un fantasma...

—Yo... ¿Qué haces aquí?

—Creo que es evidente, ¿no? Vengo a verte. Milagrosamente, tengo la agenda vacía ya por este día y he pensado que era una oportunidad estupenda para vernos y hablar. Dado que no me coges el teléfono, creo que ya es lo único que puedo hacer. —Estrella fue a decir algo, pero Alicia levantó la mano para que la dejara terminar—. Escucha, no vengo a convencerte de nada ni a seguir machacándote. Sigo pensando que te equivocas, pero no es esa la razón por la que he querido venir. En realidad..., no soportaría que lo último que haya entre nosotras sea un mensaje tan amargo como el que me dejaste en el contestador. —Y, al ver por la expresión de Estrella que esta parecía a punto de responderle, se apresuró a añadir—: Ni tú te lo mereces, ni yo me lo merezco. Así que ¿qué te parece? ¿Una tregua?

Estrella se sintió de repente muy cansada. Seguramente a Alicia le sorprendería descubrir hasta qué punto ni recordaba el arrebato que había tenido con ella ni sospecharía que no podía importarle menos. Y puede que lo que más le asombraría sería constatar que en realidad y de una manera que a ella la pillaba con el pie cambiado, le gustaba que estuviera allí.

—De acuerdo —asintió—. Una tregua.

—Estupendo. ¿Quieres que vayamos a algún sitio?

Una idea súbita atravesó la cabeza de Estrella. Ni siquiera le dedicó medio pensamiento porque, si lo hubiera hecho, la habría rechazado sin contemplaciones.

—No... ¿Te parece si... vamos a tu casa? Alguna vez me has hablado de tu estupendo ático en Chamberí y aún no has tenido el detalle de enseñármelo.

El estupor de Alicia fue visible mucho más allá de su rostro. Fue casi una sensación física que la recorrió, e incluso le hizo llevar su cabeza unos centímetros hacia atrás, como si hubiera sido algo que le hubiera impactado.

—¡Guau! ¿Quieres ir a mi casa? ¿Así, de repente?

—Bueno, tú misma has dicho que, contra todo pronóstico, estás libre ahora, y sabe Dios cuándo lo estarás otra vez. Así que ¿para qué dejar pasar la oportunidad? O, si lo prefieres, lo dejamos para otra ocasión...

—No, no, está bien. Es solo que...

—¿Qué?

—Que no me esperaba que tuvieras tantas ganas de verme.

Estrella casi sonrió al oír eso.

—Yo tampoco, pero parece que es así.

Nada de lo que se encontró defraudó la imagen que se había formado del ático de Alicia. Se situaba en lo alto de uno de los edificios que circundaban la plaza de Olavide, en la que habían pasado tantas horas cuando eran estudiantes, aprovechando los bajos precios de la terraza de un bar que tenía merecida fama entre los jóvenes de otorgar el complemento sólido necesario, en forma preferente de tortillas de patatas junto con pimientos asados, para acompañar las cervezas que se sucedían sin interrupción y que, en aquellos años, en los que ellas mismas eran jóvenes, en los que todo era joven, no dejaban más huella que unas resacas fácilmente superables. Cualquier preocupación por que contribuyeran a hacerles ganar kilos, o que fueran perjudiciales para el cutis, era algo casi esotérico, como lo era el humo de los cigarrillos que sus compañeros de aquel tiempo fumaban con similar cadencia apresurada.

Pero ahora, por mucho que mirara hacia abajo desde la terraza del ático, bajo la línea de los edificios que ya habían visto atardecer y aparecían bañados por un sol de un tono entre naranja y rojizo que perdía cada día un poco más de fuerza, apenas podía ver el lugar que ocupaba aquella terraza, que resistía, aunque ya no era tan barata ni tenía el encanto que por entonces les ofrecía, quizá contagiada del resto de los establecimientos, más elaborados y llenos de ínfulas gastronómicas y cartas de ginebras. Era como un hechizo que se hubiese acabado y, al desaparecer, tan solo dejase el recuerdo de que una vez hubo allí algo que apenas había abandonado un leve rastro tras de sí.

—¿Qué?, ¿decepcionada? —le dijo Alicia cuando apareció tras ella, después de que hubiera ido a quitarse el traje de política poderosa para ponerse una ropa más cómoda, una larga camiseta que reproducía una fotografía emblemática de Nikola Tesla con una de sus lámparas inalámbricas en la mano y unos pantalones deportivos largos.

—Para nada —respondió Estrella—. ¿De dónde viene el dinero? ¿Comisiones? ¿Sobornos? ¿Tráfico de influencias?

—Si te lo dijera, tendría que matarte. Y sería un engorro. No me puedo arriesgar a un escándalo —respondió ella con una burlona expresión de seriedad.

—Por supuesto.

—¿Pasamos dentro? Está empezando a refrescar.

—Sí, claro. Vamos.

Se sentaron en un salón que era casi tan grande como el apartamento de Estrella, aunque incluía también la cocina. No se trataba de una simple cocina americana, sino una mucho más surtida con todo tipo de electrodomésticos de marca, y que además contaba con un elemento habitual en los anuncios de la tele, pero que raramente se llega a encontrar una en las casas de la gente de verdad: una auténtica isla ante la que sentarse.

Allí le indicó Alicia que se quedara mientras ella preparaba unas bandejas con algo de jamón y queso, un bote de humus que sacó de la nevera y una cesta con colines. Abrió también una botella de vino con una eficacia y naturalidad que no pudo por menos que despertar la admiración de Estrella. Sirvió dos copas, tan estilosas como el resto del menaje.

—Forma parte de uno de mis últimos cohechos —le dijo, burlona—. Pero creo que, cuando lo pruebes, descubrirás por qué merece la pena ser corrupta.

—¿Lo eres mucho? —le preguntó Estrella alzando las cejas y con una sonrisa no menos burlona.

—¡Oh, no te imaginas cuánto! —Tras el agitar, el aspirar el aroma y todas esas cosas rituales que para Estrella seguían careciendo de sentido, lo probó—. Mmm…, definitivamente, habrá que mover los hilos para que el que me lo dio gane un par de concursos.

Estrella se rio, divertida. No era como si hubiese olvidado lo que había vivido ese día, pero pensaba que encontrarse en un escenario, y con una compañía tan inesperada como aquella, había ayudado a poner una distancia más que evidente con ello. De fondo sonaba una música que salía de algún lugar del salón, pero que se oía de manera agradable y cómoda desde donde estaban. Cuando puso el oído, se dio cuenta de que era David Bowie, más concretamente su álbum *Scary Monsters.*

—Sigues escuchando a Bowie.

Alicia pareció detenerse un instante a escucharlo, como si lo apreciara por primera vez.

—Así es. El querido Duque Blanco. Pasan los años, pero una siempre acaba volviendo a él. No te imaginas cómo lloré cuando murió, creo que tengo familiares más o menos cercanos por los que lo hice menos.

—Casi conseguiste que lo odiara. Lo ponías a todas horas en aquel equipo de mierda que teníamos. Hacía que «Space Oddity» sonara como si de verdad estuviéramos en el espacio, pero metidas en una lata.

—Sí —respondió ella riéndose—. Supongo que es la mayor prueba de lo buena que es su música, porque supera incluso las pruebas más exigentes.

—Pero habrás renovado tus gustos. Seguro que consigues entradas para todos los conciertos de moda.

Alicia asintió.

—Sí. Estuve en la zona vip de Taylor Swift, ¿te lo puedes creer?

Aquello pilló a Estrella bebiendo, lo que casi desencadenó que desperdiciara aquel buen vino como si fuera un surtidor.

—¡Vamos! —logró decir al final, cuando las risas se lo permitieron—. ¿Tú? ¿Con Taylor Swift?

—Bueno, tengo coartada. Teníamos una reunión de los ministerios de ciencia de la Unión Europea, y me llevé al concierto a mis homólogos de Alemania, Francia, Italia y República Checa.

—¿Todos son fans de Taylor?

—Ni mucho menos. Pero supongo que alguno no quería dejar pasar la oportunidad de contárselo a la vuelta a su hija adolescente swiftie y ganar enteros con ella.

—Dios mío, eres toda una sacrificada. No te imagino allí tragándote casi tres horas de canciones de la Taylor, la verdad. Espero que mereciera la pena.

—Pues, ahora que lo dices —respondió Alicia llevándose una loncha de jamón a la boca—, hace un mes firmamos un convenio que empezó a plantearse tras los bises, así que creo que mereció la pena. —La miró y levantó su bebida—. ¡Por España!

—¡Por España!

Y vaciaron sus copas con lo que pretendía ser cierta solemnidad.

La velada transcurrió entre conversaciones al tiempo que, poco a poco, iban dando cuenta del contenido de las bandejas. En realidad era Estrella la que se servía con más asiduidad porque solo ahora empezaba a ser consciente de lo hambrienta que se encontraba; no había tomado nada desde el desayuno. Para cuando abrieron la segunda botella, mientras seguían engarzando recuerdos del pasado mutuo, salpicados de vez en cuando por alguna mención de Alicia a alguno de los muy importantes quehaceres que ahora llenaban sus días, una neblina cálida y presente, que interponía un suave filtro como de algodón entre el mundo real y su cabeza, se había enseñoreado de Estrella. Ella la dejó instalarse, como una especie de protección que alejaba a una distancia segura los problemas; no es que desapareciesen, porque ella seguía siendo consciente de que estaban ahí, pero se quedaban fuera de la zona donde más podían afectarla.

Empezar la segunda botella coincidió, más o menos, con el momento en el que pasaron a sentarse en uno de los sofás que circundaban la mesilla del centro del salón. Allí, llevadas por la comodidad de aquellos muebles que las acogieron con la intención de no dejarlas marchar, la charla fue cambiando poco a poco de tono. Empezó a bajar la intensidad de las risas y a recuperar algo que para Estrella se parecía, cada vez más, a otras muchas charlas que habían tenido en otro salón, desde luego muy distinto a aquel, no más que una pequeña habitación casi desnuda y sin muebles, salvo uno que ya debía de ser viejo y feo cuando lo habían comprado los caseros, y que acogía una tele que venía con la casa y que aún era de tubo, con una única ventana con cortinas gastadas que daba a un patio interior desde el que, en verano, no entraba más que calor, olores de fritanga y los rumores entrecruzados de radios ininteligibles.

Las conversaciones de aquellos días terminaban, en muchas ocasiones, dando vueltas en torno a nombres de las personas que les gustaban, los pequeños dramas seriados que iban desplegándose entre las clases, los grupos de estudio, las salidas de noche, las esporádicas comidas de los domingos y las confidencias telefónicas. Quizá por eso tuvo todo el sentido que, a partir de un momento que Estrella ni siquiera identificó, porque seguía bien acomodada en su neblina que lo mantenía todo alejado, Álvaro apareciera en la conversación. Y lo más sorprendente, que Estrella pudiera hablar de él, al menos al principio, sin sentir ninguno de los pesos que la marcaban cada vez que pensaba en él.

—Siempre me sorprendió que te doliera tanto —le estaba diciendo Alicia, repantingada junto a ella en aquel sofá seguramente caro, aunque no pareciera preocupada por que alguna gota de la copa que sujetaba en su mano pudiera mancharlo—. Nunca imaginé que pudieras engancharte así de alguien.

—Ya... —respondió Estrella, que sentía también cómo proseguía el proceso, lento pero imparable, de hundimiento en el sofá—. Supongo que yo tampoco.

—¿Has sabido algo de cómo murió? ¿Qué hacía allí?

Ya estaba. La neblina pareció disiparse, o se convirtió en algo distinto que ya no podía mantener la distancia. Se le vino todo encima, y lo llenó todo, aquel sofá, aquella habitación, aquel ático y el mundo entero.

—Dejar que alguien lo matara.

Puede que los sentidos la traicionaran, pero Estrella habría jurado que en ese instante se detuvo la música que había estado sonando todo el tiempo de fondo, hasta el punto de convertirse en una única banda infinita y continua en la que ya no distinguía ninguna voz, ninguna canción ni ninguna letra, para no volver a empezar, como en los viejos tiempos en los que la única forma de escucharla era mediante CD o casetes finitos. Y en ese momento parecía que las fuentes invisibles de las que había surgido la música ahora solo emitían silencio, un silencio frío y amortiguador que procedía del mismo lugar donde estuviera ahora Álvaro. Un silencio que incluso rodeó a Alicia, que la miraba con verdadera cara de preocupación, incorporada en el sofá en el que aún podían verse las arrugas en los cojines en los que había apoyado la cabeza y que iban recuperando su lisura a la vez que se iba desvaneciendo la calidez que hasta entonces las había unido.

—Estrella..., ¿de qué hablas?

Esta se giró y la miró. Alicia reparó en su expresión cansada pero también tranquila. Porque lo que no podía imaginar era que en realidad verbalizar aquellas palabras había hecho más por la tranquilidad de la mente de su amiga que cualquier otra cosa que pudiera haber intentado.

—De la verdad. De que hay algo que se ha puesto en marcha, algo que no sé hacia dónde va, pero sí lo que ha supuesto hasta ahora.

Y entonces, sin pensárselo dos veces, empezó a contarle, de manera exacta y cronológica, todo lo que había sucedido desde el momento en el que Martín le había entregado aquel sobre en su despacho del instituto. Y, contra lo que Estrella pudo haber previsto, presentó los hechos casi de forma científica, en perfecto orden, dejando a un lado las emociones o las impresiones que pudieran distraerla. Su tono, de hecho, apenas cambió en todo el largo rato en que estuvo hablando, un tono que igualaba todo, que hacía que sonara igual el aparente disparate del mensaje encriptado en la partitura o el descubrimiento de que alguien hubiese estado en su casa. Y al expresarlo, como en sus reflexiones con las piezas, casi podía sentir de una manera física cómo todo volvía a encajar, cómo el cuadro que se iba revelando, aunque incompleto, mostraba una coherencia interna. Y esa tranquilidad, ese mero reporte de datos y hechos, ni siquiera se alteró cuando hizo referencia a cómo Satrústegui y ella se habían encontrado, hacía tan solo unas horas, con una persona probablemente asesinada, como también lo había sido Álvaro, por otra persona bien real que ahora ya podría describirle con todo lujo de detalles y que, para evitar que pudiera hacerle algo a ella, había decidido no dormir en su casa.

Sí, el tono probablemente sonó anodino, pero era imposible que lo que aquellas palabras significaban lo fuera. Por eso Alicia, que difícilmente podía escuchar a alguien más de un minuto sin introducir alguna observación de su cosecha, no la interrumpió. La miraba, inmóvil, tan solo volviéndose de vez en cuando, rápido, hacia algún lado indefinido del salón como para tomar fuerzas y, a continuación, volver a clavar los ojos en ella. Quizá fue por eso por lo que, cuando Estrella hubo terminado su historia, la segura Alicia, la política que no se amilanaba ni se sentía cohibida por quien tuviera frente a ella, ya fuera un premio Nobel o un jefe de Gobierno, permaneció en silencio unos instantes, con la mirada baja, como si las palabras pronunciadas por Estrella hubieran viajado dando un largo rodeo y hubieran ido llegando a un ritmo más lento hasta ella, con un retardo parecido al de una retransmisión televisiva de un acontecimiento real.

—Es muy fuerte… —dijo al final—. Pero ¿quién está detrás? ¿A qué os enfrentáis?

Estrella alzó los hombros.

—No tengo ni idea. No tiene ningún sentido.

Alicia asintió con la cabeza mientras se adelantaba y posaba con cuidado la copa sobre la mesilla, sin reparar en que a un lado tenía unos posavasos que no habían tocado.

—Bien, lo primero de todo, esta noche no vuelves a casa. Te quedas aquí, y si lo necesitas mañana envío a alguien a que te traiga ropa y lo que te haga falta. Mientras tanto, te dejaré algo de la mía.

»Porque ¿con quién pensabas quedarte?

—Pensaba decírselo a Adela... Bueno, más bien presentarme en su casa, porque no tenía forma de llamarla, ya sabes. Acabo de retroceder treinta años en el tiempo.

—¡¿Con Adela?! ¡Venga ya! Vas a compararme con esa chismosa...

—¡Oye! No hables así de ella.

—Lo es, y no me lo niegues. —Alicia había recuperado el control del momento, de la situación, del tono jocoso con el que siempre lograba salirse con la suya—. No, estarás mejor aquí. Tráete mañana tus cosas; te daré una llave y avisaré a los escoltas para que no tengas problemas para acceder. En realidad...

Se quedó en silencio, con la boca detenida en el punto en el que parecía que iba a añadir algo.

—En realidad, ¿qué? —le preguntó Estrella, intrigada. No era normal que su amiga se quedara así, a medias de una frase.

—Ven conmigo —le dijo tendiéndole la mano mientras se levantaba.

—¿Adónde?

—Ven. —Extendió aún más la mano, una estrella formada por sus dedos bien estirados—. Quiero enseñarte algo.

Estrella hizo un gesto mudo de «está bien», posó su copa con tan poco cuidado y menos remordimientos aún que Alicia, le cogió la mano y se levantó.

—Sígueme.

Salieron por un lado del cerco de los sofás, Alicia tirando de Estrella, que la seguía, entre intrigada y sorprendentemente reconfortada. Atravesaron una puerta lateral que daba a un pasillo y entraron en una habitación que, cuando su anfitriona hubo dado la luz, vio que era una especie de despacho de trabajo, con una mesa grande de metacrilato que daba a una ventana por la que, por el día, debía de entrar una buena luz. Pero Alicia la llevó hasta el otro extremo, hasta una estantería llena de libros, salvo por un hueco central en la balda del medio. Allí se detuvo y esperó a que Estrella llegara y se quedara mirando con sorpresa lo que allí había.

—¿Te acuerdas? —le preguntó Alicia.

Estrella asintió, con una expresión entre alegre y nostálgica que, si la iluminación hubiera sido suficiente, habría mostrado cómo su rostro también se encendía por algo que iba más allá del vino.

—Claro que me acuerdo...

En el centro de la balda reconoció una vieja construcción de Lego, una de las primeras que había hecho cuando descubrió, en las largas noches de estudio en la universidad, que tener las manos ocupadas mientras memorizaba los temas y asimilaba los contenidos le permitía fijarlo todo en su memoria de una manera mucho más eficaz.

Pero aquella construcción en realidad la había hecho en otro momento muy distinto. En otra noche paralela a aquella, otra conversación nocturna en la que las dos amigas, tras algún desengaño que Estrella no recordaba a quién afectaba, habían empezado a fantasear con que lo mejor sería que vivieran siempre juntas, que no necesitaban a nadie más, que las dos unidas podrían conquistar el mundo. Y como complemento a sus planes Estrella se había levantado, había ido a buscar a su habitación el cubo lleno de piezas de Lego, y entre las dos habían empezado a levantar un modelo de cómo sería esa futura casa en la que vivirían las dos, un lugar que dejaría fuera al mundo y a cualquiera que lo habitara y pudiera tener pretensión de dañarlas o molestarlas. Y cada una había ido construyendo torpes remedos de un jardín, una piscina, una abertura en el tejado en la que colocar un telescopio desde el que hacer los descubrimientos con los que iban a revolucionar la ciencia y hasta vigilar que no se acercara nadie que pretendiera desbaratarlas. Y lo llamaron...

—... el Castillo Inexpugnable de las Dos Astrónomas.

Alicia se volvió a mirarla con una gran sonrisa y los ojos brillantes.

—¿Te acuerdas?

Estrella asintió.

—Claro. Y también me acuerdo de esto. —Y se acercó hasta ella, se inclinó, cerró los ojos y la besó. Sintió cómo el sabor del vino de los labios de ella se mezclaba con el suyo. De alguna manera extraña, parecieron vinos distintos, como si al entrar en contacto con la boca de cada una se hubieran convertido en algo diferente, único, que ahora chocaba contra otra versión de sí mismos.

# 20

Había un elemento a su alrededor que siempre incomodaba a Lieve, si es que podía haber cosas que realmente la incomodaran. Cada vez que viajaba a aquella pequeña isla del Pacífico Sur, tan recóndita que ni siquiera estaba segura de que tuviera nombre, sentía una disociación entre aquello a lo que invitaba el entorno, que respondía al milímetro al estereotipo de los lugares paradisiacos popularizados en Occidente desde los tiempos de Cook, y las necesidades inmediatas que no variaban mucho con respecto a las de un día cualquiera en Bruselas. Pero el establecimiento que los acogía en aquel momento, y que en cuanto a lujos no tendría nada que envidiar a cualquier resort de un destino turístico para clientes de alto poder adquisitivo, desde el que se disfrutaba de crepúsculos dignos de las antiguas postales, no la engañaba en lo más mínimo: se trataba de un centro de poder, entonces tan importante como otros situados en Silicon Valley o en Shanghái. Y eso era porque Marc estaba allí, y Marc en sí mismo era un centro de poder mundial móvil.

Como el resto del personal, lo había visto llegar en un helicóptero de última generación, propulsado por una nueva tecnología de hidrógeno y con una autonomía mucho mayor que la de cualquier otro aparato que se encontrara en el mercado civil, e incluso muchos militares. Lo había traído directamente desde el aeródromo privado emplazado en otro archipiélago, lo suficientemente alejado como para que no se pudiera determinar con exactitud cuál era su destino real. En los antiguos tiempos existían zonas enteras en blanco en los mapas, territorios inexplorados de los que no había regresado nadie capaz de dar noticia fidedigna de lo que había allí y que, por lo tanto, seguían siendo candidatos para albergar fantasiosos humanos con cabeza de perro, gigantes con la cara en la tripa o escurridizos unicornios. Hoy, estos últimos encarnaban toneladas de merchandising cursi, y en cuanto a los seres con cabeza de perro y gigantes con barrigas expresivas, habían sido barridos de la imaginación para ser sustituidos por otras criaturas más prosaicas, pero a buen seguro más peligrosas, como muchas con las que tenía que tratar a diario.

Lieve sabía que esa pequeña extensión de tierra rodeada por un vasto mar habría pertenecido a una de aquellas regiones en blanco que tanto embellecían los mapas. Pero, en este caso, se debía a una decisión consciente: ni Google Maps ni los más sofisticados sistemas electrónicos de topografía captaban su existencia. La inmensa mayoría de las lentes de los satélites que pasaban sobre ella simplemente parecían estar siempre mirando para otro lado cuando se hallaban sobre su vertical. Estaba escondida a plena luz del día, la mejor forma que la naturaleza había ideado para que un animal, o toda una isla, pasase inadvertida.

Aunque, por supuesto, no había nada de natural en ello; al contrario, había tecnología, y mucha. No solo porque muchos de los satélites utilizaban los sistemas diseñados por alguna de las infinitas empresas del conglomerado AWAKE, aunque en muchas de ellas el vínculo hubiese sido adecuadamente ocultado. También porque en aquel momento un sofisticado sistema de intervención en la red situaba a Marc en el refugio que sí que todo el mundo conocía, ubicado en un punto muy concreto del Himalaya, al que los medios conocían como su personal Shangri-La, con fama de inexpugnable. Una fama muy conveniente, pues mantenía a raya también a periodistas y curiosos.

En lo que respectaba al resto de las personas que también habían acudido a la isla, lo que la incluía a ella misma y, en breve, a los invitados que estaban llegando a bordo de uno de los yates personales de Marc, simplemente habían desaparecido de la Tierra para cualquier otro que no estuviera allí. No existía ninguna huella digital, ninguna localización, que pudiera dar pista alguna de su situación; se encontraban totalmente aislados en un radio de más de treinta kilómetros del centro de la isla, como si hubieran entrado en una versión moderna, y situada en Oceanía, del proverbial Triángulo de las Bermudas.

A veces Lieve se preguntaba si el reducido personal que vivía de manera permanente en aquella isla, muchos de ellos reclutados en otras islas, era consciente de su misma inexistencia para el resto del mundo, pero en realidad tendía a pensar que ellos creían que, en cierta forma, era el resto del mundo el que había desaparecido y que solo seguía existiendo aquella pequeña extensión de un puñado de kilómetros cuadrados. No se habría extrañado si descubriera que Marc había conseguido que se creyeran literalmente eso. Si algo había aprendido era que no había casi nada que Marc no pudiera hacer que la gente se creyera.

Precisamente una de las habitantes permanentes del lugar, una chica menuda, de piel morena y con el pelo negro largo y liso, que podría pasar por hawaiana o palauana, y con una cómoda vestimenta más propia de una clínica de estética, zuecos ergonómicos incluidos, se acercó al sillón en el que Lieve esperaba. Al levantar la vista del portátil, vio que el sol se acercaba cada vez más a la línea recta del horizonte del océano. La joven le dijo, en un inglés con fuerte acento:

—El señor Hoffman la verá ahora.

Asintió, cerró la tapa del portátil, lo metió en el bolso, se quitó el sombrero de paja que se había encontrado en su habitación y las amplias gafas de sol, y se levantó para seguir a la mujer hasta el interior de la casa principal del complejo.

Atravesaron un vestíbulo enorme con grandes cristaleras, todo con un estilo minimalista que conseguía reforzar la sensación de lujo sin que nada desentonara. Pero Lieve sabía que la pequeña figura que podía verse en un mueble bajo bien podría ser un Giacometti, o que una estatua de una venus perigordiense, con su gran cabeza, sus enormes pechos y sus inmensas caderas que la hacían parecer una especie de peonza humana, no era una reproducción, sino una pieza única e indispensable para comprender aquel momento prehistórico. Una obra, en definitiva, que sería mucho más útil para la humanidad, o al menos para el conocimiento, en manos de un arqueólogo, un investigador de la prehistoria o un museo. Todos ellos, para Marc, seres indignos de tener en sus manos objetos tan únicos como aquel. Porque ninguno de ellos podía protegerlos hasta el extremo, asegurarse de que siguieran existiendo y continuaran portando su sabiduría miles de años hacia el futuro. No como él podía hacerlo.

Porque aquella era la obsesión latente en cada uno de los segundos de la existencia de Marc, la que impulsaba el emporio que había levantado desde que, con once años, vendiera su primer videojuego. Luego vino toda una sucesión de innovaciones en el entonces incipiente universo de internet, hasta que llegó un momento en que dio el paso en el que la mayoría de sus competidores trastabillaban: el mundo físico, corpóreo, el conglomerado industrial que los menos enterados creían que empezaría a estar obsoleto con la irrupción del hipermundo que crecía en la red.

Así, las compañías de Marc, que hasta ese momento apenas habían producido otra cosa que montañas de unos y ceros muy rentables, sobre todo para él, gracias a las sucesivas compraventas que fueron sacándolo cada vez más del anonimato, pasaron a levantar grandes fábricas de las que empezaron a salir coches eléctricos que parecían venidos del futuro, robots capaces de tocar las teclas de un piano o de destrozar, precisamente, uno de esos coches de ensueño —un enfrentamiento, este último, que se convirtió en un fenómeno viral en el que triunfaron con diferencia los espontáneos dobladores que interpretaban lo que el robot podía estar pensando en ese momento—, barcos autónomos que disminuyeron los costes del transporte mundial a un quinto, o mallas de pequeños satélites que llevaban internet hasta el último rincón de la Tierra, lo que generaba cientos de millones de nuevos y potenciales consumidores y la indignación de los astrónomos, que veían cómo una barrera luminosa iba interponiéndose entre los pobres mortales que vivían en la superficie terrestre y el espacio.

Mientras tanto, también las empresas de AWAKE empezaron a tomar posesión de ese otro lado situado tras la barrera de satélites. Otra de las empresas del grupo desarrolló potentes cohetes reutilizables de los que pronto pasaron a depender la mayoría de las agencias espaciales públicas y privadas del mundo. Y los multimillonarios, que en realidad podrían pasar por los amigos pobres de Marc, se permitieron el capricho de emular a los Armstrong, Gagarin o Leónov de otros tiempos heroicos, en los que los astronautas podían ser confundidos con héroes o semidioses, para comprobar que el espacio era solo otro sitio más al alcance de quien pudiera pagárselo.

Y como consecuencia lógica de ello, el último paso de un plan milimétricamente diseñado, que tal vez estuviera ya en la cabeza del granujiento chaval que probablemente sufría *bullying* en el instituto, fue la creación de un programa espacial mucho más ambicioso y que absorbía gran parte de los inconcebibles beneficios que el conglomerado AWAKE generaba: los aún más grandes cohetes capaces de transportar, y alimentar, una creciente colonia en Marte. Y muy al fondo del cajón, otro programa para construir una nave aún más grande, quizá en órbita de algún asteroide, capaz de llevar a un grupo de personas no menos grande más allá del sistema solar, hasta algún exoplaneta con prometedor aspecto terrestre que una de las empresas más pequeñas y disimuladas del conglomerado estaba buscando, bajo la apariencia de un pequeño estudio científico cuyo mecenazgo disimulaba, pero para el que generosamente había cedido uno de sus artilugios situados a mayor distancia, en el punto de Lagrange entre la Tierra y la Luna, el lugar justo en el que las atracciones gravitatorias de los dos astros se anulaban entre sí y donde los protagonistas del viaje a la Luna de Verne disfrutaban de un breve instante de ingravidez.

Sí, todas las empresas de Marc, que muy probablemente constituían en sí mismas la mayor potencia industrial que nunca hubiera existido, con un presupuesto superior al de más de un tercio de los países, en realidad funcionaban de una manera afinada y exacta para dar respuesta al principal impulso que motivaba a su fundador, que no era otro que uno de los más atávicos y que ha acompañado al ser humano desde la primera criatura capaz de captar el entorno e interpretarlo: el miedo.

Marc Hoffman tenía miedo.

No; miedo era una palabra que se quedaba corta. Lo que Marc Hoffman sentía era verdadero terror, el que te asalta en medio de la noche y hace que hasta tu respiración flaquee.

Y es que el gran Marc Hoffman, que se había anticipado a tantas cuestiones, que había visto el futuro que se acercaba cuando los demás apenas podían hacer otra cosa que juguetear con lo que las tecnologías más primitivas permitían, sin llevarlas a sus últimas consecuencias; Marc Hoffman, que había logrado que inversores de todo el mundo pusieran sus fortunas a sus pies, no importaba lo delirantes o incomprensibles que fueran sus apuestas, había llevado su capacidad de encoger la línea del tiempo para asomarse hasta más allá, y lo que había encontrado allí le había producido la mayor sacudida, lo más parecido a un éxtasis religioso que quien solo se tiene a sí mismo por dios único podía sentir: la evidencia de su próxima evaporación, su desaparición de este mundo, la constatación de que la materia cocinada en las estrellas que lo conformaba estaba próxima a volver a ellas.

Oh, no se trataba de que fuera a enfermar o que alguien pretendiera atentar contra su vida —eso ya lo habían intentado varios, pero para eso estaba su bien sustentado sistema de seguridad personal, dirigido por un oscuro personaje con un largo historial como mercenario en guerras oficialmente no existentes de los cinco continentes—, aunque también financiaba en la oscuridad otro proyecto de investigación en torno a la inmortalidad, por si acaso.

No, como nada en él podía ser pequeño ni modesto, había entrevisto, como las visiones que Yahvé lanzaba a Moisés en sus *tête à tête* en la montaña, que era el planeta entero el que iba lanzado en una cuesta abajo hacia el colapso. Estaba convencido de que el cambio climático acelerado, producido en realidad por el mismo desbocado progreso tecnológico que había alumbrado su imperio, era tan solo una pequeña parte de una serie de shocks catastróficos que se llevarían por delante toda la civilización levantada por el ser humano. Y que, aunque eso no llevara a la extinción total de la humanidad, sí que supondría la pérdida de prácticamente todo lo logrado durante decenas de miles de años, un auténtico reseteo en el que los enormes avances, la cultura, el saber, simplemente se evaporarían, y los pocos supervivientes volverían a quedar constreñidos a la superficie de la Tierra, con el temor de que el cielo mismo se desplomara sobre sus cabezas, sobre todo cuando la ingente flota de satélites que ahora se amontonaban en órbita empezase a caer, convertidos en masas inertes que ya no servían para nada.

Marc Hoffman estaba convencido de que la destrucción sería tan terrible que ni siquiera sería relevante que él, y una pequeña élite, sobreviviera gracias a sus refugios y sus preparativos. No, eso solo supondría ganar tiempo. La realidad era que el planeta quedaría tan dañado que, objetivamente, la única salida sería empezar en otro lugar, en otro planeta virgen. Siempre es más fácil comenzar desde cero que desenredar la madeja de lo que se ha ido al garete y ya es insalvable.

De ahí la razón primigenia de su programa espacial: Marc Hoffman quería escapar de lo inevitable, y todo lo demás no era más que la base necesaria para financiarlo.

Pero, claro, esa es una carga muy grande para los hombros de un ser humano. Incluso cuando ese ser humano es el notable y único Marc Hoffman. Pero este aceptaba con humildad y resignación la tarea, la confianza que la humanidad en su conjunto parecía depositar en él: salvar lo más granado, lo irrepetible, aquello de lo que no existía copia alguna en el planeta.

Por eso llevaba décadas coleccionando piezas únicas del arte y de la historia. Probablemente muchos se sorprenderían si descubrieran que muchas de las obras maestras que colgaban de las paredes de los grandes museos no eran más que esmeradas copias, porque hacía mucho tiempo que los originales se habían confinado en los almacenes que AWAKE poseía en otros lugares recónditos del planeta. Y así ocurría con esculturas, libros, objetos únicos de la historia de las naciones.

Pero se equivocaría quien pensara que tras ello se ocultaba un impulso egoísta, el reservar solo para sus ojos lo que antes había estado a la vista del público. No, la idea era custodiarlo para, en cuanto fuera posible, sacarlo del planeta, llevarlo a un lugar donde la gente, esa masa obtusa e irresponsable que caminaba a paso acelerado hacia la destrucción, no podría alcanzarlo ni ponerlo en peligro jamás, y donde tan solo él, y los elegidos por él, podrían recuperarlo para legarlo a las nuevas generaciones que nacerían libres de pecado y crecerían lejos de las emanaciones venenosas que desprendía lo sucedido en la Tierra a lo largo de los miles de años en que había sido secuestrada por el ser humano.

Y, ahora, el entregado salvador del legado de la humanidad la esperaba repantingado en un sillón blanco, con un pantalón de lino claro y un simple polo, también blanco, sin marca, mientras sus pies calzaban unas sandalias corrientes. Y sin embargo, a pesar de su aspecto de tipo normal, casi amable, con su pelo ya más cano que gris y el bronceado un tanto excesivo de quien tiene la piel demasiado clara, Lieve, la imperturbable, la dominante, la mujer capaz de descentrar a cualquiera con su mera presencia, sentía una extraña sensación en su interior que seguía sorprendiéndola por lo poco acostumbrada que estaba a ella; una sensación que muchos, más familiarizados con ella, no dudarían en reconocer como un amago de inseguridad.

Él no la había contratado, con un sueldo que se salía de cualquier baremo, para que se sintiera insegura, así que hizo acopio de toda su fuerza de voluntad para sofocar el amago que, lo peor de todo, amenazaba con hacerla demasiado humana para el puesto.

—Hola, Lieve. ¿Qué tal el viaje? —le preguntó en un más que correcto neerlandés, sin levantar los ojos, de un color sorprendentemente vulgar, de una tablet, cómo no, de carcasa blanca.

—El viaje en el jet, de una comodidad extrema. En la lancha, de una velocidad casi excesiva —respondió mientras se sentaba en un sofá frente a él.

Él sonrió. Por fin apartó la tablet y la miró, la sonrisa congelada.

—¿Dónde están nuestros invitados?

—A punto de llegar y sintiéndose las personas más especiales del mundo.

—Hagamos todo lo posible para que sigan engañados. —Se inclinó a coger algo de un cuenco de cristal en la mesa baja sobre la que había estado apoyando los pies hasta un instante antes, una bolita con apariencia de caramelo, y que incluso era posible que lo fuera, porque se la llevó a la boca y allí la dejó, sin tragársela—. ¿Y nuestro comisario? ¿Sigue atrapado por tus encantos?

—Creo que los tuyos ejercen ahora mismo mucha más fuerza.

Él dejó escapar una carcajada mientras la bola del supuesto caramelo se hizo visible por un momento bajo su mejilla. A Lieve, no sabría decir muy bien por qué, le resultó algo impúdico.

—Él es el más importante de todo el grupo. Tenemos que conseguir que la Comisión autorice el despliegue de nuestra tecnología. Si no, no cumpliremos los plazos y nuestros inversores se pondrán demasiado nerviosos para nuestro gusto.

—Dará su brazo a torcer —le respondió ella—. De hecho, si por él fuera, hace ya tiempo que lo habría hecho. Sabe que en el momento en el que se manifieste a nuestro favor ya habremos ganado, porque tendremos mayoría en la Comisión, y la presidenta no tendrá más remedio que transigir. Pero nuestro amigo aún no está listo para tomar tanto protagonismo; hasta ahora le ha ido muy bien en su carrera política evitando significarse. Es el típico ejemplo de político que ha prosperado mientras sus rivales se despedazaban entre sí.

—No deja de maravillarme que alguien como él se encargue de la política tecnológica de la Unión Europea. De verdad que los políticos siguen sorprendiéndome.

—¿Es que preferirías que tuviéramos que tratar con alguien con más criterio? No creo que eso redundase, precisamente, en nuestro favor.

»De todas formas, todo está ya a punto. La Unión ya no es el bloque homogéneo que era antes, cada vez más países van por libre. Solo necesitamos mover una pieza para que todo caiga de nuestro lado.

—Si tú lo dices...

Lieve sintió cómo la apenas insinuada advertencia contenida en esa simple frase hizo que, durante un breve instante, fuera de nuevo consciente de la aprensión en su estómago.

—¿Alguna vez ha ocurrido algo de manera distinta a como te lo anticipé? —saltó como un resorte, en una actitud defensiva.

—No, es cierto. Bueno, salvo en lo que respecta a nuestra búsqueda. ¿En qué punto estamos?

Lieve se tomó un momento para responder. Sabía que aquel detalle, aunque aparentemente ínfimo en relación con la geopolítica global que iba a reunirse esa noche bajo aquel mismo techo, era probablemente lo que más ocupaba los pensamientos de su jefe. Todo lo que tenía que ver con su obsesión principal, por pequeño que fuese, lo hacía.

—Seguimos avanzando.

—Y ¿qué quiere decir eso exactamente?

—Que ya sabemos con quién compartió Mateos la información de dónde se encuentra lo que estamos buscando.

—¿Con quién?

—Con una antigua amiga suya. Le hizo llegar a ella la localización de lo que investigaba, encriptada. Pero le estamos siguiendo los pasos, a ella y a un estúpido detective con el que se ha asociado, y nos están llevando hasta ello. Pronto lo tendremos con nosotros, mi hombre ya está actuando.

Lieve reconoció en el momento la expresión de cazador en pleno despliegue que asomó al rostro de Marc. Era la misma que le aparecía cuando lograba una adquisición, cuando alguno de los tecnólogos a su servicio le anunciaba algún nuevo logro, o cuando acababa con algún competidor mediante una opa hostil o cualquier otro método, más o menos confesable. Todo por la causa.

—Excelente —dijo al fin—. Quiero que te vayas a Madrid y que lo supervises todo personalmente.

—Perfecto. En cuanto acabemos aquí…

—No. Ahora.

Lieve se quedó de piedra. Ni siquiera ella, que se jactaba de poder prever casi cualquier movimiento de Marc, y casi cualquier pensamiento, lo vio venir.

—¿Ahora? Pero los invitados están a punto de llegar…

—Yo me encargaré de ellos. Y, además, Alex me ayudará.

Lieve tuvo que hacer acopio de todas sus fuerzas para que la furia que la invadió al instante, como una bola de fuego que se expandiera en un segundo desde la boca del estómago, llegara siquiera a insinuarse en el más ligero temblor de sus rasgos perfectos.

—¿Alex? No sabía que también vendría a la isla.

—Sí. Creo que hará un gran trabajo a partir de todo lo que has preparado. Y a ti te necesito allí. —Una expresión que pretendía ser paternal se adueñó de sus rasgos, y eso la indignó aún más: si creía que ella podía creérsela, no la conocía; y, si sabía que no, pero aun así se la dedicaba, directamente estaba burlándose de ella. Ninguna de las dos opciones le gustaba.

—Bien. ¿Cómo me voy?

—Daniel te llevará en el helicóptero hasta el aeródromo. Allí puedes coger el jet. Puedes hacer escala en Bruselas si lo necesitas, pero no pierdas tiempo. Quiero que estés en España en veinticuatro horas.

Lieve asintió y hasta esbozó algo parecido a una sonrisa de conformidad.

—Bien. Pues voy a por mi maleta y me marcho. Afortunadamente, no me había dado tiempo a deshacerla.

—Muy bien. Buen viaje. —Marc volvió a bajar la mirada hacia su tablet, y con eso dio a entender que la audiencia se había acabado. Pero, cuando Lieve se hubo levantado y ya se dirigía hacia la salida de la gran sala, donde la esperaba la asistente que la había acompañado hasta allí, aún le dijo—: Y, Lieve —ella se detuvo y se giró—, sé que no me fallarás.

Ella prefirió no responder, solo asintió y siguió a la joven por el pasillo. Aún tuvo tiempo de ver de reojo el busto de Herschel que presidía uno de los rincones de la estancia y de maldecir en silencio a la estirpe del astrónomo, a Alex, a Marc y a todos los que se empeñaban siempre en ponérselo difícil.

# 21

A Estrella le costó un poco encontrar el bar en la cuadrícula inmensa del mercado. Desde que no tenía móvil, había redescubierto el asombroso mundo en el que vivía la gente hacía no tanto, menos de cuarenta años atrás. Por momentos, tendía a pensar en las personas que entonces eran capaces, sin un smartphone, de concertar citas, encontrarse y permanecer más o menos informadas de lo que hacía cada una; de recabar documentación sobre cualquier cosa, organizar una visita a una ciudad en la que nunca hubieran estado, incluso mantener relaciones a distancia a través de una línea de cobre telefónica que salía por un ojo de la cara, si el interlocutor vivía fuera, o incluso a través de hojas de papel manuscritas y embutidas en un sobre... Sí, cuantas más vueltas le daba, más llegaba a la conclusión de que algún tipo de selección natural había obrado a la velocidad del rayo para desactivar algún gen que ya no funcionaba en los habitantes de la actualidad, que necesitaban una conexión continua para realizar hasta la tarea más sencilla.

Ella misma lo llevaba descubriendo casi desde que despertara, al principio confusa por no reconocer dónde se encontraba, y también por el efecto del mucho vino que había bebido. Desde luego, puede que los buenos caldos ocasionaran resacas de mejor calidad, pero, francamente, Estrella carecía en aquel momento de ánimo para asignar un número en la escala de las resacas a las botellas que Alicia había compartido con ella.

Esa sensación de irrealidad también la ayudó a emerger a un nuevo día que era muy diferente a lo que era su vida apenas veinticuatro horas antes. Al incorporarse en la cama, que comprobó que era más grande que la suya, miró instintivamente hacia el otro lado. No había nadie, pero el edredón estaba retirado de tal manera que delataba que Alicia había estado ahí y que ya se había levantado.

Tampoco estaba en la casa, como pudo comprobar al avanzar por el pasillo hacia el salón, que ahora aparecía bañado por una agradable luz matinal que, incluso, parecía traer consigo el aroma de los árboles que flanqueaban la plaza, varios pisos más abajo, y que se filtraba por una ventana abierta para airear.

Sobre la mesa baja ya no quedaban rastros de las copas ni de los vasos, y de la isla de la cocina también habían desaparecido las bandejas vacías de las que —ella sobre todo— habían dado cuenta. Y quien seguramente era la responsable de que el orden hubiera vuelto a instaurarse en la estancia, como si la noche anterior no hubiera ocurrido, era una mujer de unos cuarenta años, tez morena y rasgos latinos que estaba pasando un trapo por el fregadero y que se dio la vuelta al oír sus pasos.

—¡Ah! Ya está despierta. —Una sonrisa luminosa apareció en su rostro—. Alicia me dijo que la dejara dormir.

—Buenos días —saludó mientras se sentaba en uno de los taburetes de la isla. Reparó en que, de manera inconsciente, había elegido justo el mismo en el que había estado sentada la noche anterior—. Perdone por las pintas; no creí que hubiera nadie…

—Oh, no se preocupe —respondió la mujer, que ya le preparaba un café en la sofisticada cafetera que también molía el grano—. En realidad ha tenido suerte, porque solo vengo dos mañanas a la semana, así que puedo ayudarla a empezar mejor el día. ¿Toma el café con leche? Y tengo tostadas con aceite y tomate, si le apetece...

A decir verdad, pensar en el sabor del aceite en su boca algo pastosa nada más despertarse no era lo que más le apetecía en aquel momento, aunque en cualquier otro instante del día sería más que bienvenido. Pero un prejuicio le impidió parecer tiquismiquis, así que asintió.

—Supongo que Alicia se ha ido temprano.

—Sí, me la encontré justo al llegar. Ya sabe, no para. En realidad no tiene mucho tiempo para disfrutar de una casa tan bonita como esta, es una pena.

La mujer terminó de organizar una bandeja con una taza grande y las tostadas, que puso ante Estrella. El olor del café recién hecho abrió una brecha en su conciencia aún abotargada y, cuando le hubo dado el primer sorbo, de manera inconsciente cerró los ojos para concentrarse en la impresión casi física que la recorrió y la espabiló.

—Está bueno, ¿verdad? Es de mi tierra; yo misma se lo consigo. No probará uno mejor en Madrid, se lo aseguro.

—Está muy bueno... Muchas gracias, eeeh...

—Romina.

—Pues muchas gracias, Romina. Yo me llamo Estrella.

—Lo sé. Alicia me lo ha dicho. Y también me ha pedido que le diga que se lo tome con calma. —Le tendió unas llaves que estaban en un lado de la encimera—. Que se sienta como en casa y que la verá esta noche, aunque tarde, porque tiene una cena.

Estrella asintió de nuevo, asimilando toda la información nueva lo mejor que podía.

—Bien. Pues, si me disculpa, voy a seguir con mi trabajo. Si necesita algo más, solo tiene que decírmelo.

—No, así está bien. Muchas gracias.

Romina volvió a dedicarle otra de sus luminosas sonrisas y se fue caminando por el pasillo, por donde desapareció hacia otra habitación de la casa, quizá alguna aún desconocida para ella.

La naturalidad con la que Romina, que parecía ser una persona cercana a Alicia, la había visto aparecer le causó una sensación ambivalente. Por un lado, pensó si para ella no era en absoluto extraño encontrarse con alguna persona extraña en la casa cuando llegaba por las mañanas. Por otro lado, la parte optimista que, a pesar de todo, no había sucumbido en su interior le decía que la había tratado con esa amabilidad porque Alicia se lo había pedido, porque para ella que hubieran vuelto a pasar una noche juntas, después de tantos años y tantos esfuerzos por hacer como que la primera vez no había ocurrido nunca, era algo con un significado especial, que merecía ser cuidado hasta el más mínimo detalle para que no se evaporase a la mañana siguiente.

«O a lo mejor lo que pasa es que simplemente Romina es una persona educada y amable, que tiende a tratar así a todo el mundo, así que déjate de telenovelas baratas», terció su lado más racional y escéptico. Y quizá porque la propia Estrella, aunque no podía evitar sentirse a gusto por primera vez en mucho tiempo, prefería no lanzar las campanas al vuelo, decidió quedarse con esa tercera versión, que además le sacó una sonrisa que contribuyó a seguir disolviendo la masa viscosa de la resaca que aún permanecía pegada alrededor de su cabeza.

Poco a poco los hechos más mundanos fueron recobrando su lugar, desplazando los efectos todavía persistentes de la noche inesperada que había vivido. Pero estos aún fueron suficientes para que el retomar lo vivido el día antes viniera con el filo gastado. Y antes de volver a los puntos que podían desestabilizarla más, uno se abrió camino entre el resto, y era el recuerdo de que esa mañana había quedado con Satrústegui.

«Pero ¿dónde era? ¿Qué lugar pintoresco y glamuroso me reservará esta vez?».

Estrella no conseguía acordarse, si es que alguna vez había llegado a retenerlo. Pero recordó que, quizá previéndolo, el detective se lo había apuntado en una hoja que había arrancado de su cuaderno de investigador televisivo.

Miró hacia atrás y vio que su mochila estaba colocada en la mesa baja. Seguramente Romina la había puesto ahí después de encontrarla dondequiera que estuviera, porque lo cierto era que desconocía qué había hecho con las cosas que ahora no tenía consigo, incluida su ropa, aunque sobre esto último manejara más indicios.

Se bajó del taburete y caminó hacia la mochila, pero antes se dirigió a cerrar la ventana abierta, porque el aire de la mañana empezaba a ponerle la piel de gallina en sus piernas desnudas bajo la camiseta larga, dos tallas más grandes de la suya —¿cómo habría llegado hasta allí?, le cruzó durante un instante la incómoda pregunta—, que Alicia le había dejado para dormir. Casi le dio pena dejar fuera el audible sonido de la flauta de pan de un afilador que, al nivel de la calle, estaría ofreciendo sus servicios a los bares y restaurantes de la plaza.

Fue caminando, los pies descalzos sobre la suave alfombra que cubría más allá del cuadrado delimitado por los sofás, hasta la mesita. Cogió su mochila y se sentó. Tuvo que rebuscar, porque se dio cuenta de que no es que hubiera guardado la nota de manera muy cuidadosa. De hecho no la encontró.

Se quedó pensativa. Esperaba no haberla tirado, dada la sucesión de acontecimientos que habían pasado sin descanso, porque, si no, tendría que ir a su casa o a su despacho y ver si conservaba en algún sitio la tarjeta que le había dado Satrústegui cuando se conocieron. Pero en ese instante tuvo el atisbo de un recuerdo de que la había guardado en el bolsillo trasero de su vaquero.

Se levantó y fue hacia el dormitorio. Cuando llegó, se detuvo al ver que Romina estaba allí. Acababa de hacer la cama.

—Pase, pase —le dijo con la misma sonrisa que parecía no quitarse nunca de la cara—. Alicia me pidió que pusiera para lavar la blusa que llevaba y que le dejara otra para ponerse. —Le señaló una silla, y ahí vio su pantalón, colocado de una manera ordenada que ella nunca lograría, y una blusa de una formalidad controlada que delataba quién era su usuaria habitual—. En el tercer cajón puede coger también ropa interior; está por estrenar, así que no se preocupe. Y le he dejado una toalla, un albornoz, una esponja y unas zapatillas en el baño... Sabe dónde está, ¿verdad?

Estrella asintió, con la imagen del momento en que tuvo que salir de la cama, en medio de la noche y procurando no despertar a Alicia, para ir al servicio. Y aquel recuerdo tan estúpido la hizo ruborizarse como si fuera una niña, una sensación que, por alguna razón, no le resultó desagradable.

—Muy bien; pues la dejo. Si necesita algo —repitió—, dígame.

—Gracias.

Esperó a que Romina saliera de la habitación y cerrara la puerta para ir hasta la silla y coger el vaquero. Casi le dio pena que el orden momentáneo que la mujer había logrado que imperase tuviera una existencia tan efímera, pero aun así fue girando el pantalón para ir metiendo los dedos en los distintos bolsillos.

Finalmente, en uno de los traseros, tocó un papel que no era el clínex que habitualmente llevaba con ella. Lo sacó y reconoció el papel alargado y de un blanco no demasiado limpio de las hojas del bloc de Satrústegui. Lo abrió y ahí vio las indicaciones que el detective le había escrito con su caligrafía un tanto pasada de moda:

Bar Javi
Mercado Maravillas-Metro Alvarado
12:00

De manera instintiva, Estrella miró la hora en un reloj digital en la mesilla. Eran poco más de las diez y media. No le daría tiempo a pasarse antes por su casa, pero ya lo haría después de ver a Satrústegui. Hasta entonces, tenía tiempo más que suficiente para darse una ducha, si es que conseguía descifrar el conglomerado de chorros y mandos que tenían los grifos, claro.

Comparado con orientarse por aquella gran cuadrícula llena de puestos donde se podían encontrar frutas, carnes, pescados, infusiones y casi cualquier cosa que se pudiera comer, y que a Estrella le parecía que debía de tener centenares de referencias, llegar hasta el mercado fue fácil: solo tuvo que coger un autobús que la llevó por Santa Engracia y la dejó pasado Cuatro Caminos. Pero empezaba a pensar si todo ese esfuerzo no sería en vano y se quedaría tontamente en la orilla, dado que le era imposible hacerle una llamada al detective para que la guiase.

Acostumbrada a hacer compras rápidas y concentradas en el supermercado de su barrio, Estrella no podía evitar ver aquella otra forma de comprar, que su mente asociaba a otra generación, a otra época, con una mezcla de curiosidad y aprensión. Pasaba por delante de mostradores repletos de pescados que apenas reconocía, incluso aunque alguno de ellos hubiese pasado ya cocinado por su plato en alguna ocasión. Dejaba que sus ojos se deslizasen por la abundancia colorida de las frutas, que llenaban con la mezcla de sus olores el aire a su alrededor, o la variedad de cortes de las carnes que disparaban múltiples posibilidades de preparación que a ella, que no iba más allá de los filetes a la plancha, le parecía que venían de un lugar exótico, muy distante de allí.

Tuvo que rendirse a la evidencia de que no iba a encontrar por su propio pie el bar Javi, así que le preguntó a un señor sorprendentemente mayor que atendía lo que afirmaba ser un puesto de variantes, un término que, por lo que Estrella pudo ver, incluía todo un despliegue de frutos secos, aceitunas, gildas e incluso migas de bacalao.

—Claro que sí; vaya hasta el final del pasillo —le respondió indicando hacia un lado— y allí gire a la derecha. Otro pasillo más allá, lo encontrará.

—Vaya, pues sí que estaba cerca. Muchas gracias...

—No hay de qué. Tome. —Y le tendió una gilda que cogió de un bote que tenía en el mostrador.

—No, muy amable, pero es que no voy a comprar nada y...

—No se preocupe, que no es necesario. Ya nos queda poco aquí. —Señaló a una señora, con el mismo tipo de delantal que él, que se volvió a saludarla mientras trasteaba al fondo del puesto—. Casi cincuenta años al pie del cañón son más que suficientes, ¿no cree?

—¿Llevan cincuenta años aquí?

—No todos, claro, pero sí la mayoría. Pero ya llega la hora de recoger, y como nadie quiere tomar el relevo, pues prefiero compartir el género con una joven como usted. Pruébela, ya verá.

—Ummm... ¡Qué buena! —A Estrella le sorprendió cómo la gilda tenía el punto justo de picante para ser sabrosa sin llegar a matar el gusto de los ingredientes que iban ensartados—. Muchas gracias —añadió procurando compensar que aún estaba masticando los últimos restos del obsequio.

Pocos minutos después giraba en el pasillo con una bolsa que le colgaba de la mano en la que llevaba un pequeño táper con varias gildas, algunas nueces y caramelos para la garganta que, quizá por el leve pero evidente picor que se le había quedado en la lengua, le parecieron una buena opción, mientras se preguntaba con una sonrisa si efectivamente aquella pareja estaba de retirada o habían empleado un ardid para conseguir una venta bienvenida en aquella mañana que parecía tranquila. Aunque lo cierto era que no le importaba; por alguna razón, aquel atisbo de normalidad o, mejor dicho, de una normalidad que distaba mucho de la que para ella era habitual, contribuyó a mantener el buen humor con el que se había levantado aquella mañana.

Al llegar al pasillo que le había señalado el tendero, vio que todo lo largo de aquel cuadrante estaba ocupado por un bar con una prolongada barra, salvo por el extremo más cercano a ella, donde había algunas mesas altas y un espacio separado con un cerramiento que tenía las ventanas correderas abiertas. Apenas había un par de clientes en la barra, y en una de las mesas altas estaba sentado Satrústegui, con un periódico deportivo abierto ante él. Un camarero alto, moreno y con gafas la saludó nada más aparecer.

—Buenos días, señorita —le dijo. Estrella se preguntó si sería el Javi que daba nombre al bar—. ¿Qué le pongo?

—Eeeh..., otra caña, por favor —respondió ella al ver que eso era lo que estaba tomando el detective—. Buenos días —le dijo a este mientras se sentaba y posaba la bolsa a un lado.

—¡Bravo! Ha sabido desenvolverse sin el móvil. ¿Ve como no era tan difícil? —le respondió este, con una sonrisa, mientras plegaba el periódico y lo dejaba a un lado—. Javi, ponme otra a mí.

—Vale. ¿Qué queréis de tapa?

Satrústegui miró a Estrella con expresión interrogativa. Ella se sintió interpelada, así que contestó, indecisa:

—No sé, unas patatas fritas o algo así, ¿no?

Satrústegui levantó la mano y la bajó en un gesto desdeñoso. Se dirigió él mismo al camarero:

—Ni caso. Ponnos dos de oreja.

—¿Oreja? —empezó un conato de réplica Estrella—. Yo no...

—Si no le gusta, yo mismo le pido una ración de lo que quiera —la atajó el detective—, pero es un crimen venir aquí e irse sin probar la mejor oreja de todo Madrid. Además, usted no es vegetariana, ¿no?

—No, pero…

—Bien. Pues entonces asumo el riesgo. Y no se preocupe, que, si no le gusta, yo me la como. Donde caben dos, caben tres. —Y con una sonrisa recibió en la mesa las cañas recién tiradas.

Poco después, Estrella, cuya primera intención había sido probar la oreja por cumplir para pasársela al detective, daba buena cuenta de su platillo.

—Oiga, pues tenía razón —comentó limpiándose la boca con la servilleta.

—¿Lo ve? No está mal disfrutar de los placeres de la vida, sobre todo cuando son por poco dinero…

—¿Quiere unas gildas? —se vio obligada a aportar mientras sacaba el táper de plástico y lo ponía sobre la mesa.

—¡Hombre, de las de Félix! Pues no le voy a decir que no…

Estrella le mostró el táper al camarero, en un gesto entre ofrecerle y pedirle permiso. Por la forma en la que agitó la cabeza, sin demasiada vehemencia, Estrella interpretó que le decía solo no a lo primero.

—Sí, es de las pocas personas que conozco que no aprecian las gildas de Félix. En fin, no se puede tener todo…

Estrella se dio cuenta, para su sorpresa, de que estaba sonriendo. Como le sorprendía que aquel encuentro, que reunía a dos personas en una situación excepcional, que acababan de vivir una experiencia que tenía toda la apariencia de un crimen que los había llevado a prescindir de sus teléfonos móviles y que, en su caso, la había empujado fuera de su casa y, de rebote, a revivir un momento que creía anclado en su veintena, hubiese empezado como si dos conocidos hubieran quedado para tomarse el aperitivo.

Probablemente Satrústegui también lo notó, porque fue él el que se encargó de pilotar el aterrizaje a la realidad, aunque lo hiciera con su particular estilo directo:

—¿Cómo se encuentra? Deduzco por su ropa que no ha dormido en casa...

Estrella tomó aliento y reprimió el impulso de mirarse la blusa.

—Veo que no ha perdido condiciones detectivescas desde ayer —le respondió por fin—. Sí, seguí su consejo y he dormido en...

Satrústegui le pidió con un gesto que se detuviera.

—No hace falta que me lo diga, ¿recuerda?

—Eeeh... Sí, sí.

Estrella, por su parte, no vio en él absolutamente nada diferente, así que una de dos: o bien había dormido en su casa, asumiendo que a él no lo buscaría nadie, o bien en ese otro lugar hipotético donde habría pernoctado guardaba exactamente el mismo tipo de ropa que tenía en su domicilio. Se permitió fantasear con la idea de que, a lo mejor, contaba con varios escondites repartidos por la ciudad, todos ellos clónicos, réplicas del particular y único mundo de Satrústegui.

—¿Ha descansado usted bien?

Él la miró frunciendo levemente el ceño, como si tuviera que descifrar a qué se refería.

—Oh, sí. Lo poco que he dormido lo he hecho bien, sí. Pero me ha cundido el tiempo. —Y, echando la mano al bolsillo de su sempiterna gabardina, extrajo un pequeño aparato que puso sobre la mesa, entre los vasos de caña y los platitos de las tapas, en los que ya solo quedaba el pequeño tenedor y lo que restaba de la salsa.

—¿Qué es esto?

—Un teléfono para que podamos estar conectados.

Estrella cogió el aparato, que le pareció ridículamente pequeño en su mano. Le recordó al Nokia que tuvo en su momento, como tantísima otra gente, solo que este no tenía indicación de ninguna marca.

—Vaya. Volvemos casi a lo analógico, ¿no?

—Será algo puntual. Espero poder devolverle su móvil en dos o tres días; tengo a alguien de confianza expurgando cualquier software extraño que le puedan haber introducido.

—¿Y usted?

Por toda respuesta, Satrústegui metió la mano en el bolsillo interno superior de la gabardina y le enseñó al sacarla otro teléfono exactamente igual, que volvió a guardarse de inmediato.

—¡Vaya! Pensaba que era imposible que a usted le hubieran hackeado...

—Yo no dije «imposible». Personalmente, no lo creo, pero mejor no correr riesgos. Y, por cierto... —Metió de nuevo la mano en el bolsillo exterior y le entregó una pequeña memoria USB—. Aquí tiene todos los contactos volcados de su teléfono. No creo que, a estas alturas, guarde usted una agenda en papel con ellos. Puede consultarlos en un Excel que va ahí dentro, pero hágalo en un ordenador que no tenga conexión a internet. Eso sí, le ruego que haga solo llamadas imprescindibles. Si puede permanecer retirada un par de días, mejor.

Estrella pensó que no pasaría mucho tiempo antes de que notificaran a Juan que no había ido a trabajar y, tal y como estaban las cosas, lo más seguro es que él lo usase para acelerar el prescindir de sus servicios. Pero otra vez comprobó que, de manera irresponsable o no, en aquel momento aquello no parecía hacerle mella.

—¿Y eso? ¿Es que no vamos a hacer nada? ¿Solo escondernos?

—Yo no he dicho eso. Acábese la caña. —Se giró, levantó el brazo y añadió hacia la barra—: Cóbrame, Javi.

# 22

Media hora después, en lo que Estrella ya había llegado a aceptar como una sucesión normal de hechos, habían cambiado radicalmente de escenario. Tras coger un autobús en la calle Bravo Murillo, fieles al comportamiento no muy de película de espías que Satrústegui había estipulado, habían llegado hasta las cinco torres de la Castellana, que lucían como gigantescas astronaves que hubieran descendido sobre aquel lugar, en comparación, plano.

Su destino era el hotel que albergaba una de ellas. Como le informó Satrústegui al dirigirse hacia la entrada, iban a ver a alguien que los esperaba en el bar del vestíbulo. Estrella no había estado nunca en aquel lugar, pero no tenía grandes esperanzas de que el ambiente que encontrasen allí tuviera muchas similitudes con el bar del mercado que acababan de abandonar. De hecho, no creía arriesgar mucho si apostaba a que allí no les ofrecerían tapas de oreja, ni siquiera aunque no fuera la mejor de Madrid. De manera inconsciente, no pudo evitar sentirse algo ridícula con la bolsa de plástico blanco en la que aún llevaba la de papel con las nueces y la de plástico con los caramelos. Sintió casi alivio al pensar que la blusa de Alicia sí que encajaría mejor en aquel sitio.

Al pasar la puerta, Satrústegui la guio hacia un lado del vestíbulo, donde sillones situados alrededor de mesas bajas y una barra delataban la presencia del bar. A aquella hora, ya casi de la comida, el local estaba concurrido por hombres y mujeres entre los que abundaba el look laboral; eso sí, de los trabajos que quizá puedan dejar su huella, pero desde luego no manchaban las manos.

Estrella siguió al detective hacia una mesa situada más cerca de la gran ventana vertical, que se elevaba hacia arriba y que a la astrofísica le hizo presente que, sobre ellos, se sostenía una gigantesca estructura de acero y cristal, muchas plantas llenas de gente moviéndose de un lado a otro, descansando, reuniéndose, comiendo e incluso, algunos de ellos, compartiendo cama, quizá no para dormir. Aquella impresión de hormiguero humano e inmenso, o más bien de termitero por aquella estructura que buscaba el cielo, amenazó con hacerle sentir un ligero vértigo. No pudo evitar preguntarse si se le habría subido la cerveza.

En la mesa baja hacia la que se dirigían estaba sentado un hombre con corbata, camisa blanca y pantalón y chaqueta marrones que, en cuanto los vio acercarse, se levantó.

—Buenos días; me alegra que hayáis podido venir. Satrústegui... —saludó al detective de una manera que delataba que se conocían bien, dándole una palmada algo enérgica de más en la espalda. En cambio, a ella le tendió una mano grande y de piel tan morena como su rostro, que, bajo el cabello gris, ofrecía unas marcadas arrugas en torno a unos ojos que, nada más verlos, le trajeron a Estrella el recuerdo de otros que ella había visto muy de cerca. Sintió un impulso tenso que le comprimió el esófago al empezar a entender mientras el hombre le estrechaba la mano y le decía, con un acento que también era igual que el de aquel joven al que nunca volvería a oír hablar—: Y tú debes de ser Estrella. No sabes las ganas que tenía de conocerte.

Y aunque ya no era necesario, ella casi agradeció que terciara Satrústegui para verbalizar lo que era evidente, pero que le sirvió para ganar un par de valiosos segundos:

—Estrella, este es Pedro Mateos. El padre de Álvaro.

Y pese a que el impulso nervioso seguía tirando de ella por dentro y la hacía sentir, por primera vez en aquella jornada, que la inseguridad que había quedado escondida tras el biombo de los inesperados giros de aquel día y medio volvía a enseñar la patita, fue capaz de sonreír y de añadir:

—Encantada. Me alegro de conocerlo.

—Yo también. Él me habló mucho de ti.

Estaba segura de que aquello no era cierto, porque no es que precisamente la comunicación con su padre fuera lo que más preocupase a Álvaro durante el tiempo en que estuvieron juntos. Y si las circunstancias los habían llevado a retomar la relación después, no creía que Álvaro considerase necesario hacer referencia a alguien que, por aquellos días, ya era historia. Pero, al fin y al cabo, la cortesía se inventó para suavizar los efectos indeseados que una sinceridad a prueba de bombas tendría sobre la sociedad.

—Por favor, sentaos. Iba a pedir algo para picar, ¿os apetece? Este hotel está entre nuestros clientes, así que puedo responder por el jamón. —Sonrió con lo que Estrella identificó como la estrategia habitual que seguía para romper el hielo en un encuentro de tipo empresarial. Pero, aunque no sabía muy bien por qué estaban allí, o, mejor dicho, por qué *ella* estaba allí, no creía que tuviese nada que ver con asuntos de trabajo.

O tal vez sí, porque en aquel momento le vino a la mente Álvaro diciéndole, en cualquier instante de aquel simulacro de vida compartida que tuvieron, que para su padre *todo* era trabajo y que ese era su principal problema.

«Bien, pues vamos a ver qué es lo que quiere venderme, y ya veremos si se lo compro». Y, como añadido, tomó nota mental de que, en aquel encuentro, Satrústegui ya no era su fiel aliado, sino que ahora estaba junto al hombre que pagaba sus minutas y no había tenido ni siquiera el detalle de advertirla para que estuviera preparada para aquel encuentro.

Así que Estrella volvió a sentirse en el lugar de quien debe desconfiar de todo y de todos; pero, por alguna razón y por mucho que temió que la sensación la impactase, esta vez aquello no la entristeció ni quebró su seguridad. Y eso le dio fuerzas para sentarse con lo que consideraba era una postura de negociadora segura, una posible clienta a la que habría que ganarse y a la que no le valdría cualquier oferta aparente pero sin valor real.

—Por mí, perfecto.

Todavía tuvieron un par de minutos más de tregua mientras el padre de Álvaro llamaba a un camarero y le pedía, sin mirar la carta, una botella de vino, tras preguntarle si le apetecía, y otra de agua, junto con un plato de jamón y otro de lomo. Cuando el chico, que no era como Javi, se fue, se echó hacia delante en su sillón.

Comenzaba la negociación, fuera cual fuese su objetivo. Y Estrella se dispuso a escuchar, expectante.

—Supongo que ya sabes por qué estoy aquí —empezó él, sin perder ni un momento.

—Creo que me hago una idea —respondió ella, cauta, porque, aunque en realidad imaginaba que Satrústegui debía de hacerle informes diarios de su progreso, prefería no dar nada por supuesto. En la medida de lo posible, ella estaba allí para recibir información, no para darla.

—Quiero saber por qué mataron a Álvaro.

A pesar de que aquella idea ya hacía tiempo que se había convertido en una evidencia para ella, no dejó de sorprenderle, como le había ocurrido en su momento con Satrústegui, cómo aquellas palabras seguían sonándole con una contundencia especial, filosa, cuando sonaban en boca de otros.

—¿Es que piensa que lo mataron?

—¿Es que no lo piensas tú? Y, por favor, no me trates de usted. Si las cosas hubieran ido de otro modo, quizá nos habríamos conocido de otra manera, menos formal.

Otro tirón interno procedente de la Estrella de antes, que seguía ahí, al acecho.

—Visto lo visto, no creo que eso hubiera llegado a pasar...

El hombre la miró durante unos segundos. Estrella vio en su expresión al negociador severo que podía llegar a ser, la actitud arrojada que había convertido un negocio familiar apañado en un emporio en crecimiento constante. Pero también creyó ver algo más en aquellos ojos que parecían una versión más apagada de los de su hijo. Algo que solo pudo describir como cansancio.

Por primera vez, empezó a comprender que lo que tenía delante era a un padre que había perdido a su hijo. Y esa impresión hizo que, de manera inevitable, sus defensas flaqueasen.

Quizá fuese un truco, una estrategia, pero algo le decía que no.

—Tienes razón —dijo él, al fin—. Nunca lo sabremos, pero eso es porque ya entonces algo se cruzó entre vosotros. Algo que se interpuso también entre él y su familia.

Ahora fue Estrella la que recibió desprevenida aquellas palabras. Miró a Satrústegui, que parecía extrañamente interesado en la punta de sus dedos, si bien estaba totalmente segura de que el detective estaba escuchando con suma atención aquella conversación, aunque no dejase que su rostro delatase lo que se le pasaba por la cabeza.

—No lo entiendo. ¿A qué se..., a qué te refieres?

Pedro Mateos la miró con firmeza. Ahora sí que Estrella sintió hasta qué punto aquella mirada, si lo quería, podía imponer. Y sus ojos no vacilaron ni un segundo mientras su boca hablaba:

—A que fue entonces cuando empezó todo, todo lo que nos ha llevado hasta aquí.

Estrella abrió la boca para responder, para pedirle que se explicara, olvidándose de todas las precauciones que se había autoimpuesto, pero en aquel momento volvió el camarero que no era Javi con las botellas de vino y de agua y las copas, y los tres sostuvieron un incómodo silencio mientras Pedro Mateos cataba el vino —nadie se planteó siquiera que pudiera ser otro quien lo hiciera, y lo aceptaron como algo establecido por el orden natural de las cosas— y les servía.

El padre de Álvaro aún esperó unos segundos para estar seguro de que el camarero se había alejado lo suficiente antes de proseguir:

—Sabes que él y yo no nos llevábamos bien. No te voy a engañar: yo nunca terminé de encajar que no quisiera seguir con el negocio familiar. Esperaba que mi hijo continuase con lo que mi padre había comenzado y que yo logré llevar hasta lo que es ahora. Pero a él no le motivaba nada, solo le importaban sus historias de científicos, aunque en realidad yo no podía evitar pensar que lo hacía por fastidiarme. Y que, de hecho, si se empeñó en hacer su tesis sobre un astrónomo inglés de hace doscientos años que no conoce ni el Tato era porque además lograba estar lo más lejos posible de casa.

»Si por mí hubiera sido, yo nunca le habría dado ni un euro para que estudiase eso. Pero su madre..., bueno, Elena siempre lo ayudó. Me decía que, si el chico no quería dedicarse a vender jamones, que en definitiva es lo que seguimos haciendo aunque nos reunamos en hoteles como este y viajemos a convenciones en China, no podíamos hacer nada. Y, además, ella jamás dudó de que Álvaro iba a llegar muy lejos, y nosotros solo podíamos apoyarlo, aunque no termináramos de entender dónde estaba aquel sitio al que tantas ganas tenía de ir...

Por primera vez, Pedro Mateos guardó silencio y bajó la mirada. Durante un solo instante, un hálito de vulnerabilidad pareció posarse sobre su figura, pero fue solo un instante, porque alzó el rostro y se dispuso a continuar su relato:

—En fin, yo me desentendí de él, no quise saber nada, y lo dejé todo en manos de mi mujer. Ella se encargaba de pasarle dinero mensual para sus gastos, y con ella sí que hablaba y le contaba lo que hacía, lo que iba descubriendo... No sé hasta qué punto entraba en detalles, pero ella se sentía feliz de escucharlo, de sentirse conectada a él. Sé que hasta le habló de ti, e incluso sé que en algún momento surgió la idea de que te trajera a casa para que te conociéramos, o te conociera ella. Así que, ya ves, mi primera frase no iba tan desencaminada...

Estrella tomó aire, lo más disimuladamente que pudo, y esperó que su rostro no trasluciera la mezcla de sentimientos que aquello despertaba en ella. Desconocía que Álvaro hubiese mantenido ese contacto tan constante con su madre; debían de hablar cuando no estaban juntos, cuando ella estaba en la universidad. No querría involucrarla con una familia con la que la relación no era sencilla, pero le dolió que nunca se lo hubiera comentado, sobre todo si en algún momento había surgido la idea de que pudieran llegar a conocerse. Comprendió que le dolía, sobre todo porque le habría gustado tener a alguien a quien preguntar cuando todo se acabó, aunque lo más seguro es que ella no habría podido decirle nada que la ayudara.

—Sin embargo, hubo un momento en el que algo cambió —continuaba el padre de Álvaro—. Poco a poco dejó de mantener ese contacto casi continuo con su madre. Antes hablaban todas las semanas, pero, para cuando quiso darse cuenta, comenzaron a hacerlo solo una vez cada quince días, y pronto ni eso.

»Y no era solo la cantidad. También hubo un cambio en su actitud. Empezó a ser más evasivo, las conversaciones se acortaron y siempre parecía tener ganas de colgar. Cuando Elena supo que habíais roto, y solo lo supo de rebote por algo que dijo él, creyó que estaba deprimido por eso. Pero pronto entendió que había algo más...

—¿El... qué? —Estrella se sorprendió al notar la vacilación en su voz al hablar, como si llevara días en silencio—. ¿Qué más había?

El camarero que no era Javi volvió de nuevo, y otra vez esperaron mientras colocaba las fuentes con el jamón y el lomo y un taco de gruesas servilletas de papel con el logo del hotel. Esta vez tardó menos, aunque la espera se hizo igual de enervante.

—Tobías, ¿te importa seguir tú? —dijo, inesperadamente, Pedro Mateos mientras cogía un trozo de jamón y se lo llevaba a la boca antes de dar un trago al vino.

El detective levantó la cabeza y asintió. Estrella no logró evitar la sorpresa de ver cómo empezaba a contar algo que era probable que conociera hacía tiempo, quizá desde que empezara con el caso, y que le había ocultado hasta aquel momento. Deseó que la extrañeza y la indignación tiñeran la expresión de su rostro y que él la viera, pero Satrústegui, quizá anticipándolo, prefirió mirar hacia delante, sin cruzar los ojos con ninguno de los dos, mientras relataba, con la misma voz funcional con la que daría lectura al informe de seguimiento de un sospechoso:

—Álvaro Mateos empezó a pedirle a su madre que dejara de enviarle dinero, que ya no lo necesitaba. Que había encontrado a quien le financiara sus investigaciones. Que prefería poner fin a aquella situación que tanto lo incomodaba y que, ya que había logrado ser autosuficiente para dedicarse a lo que quería, ya no tenía sentido que siguiera molestando a su padre. Que era mejor para todos que aquello terminara.

—Y ¿le hicisteis caso?

Estrella era consciente de que había interrumpido el relato de Satrústegui de una manera demasiado apresurada, y que la pregunta ni siquiera se la dirigía a él, sino al padre de Álvaro.

Quizá fuera una reacción infantil, pero esperaba que fuera evidente hasta qué punto le molestaba presenciar aquello que vivía como una traición del detective.

—Nos presionaba para que se lo hiciéramos —le respondió aquel, tras un par de segundos de retardo, como si antes hubiera tenido que procesar que se estaba dirigiendo a él—. Llegó a decirnos que, si no accedíamos, ordenaría al banco que dejase de admitir nuestras transferencias.

»Aquello era muy extraño, claro. Así que le pedí a Tobías que intentase averiguar quién estaba financiándole.

Y aquí volvió a hacerle un ligero gesto con la cabeza a Satrústegui, que retomó la historia en ese punto, sin mostrar ninguna señal de que había captado el mensaje que pretendía transmitirle Estrella:

—Costó algo más de lo que esperaba —empezó—, pero pronto pude comprobar que había estado recibiendo pagos regulares de una fundación.

—¿Cuál? —preguntó Estrella.

—The History of Science Foundation —respondió esta vez Pedro Mateos, con un acento inglés bastante equivalente al de Satrústegui—. ¿La conoces?

Estrella pensó durante unos momentos frunciendo el ceño.

—No —respondió, al fin—. Nunca he oído hablar de ella. ¿A qué se dedican?

—Según el registro, a fomentar el conocimiento sobre cómo se forjaron los hitos fundamentales que han hecho avanzar la ciencia —terció Satrústegui. Y, cosa extraña, ahora sí que la miraba directamente. Con toda probabilidad, sabía que la curiosidad podía en ella más que cualquier otra emoción, y verse previsible la hizo sentirse molesta—. El nombre ya lo dice bien claro. Pero es casi lo único.

—¿Qué quiere decir?

—Que en realidad esa fundación no parece dedicarse a nada en concreto. No tiene página web ni ningún medio en el que haga públicas sus actividades. La dirección que aparece como sede en el registro es una especie de *coworking* que deben de tener contratado para recibir la poca correspondencia que les llega. Y las cuentas públicas que presentan son discretas, nada que llame la atención.

—Es decir, que hay alguien detrás de esa supuesta fundación que se esconde tras ella.

Pedro Mateos asintió.

—Sí, pero no hemos logrado averiguar nada más. Es como si, cuanto más la mirases de cerca, más desapareciese. No hemos conseguido absolutamente nada.

—¡Vaya! Me sorprende, teniendo en cuenta el olfato de sabueso con el que cuentas...

Satrústegui sonrió, divertido, encajando con deportividad la pulla de Estrella.

Esta se echó hacia atrás en el sillón, repentinamente cansada.

—O sea que en realidad no tenemos nada de nada. Bueno, sí, más preguntas, sin que hayamos podido cerrar ninguna de las que estaban abiertas.

Pedro Mateos asintió.

—Así es.

—Y ¿por qué me contáis todo esto? Si lo único que queríais era saber si yo conocía esa fundación, seguro que Satrústegui habría encontrado alguna manera de sonsacármelo. ¿Por qué necesitabas verme?

Algo remotamente parecido al dolor cruzó la expresión del hombre que tenía ante ella. Pero de nuevo se detuvo a tomar aire y volvió a hablar. Y, solo cuando empezó a hacerlo, Estrella comprendió hasta qué punto debía de costarle a aquel padre, que se movía mejor en lo directo y lo provechoso de las relaciones comerciales, pronunciar aquellas palabras:

—Porque tengo el cuerpo de mi hijo esperando a que se cierren los trámites para que nos permitan traerlo y enterrarlo en su hogar, porque las circunstancias de cómo murió no ayudan precisamente a resolver la burocracia. Porque, mientras tanto, mi mujer, su madre, se consume de tristeza y de pena, y yo ya no sé qué decirle que pueda ayudarla. Porque estoy a punto de salir de nuevo para Londres, para ver si consigo acelerar el proceso. Pero, sobre todo, porque te he utilizado hasta ahora para que nos ayudaras a obtener respuestas. Hasta que me he dado cuenta de que no era justo y que merecías que nosotros compartiéramos contigo lo que ya sabíamos.

»Porque quiero que sepas que, si por Tobías hubiese sido, hace mucho tiempo que él mismo te habría contado todo lo que ahora ya sabes. Pero fui yo el que le dijo que no porque, como siempre, quería jugar con ventaja. Lo que he hecho toda mi vida, y ya ves con qué resultado...

Se interrumpió, los labios fruncidos y los ojos ligeramente húmedos, en lo que quizá fuera lo más similar a un conato de lágrima que aquel hombre curtido de otros tiempos podía permitirse. Y, después de ese momento de leve desfallecimiento, por fin terminó:

—No sé, creo que simplemente quería hacer lo correcto por una vez.

Estrella no supo qué responder. Todo su enfado se había evaporado. Ahora lo único que sentía era un enorme cansancio porque toda aquella intensidad, todo aquel sufrimiento, todas aquellas palabras y todo aquel abrirse los corazones, al final no había resuelto nada. La muerte de Álvaro y todo lo que la había seguido permanecía envuelto en la misma niebla espesa y sin salida, todo lo que conocía de nuevo solo había servido para continuar reviviendo algo que ella había pasado mucho tiempo tratando de olvidar. Sí, últimamente todo volvía, pero nada parecía resolverse con eso, antes al contrario.

—Gracias —respondió, al cabo—. Pero es una lástima que tampoco sirva para nada.

Pedro Mateos pareció encajar aquellas palabras como si fueran un golpe merecido. Quizá por un instante pensó responder, pero prefirió coger otro trozo de jamón con un gesto distraído y volver a dar otro trago al vino. Después de ello, aún permanecieron en silencio un buen rato. No había mucho más que añadir.

# 23

Madrid se desplegaba ante Lieve, pero en realidad, aunque parecía que miraba por la ventanilla, no estaba viendo nada. Era ya de noche, y viajaba a bordo de la lujosa furgoneta Mercedes que la había recogido a la salida de la terminal ejecutiva de Barajas, el lugar del aeropuerto madrileño habilitado para el aterrizaje de los vuelos privados de todo aquel con los posibles para volar sin tener que pasar las incomodidades de amontonarse en un reducido espacio con decenas de otras personas, respirando el mismo aire que se renovaba veinte o treinta veces por hora, con lo cual le daba tiempo a pasar por los pulmones, las narices, las bocas y cualquier otro rincón de aquella masa de gente desconocida. Había muchas razones por las que desplazarse en un jet personal era preferible, pero, frente a lo que solía deslumbrar a los demás, sobre todo a quienes no lo habían hecho nunca y deseaban poder permitírselo algún día, era esa privacidad del aire lo que más apreciaba Lieve, por encima de las comodidades o el resto de los lujos que pudieran acompañarlo.

Claro que había otras cosas que tampoco estaban mal. Entre ellas, la posibilidad de entrar en un país con la máxima discreción, un control de pasaportes mínimo y que apenas dejaba registro público de tu paso, si sabías qué teclas tocar. Y esa intimidad, siempre conveniente y útil, se volvía aún más valiosa dadas las circunstancias.

Porque Lieve en realidad no quería estar ahí. No a trece mil kilómetros del lugar donde aquello en lo que había estado trabajando durante largo tiempo comenzaba a dar sus frutos. Porque el hecho de que tuviera que irse a Madrid lo sentía, empezaba a aceptarlo, como un castigo. Un castigo inmerecido, y todo porque Marc comenzaba a dar muestras de que la iba a sustituir, después de casi dos décadas trabajando para él, acompañándolo en su despegue hasta convertirse en la influencia planetaria que era en aquellos momentos.

Lieve odiaba la autoflagelación. Cada vez que había logrado acabar con algún competidor en su carrera, o lo había desplazado hacia algún rincón decorativo pero inofensivo en el tupido entramado de empresas y fundaciones en que se había convertido AWAKE, no podía evitar despreciar a quienes se lo tomaban como algo personal, como una especie de injusticia cósmica, la idea de que el mundo era incapaz de reconocer su valía y que, en el fondo, el globo terrestre, y todos los que lo habitaban, no se merecía a alguien como ellos. Por el contrario, sentía respeto por quienes aceptaban el resultado, que simplemente asumían que ella había jugado mejor que ellos y se dejaban llevar por el ciclo del descenso tras sus ascensos previos, más o menos vertiginosos. Incluso había obrado algún acto de clemencia con alguno de ellos, no muchos ni tampoco de manera muy pública. Pero estaba bien que hubiese gente que comprendiera cómo funcionaba todo en realidad; como a su jefe, a ella le gustaban las cosas ordenadas.

Por eso, le sorprendía, y también le incomodaba, sentir en su interior lo que podría pasar por una furia contenida y larvada. Y porque la parte más racional de su mente, la que le había facilitado desenvolverse en terrenos que habrían abrasado a cualquiera, se empeñaba en susurrarle que eso que ardía en ella no era más que lo mismo que había visto en los ojos y las expresiones de aquellos a quienes había vencido. Y aunque esa misma parte de sí no se atrevía a dar el paso de proclamar, a quien quisiera escucharla, la injusticia que se estaba cometiendo con ella, solo la posibilidad de que ese deseo se ocultase en la tormenta que la agitaba en su interior, y de la que nada trascendía a su perfecto rostro, era suficiente para sumirla en lo que iba cobrando todo el aspecto de un íntimo y poderoso enfado contra Marc, contra ella misma y, sí, ahí estaba, contra el mundo entero. Un sentimiento tan vulgar y ordinario que se negaba a la derrota definitiva de darle carta de naturaleza.

No, ella nunca le regalaría eso a Alex, el joven valor que Marc se había traído consigo tras una visita a una de sus fábricas de autómatas. Con su aspecto de ingeniero casi autodidacta que prácticamente desde niño se había sumergido en los nuevos campos tecnológicos con el alma del explorador que buscaba territorios nuevos, ella no lo había identificado como una amenaza. Podría ser sorprendente, porque uno de sus dones era justo ese, el calar de inmediato a la gente para reconocer sus puntos fuertes, de los que protegerse, y los débiles, que le podrían servir para anularlos en caso necesario. Además, en un primer momento parecía tan solo uno más de los muchos genios en potencia que veneraban a Marc como un sabio al que rendir pleitesía por formar parte del reducidísimo panteón que estaba creando un nuevo mundo que acabaría con el viejo, gastado y cochambroso, y de los que el dueño de AWAKE gustaba rodearse antes de cambiarlos por otros. En palabras de su jefe, porque esa conexión con los más jóvenes le permitía mantener la mente despierta y fresca, sin atascarse en todo lo que un hombre de su edad podría empezar a sentir como verdades inmutables y rocosas. Pero Lieve estaba convencida de que también había algo mucho más humano, esos aspectos de los que quien admira la tecnología suele intentar alejarse, aunque sea de manera inconsciente: un simple y llano disfrute de sentirse admirado por alguien más joven.

Porque sí, Marc A. Hoffman, contra todo pronóstico, era humano.

Tan humano como para dejarse deslumbrar por las ideas de aquel chico que Lieve desdeñaba en muchas ocasiones por parecerle más propias de un videojuego o de una realidad virtual. Pero, tras un tiempo trabajando en la sombra, ahora Marc había decidido poner en sus manos una jugada de la que dependía el futuro de sus empresas. Un movimiento absolutamente ilógico que solo se explicaba si era el mundo entero el que se había convertido en un videojuego. Y ella sabía que no era así: no importaba el aspecto que tomara la realidad, que se adornase de tecnología o se dirimiese en otras dimensiones ajenas a lo cotidiano; nada de eso importaba porque al final todo se trataba de juegos de poder, y las reglas que los rigen no han cambiado desde que los primeros humanos decidieron agruparse en un asentamiento para sobrevivir juntos.

No, aquello no tenía sentido…, salvo que, para Marc, aquella reunión en su isla misteriosa no fuera tan importante como lo que ella había venido a buscar. Desde que su jefe había tenido noticias, a través de una de las fundaciones que había creado para rastrear las piezas de la colección que estaba reuniendo para ponerla a salvo del colapso de la civilización que entreveía en un futuro cercano, de algo que William Herschel se había preocupado muy mucho de mantener oculto, aquella búsqueda se había convertido en una de las prioridades de su verdadera agenda, aquella que no trascendía más allá de su círculo más íntimo.

Lieve era consciente de que, con mucha probabilidad, se estaba aferrando a esa idea para negarse a sí misma que hubiese dejado de ser útil, o valiosa, para su jefe. Y la misma y persistente parte racional de su mente que la atormentaba con furia contenida ahora le insinuaba que esa visión tenía muchas posibilidades de ser un autoengaño para darle la vuelta a la situación y convencerse de que seguía siendo la mano derecha de Marc. Pero como, de ser así, se trataría de caer aún más bajo, Lieve se permitió, simplemente, apartar esa idea de un manotazo.

Una sola idea tomó su lugar, la de que la única baza que tenía para revertir lo que se temía que estaba a punto de pasar, su definitivo e inevitable viaje al ostracismo, era tener éxito. Conseguiría esa maldita y misteriosa cosa y la pondría a los pies de Marc. Costara lo que costase.

El coche pasó por la verja de entrada a un alto edificio que funcionaba como una urbanización en sí misma, una de las varias construcciones de lujo que habían crecido en lo que hasta ese momento era un barrio popular de casas bajas, un núcleo de población autosuficiente que vivía de espaldas a lo que lo rodeaba, con gimnasio, instalaciones deportivas y piscina privados, y hasta con un generador propio que demostró su importancia durante el apagón que, ese mismo año, había dejado a todo el país sin electricidad durante todo un día.

El vehículo descendió dos pisos dentro del garaje y se detuvo junto a la puerta de un ascensor cuyo aspecto exterior, sin grandes lujos, sí ofrecía alguna diferencia con respecto a los otros. No en vano, aquel llevaba directamente a las plantas superiores y a los áticos, la zona más exclusiva dentro de aquel conjunto ya exclusivo en sí mismo. Lieve se bajó y esperó mientras el chófer abría el maletero y le daba el equipaje con el que había viajado, la compacta maleta que, a fuerza de dar constantes vueltas al mundo, se había convertido casi en una extensión de sí misma.

Dio unas gracias concisas al chófer y se dirigió hacia la puerta del ascensor mientras aquel volvía al coche para dar la vuelta y regresar por donde había venido. A partir de ese momento, Lieve utilizaría los recursos propios de AWAKE para llevar a cabo la tarea para la que estaba allí.

Introdujo el código en el teclado junto a la puerta del ascensor. Unos instantes después este llegó al garaje, ese escenario que era de los pocos que, en aquel lugar, no era muy diferente de cualquier garaje de cualquier otro edificio. En una época en la que las desigualdades entre los muy ricos y el resto se agigantaban, una de las escasas cosas que mantenían una apariencia democrática eran precisamente ellos, los garajes, aburridos y monótonos estuvieran donde estuviesen.

En el interior del ascensor acercó su reloj de pulsera al sensor que sustituía a la tradicional fila de botones. La máquina reconoció quién era y adónde iba, y se puso a complacerla con fría eficacia. Una simple animación de una flecha que ascendía fue la única señal que le lanzó el elevador, que fue pasando por las plantas como si no existieran, para que Lieve no tuviera que dedicar un segundo siquiera a elucubrar quiénes podían vivir allí y qué hacían. Toda aquella torre era otra demostración, una más, de que si algo podía comprar el dinero era discreción.

Al cabo de un intervalo no demasiado largo, el ascensor se detuvo suavemente y la puerta se abrió a un rellano de sencilla elegancia en el que solo había dos puertas, una que llevaba a la escalera de emergencia y otra igualmente sobria y sin ninguna identificación, ni siquiera un número o una letra, con una mirilla electrónica y otro sensor a un lado, esta vez de lectura de iris. Acercó el ojo derecho de muñeca y apenas sintió la luz que la recorría. Un clic le indicó que la había reconocido y que le permitía el acceso.

Entró en el lujoso apartamento arrastrando tras de sí su maleta, que apenas hizo ruido mientras se deslizaba por la moqueta. Llegó casi de inmediato al salón, aún con las luces apagadas porque no había dado la orden de que se encendieran. Al otro lado de las ventanas vio la gran masa oscura en el fondo, pero recorrida por las líneas y los puntos luminosos de toda gran ciudad, y se paró un instante a intentar imaginar cómo debió de ser el espectáculo desde allí en medio del apagón de hacía meses. Pensó que Marc lo habría disfrutado de manera especial porque vería en ello un adelanto de aquello que él estaba convencido que iba a ocurrir a escala global y porque sabía que, aunque tenía millones de fieles que compartían su visión, tampoco faltaban los que secretamente se burlaban de lo que consideraban una excentricidad más, inevitable en el perfil de todo multimillonario tecnológico que se precie.

El espectáculo era bonito, sí, pero tampoco daba para más. Y ella había visto ya muchos perfiles nocturnos de ciudades, incluidos muchos más memorables que los de aquella ciudad, así que le habló a la casa:

—Enciende las luces.

De esa manera suave en la que surge la iluminación en los hogares modernos, una especie de desperezarse que nada tiene que ver con el cambio abrupto que uno asociaría con una fábrica o un equipamiento industrial, los contornos del salón, amueblado con lujo y un sentido del gusto exquisito, pero también impersonal, que, seguro, habría sido fijado por algún reputado interiorista, emergieron. Ella aún estaba de pie, sujetando el asa de la maleta, con la vista aparentemente anclada en la ciudad que se perdía en la distancia, aunque ahora, con la luz interior, era mucho menos visible. Pero en realidad su atención no se dirigía hacia allí, como demostró al pronunciar sus siguientes palabras, estas en neerlandés:

—Deberías ser menos previsible, Samuele.

Este apenas sonrió desde el sofá en el que permanecía sentado, en una postura con la que se adivinaba una leve relajación, aunque Lieve sabía que, si fuera necesario, reaccionaría de manera inmediata en el momento en el que ocurriese algo inesperado. Aunque nunca había llegado a verlo en acción, sabía muy bien qué era lo que contrataba cada vez que le había hecho llegar un encargo.

—He tenido que ponerme un whisky para amenizar la espera —le respondió él señalando un vaso bajo en la mesilla del centro, convenientemente colocado sobre un posavasos—. Espero que no te importe.

—¿Te lo has ganado? —respondió ella mientras se quitaba el abrigo y lo posaba sobre el sofá situado frente a él.

Samuele ahora sí que sonrió con más intensidad, como si se constatara lo que ya debía de sospechar, que su jefa no estaba contenta, y prefirió enfrentarse a ella manteniendo, al menos, una apariencia de control.

—Este caso está resultando más complicado de lo que me dijiste al principio. Así que sí —confirmó cogiendo el vaso y haciendo un gesto de brindis hacia ella antes de beber de él y vaciar la delgada lámina ambarina que quedaba en su interior—, creo que me lo he ganado. —Volvió a posar el vaso, con cuidado, sobre el posavasos. Probablemente sabía que hacerlo fuera de él habría sido pasarse de la raya: quería mostrarse confiado, no provocador.

—Yo no estoy tan segura —replicó ella sentándose por fin. Se quitó las botas altas, que dejó a un lado mientras se echaba hacia atrás—. ¿Has encontrado por fin lo que queremos?

Samuele frunció los labios en lo que también era una calculada expresión burlona, de intensidad justa para transmitir lo que pretendía.

—Ayudaría saber qué estamos buscando exactamente.

—¿No te lo había dicho? —respondió ella en un tono que dejaba traslucir una leve frialdad que parecía anticipar una mucho mayor que aparecería en caso necesario, un único gesto con el que Lieve desactivó el conato de rebeldía de quien, en definitiva, no era otra cosa que su subalterno—. Es un libro, una carta o un documento. En todo caso, algo de papel, puede que con varias páginas y, quizá, encuadernado. Y lleno de unas cosas que se llaman letras...

Samuele alzó una mano en gesto de claudicación.

—Sí, sí, lo siento. Me refería a saber qué clase de documento, qué tamaño tiene, si efectivamente es un libro, su antigüedad real. No sé si es algo que pueda esconderse en muchos sitios.

—Visto lo que nos está costando, y el empeño con el que han ocultado su rastro, yo diría que sí que parece que se deja esconder muy bien.

Samuele no respondió nada esta vez. Era consciente de que había topado con el límite que Lieve le permitía, y esta no aceptaría que diese siquiera un amago de paso para superarlo.

—¿Fuiste a la casa que te indicó el anciano? —le preguntó ella, ya con la serenidad recobrada de quien considera que ha dejado claras las reglas que regirán la conversación y no necesita insistir más en ello.

Samuele asintió.

—Sí, una casa perdida en medio de un bosque de pinos cerca de un pueblo, por la sierra. Bastante mal conservada, por cierto, no parece que el hombre ni sus hijos sean muy partidarios de gastarse dinero en mantenerla.

—¿Qué tienen allí?

—Está casi vacía, y la mayor parte de los muebles que quedan son muy viejos y están muy estropeados. Supongo que nadie los habrá querido, y por eso siguen allí. Tampoco me sorprende que estén tan mal porque hacía un frío de pelotas cuando yo llegué.

—¿Y la biblioteca?

—Llamarla biblioteca me parece mucho decir. Probablemente hace tiempo lo fue, porque gran parte de las estanterías estaban vacías. Pero ahora solo tienen unos pocos libros, no llegarán a diez. Tiene toda la pinta de que lo han ido vendiendo todo.

—Y ¿no estaba lo que buscamos entre ellos?

Samuele negó con la cabeza.

—Nada. Algún libro quizá tuviese algún valor, pero eran tochos apasionantes sobre derecho, náutica o cosas así. Y el resto de los pocos libros eran viejos, pero tendrían como mucho cincuenta o sesenta años. Nada en ellos, dentro de ellos, ni detrás de ellos…

—¿Revisaste bien la casa?

—Sí. Digamos que, cuando alguien se pase por allí, se va a encontrar con lo que atribuirá a la visita de unos ladrones que no dejaron ni un centímetro de la casa por revisar.

—¿Fuiste meticuloso?

—Estuve allí dos días, y la casa es pequeña. Créeme; allí no había nada.

Lieve suspiró. Volvió a echarse hacia atrás mientras se pasaba las manos sobre la nuca, hacia arriba, para airear el pelo. Se sintió repentinamente cansada.

—O sea, que estamos en otro callejón sin salida. Y no podemos preguntarle de nuevo al viejo…

Samuele se apresuró a replicar:

—Tenía la instrucción de impedir que pudiera hablar con nadie más. Yo no podía saber si la información que me iba a dar era buena.

—¿Qué te dijo exactamente? —A Lieve no le apetecía seguir hablando de si acabar con el anciano había sido buena o mala idea porque era consciente de que sí que había dado aquella instrucción, y sabía también que Samuele solía ser expeditivo a la hora de cumplir lo que le mandaban.

—Que lo que quedaba del legado familiar lo guardaban en aquella casa, pero que él hacía mucho tiempo que no iba. Sospecho que alguien de la familia debe de haber ido vendiendo lo que tenían sin que él se enterase.

Lieve se quedó pensando unos instantes. Finalmente habló:

—¿Por dónde podemos seguir ahora?

Samuele se alzó de hombros.

—Francamente, no lo sé. Podría rastrear a quién puede haber vendido la familia lo que había en la casa, pero no será fácil, y desde luego no creo que tengamos resultados pronto, si es que llegamos a tenerlos.

Lieve estaba de acuerdo. El enfoque tenía que ser otro.

—Y nuestra parejita, ¿en qué andan?

—No lo sé muy bien porque descubrieron que los tenía pinchados y han eliminado nuestro software. He intentado seguirlos de nuevo, pero ninguno de ellos ha regresado a su casa. Y ella no ha vuelto a pasar por su trabajo.

Lieve meditó aquella información, procurando obviar que denotaba una decepcionante falta de eficacia en la forma en la que Samuele estaba llevando aquel asunto.

—Háblame otra vez de ellos.

Pareció, por un instante, que Samuele accediera a algún tipo de memoria interna, y repitió los datos básicos que venían en la ficha que tenía de cada uno de ellos y que estaba seguro de que ella ya conocía. Pero, por otras ocasiones, también era consciente de que a su jefa le gustaba que le repitiesen en voz alta lo que ya sabía para ver si así reparaba en algún detalle nuevo que les sirviese para tirar de él.

—Él es Tobías Satrústegui Martínez. Ahora mismo detective en Madrid, aunque no uno de esos que se ocupan de seguimientos, de infidelidades ni cosas así, a pesar de que de vez en cuando haga algún encargo de ese tipo. Viudo, sin hijos, de sesenta y siete años, mucho tiempo trabajando para la inteligencia española, el CNI. Ahora va por libre, si bien sus contactos le son muy útiles para los trabajos que hace y que en muchas ocasiones son investigaciones sobre asuntos delicados de tipo empresarial. Uno de sus clientes es justo el padre de Álvaro Mateos, el que lo ha contratado para averiguar qué le pasó a su hijo.

Lieve asintió, pese a que aquel perfil, de poco original que era, le daba muy poca información, precisamente por lo clara que resultaba: aquel detective tenía una motivación bien evidente, hacía las cosas por algo que se podía comprender, aunque poco lucido, un simple ganarse una buena minuta. Pero ¿ella? ¿Qué pintaba ella en todo aquello?

—¿Y ella?

—Estrella Noval Fernández, astrofísica de treinta y seis años, soltera y sin hijos, trabaja en el Instituto de Ciencia Avanzada del Cielo de Madrid. Su especialidad es la mecánica orbital de los planetas extrasolares. Hace unos años, cuando trabajaba en Mánchester, su nombre sonaba como uno de los más prometedores de su campo a nivel internacional, pero algo le pasó que le hizo volver a España y abandonarlo todo para aceptar un puesto en el que todos sus avances parecen haberse detenido. Creo... —aquí parpadeó, como si lo que decía dejara de ser, por un momento, un mero recitado de detalles—, creo que fue la ruptura con Álvaro Mateos lo que le hizo tirarlo todo por la borda y volver. Y creo también que se arrepiente a cada momento de haberlo hecho, sobre todo porque su jefe, el subdirector del instituto, la tiene en el punto de mira.

«Vaya, otra que tiene problemas con su jefe». A Lieve no le pasó desapercibido que el perfil que le acababa de ofrecer Samuele de Estrella Noval era mucho más personal que el de Tobías Satrústegui. Alguien que lo conociera menos quizá podría inferir de eso que sentía alguna especie de conexión, o incluso atracción, hacia ella, pero Lieve estaba segura de que en realidad lo que pasaba era que había dedicado más tiempo a intentar entenderla a ella, comprender qué la había movido a meterse en aquel asunto tan peligroso, complicado y ajeno a cualquier cosa que una persona normal se encuentra en su día a día. Y no podía más que aprobar la perspectiva de su subalterno: frente al detective veterano y con contactos con el que trabajaba, ella era la verdaderamente importante, y Álvaro Mateos lo sabía. Si había alguien capaz de resolver el acertijo y encontrar lo que estaban buscando, aquello de cuya existencia tuvo conocimiento su antiguo novio, era ella.

Y, en particular, tenía que reconocer que, en aquel momento, podía comprender qué se sentía al saber que eres una persona de enorme talento a quien no dejan que demuestre todo lo que puede hacer.

—Vuelve al instituto y apóstate enfrente. Tarde o temprano, tendrá que pasar por allí. Y, cuando lo haga, síguela. No la dejes ni por un segundo.

Él asintió.

—¿Le pincho de nuevo todos sus sistemas?

Ella negó con la cabeza.

—No, rastrea solo lo que puedas hacer de manera remota, porque ese Satrústegui ya estará pendiente de si volvemos a intentar algo más. Prefiero que, por ahora, volvamos a medios más tradicionales.

—Perfecto. —Comprendiendo que ya tenía sus instrucciones, se levantó—. ¿Y tú? ¿Qué harás mientras tanto?

—Creo que haré unas llamadas. En cuanto salga el sol, claro. Antes quiero descansar un poco.

Y su mirada se fijó otra vez en la ciudad, que parecía contradecirla: ella no daba señales de tener ninguna intención de dormir.

# 24

Hacía varios días que no había vuelto por el instituto. Tampoco, por razones obvias para ella pero difíciles de entender para cualquier otro, había accedido a la plataforma que les permitía teletrabajar y que también registraba las horas en las que estaban haciéndolo y que sustituía al fichar de toda la vida. Había anticipado varias veces aquel momento, pero aun así le sorprendió no sentir nada especial al pasar por delante de Chelo y saludarla.

—¡Estrella! —se interesó esta, sin que ella fuese capaz de acertar si con genuino interés o solo por ganas de cotillear—. ¿Cómo estás? ¿Has estado enferma o algo?

—Buenos días, Chelo. Digamos que... algo. —Y, sin añadir nada más, pasó la tarjeta por el torno y se dirigió hacia los ascensores, notando cómo la recepcionista la seguía con la mirada.

Mientras esperaba al elevador que la llevaría a su planta, volvió a hacer una comprobación interna de cómo se sentía. Y de nuevo se sorprendió al comprobar que la tranquilidad era el estado que todavía regía dentro de ella. No sabía muy bien cómo interpretar que fuera así, porque su vida continuaba dada la vuelta como un calcetín; por un lado, seguía durmiendo en casa de Alicia, a la que apenas veía porque, desde que se había trasladado allí, ella había encadenado varios viajes. En aquel momento, de hecho, estaba en algún lugar de Europa y tardaría todavía un par de días en regresar.

Luego estaban, claro, el resto de las cosas que habían cambiado, que era como decir todas las demás. Y no podía evitar que la que más resquemor le producía fuera lo que había acontecido con Satrústegui. Una parte de ella lo entendía, que el detective le hubiera ocultado información que, aunque no hubiese acabado en nada, le habría hecho comprender mejor qué era lo que estaba pasando y, lo que era más importante, qué era lo que le había sucedido a Álvaro. Qué le había ocurrido en aquellos meses en los que pensó que se había distanciado de ella, pero que en realidad, ahora lo sabía, se había distanciado de todos, incluida su familia. No es que sirviese para sanar ninguna herida, pero al menos el hecho de que no fuera algo personal con ella, si bien no ayudara a comprenderlo, lo habría hecho más soportable.

El padre de Álvaro le había dicho que el detective no había querido mantenerla a oscuras, pero Estrella no podía saber si era otra nueva mentira para salvar su relación con Satrústegui, para que siguieran trabajando juntos y así pudieran avanzar y, de paso, para que él pudiera mantener informado a su empleador de los pasos que iban dando. Pero, de hecho, tampoco importaba demasiado. Lo único importante era que había perdido toda su confianza en alguien que, ahora lo entendía, se había convertido en un extraño compañero de aventuras, alguien totalmente ajeno a ella, un cliché andante que, en cierta forma, le había ofrecido la mayor dosis de confianza que nadie le hubiese hecho sentir en mucho tiempo, solo para demostrar que, también en su caso, era todo pura fachada.

¿Acaso no la había traicionado, más allá de ocultarle información? Pero lo que a Estrella le dolía, por encima de todo, era ser consciente de que él también había dejado de ser alguien en quien confiar, alguien que estaba de su lado y del que no había nada que temer. Ahora tenía claro que su lealtad era solo para Pedro Mateos, tal vez también la amistad, y que, aunque no tuviera nada contra ella, tampoco jugaba incondicionalmente a su favor.

En definitiva, nada nuevo, porque ese parecía ser su sino: nadie estaba nunca de su parte por completo. Incluso, a veces, ni ella misma parecía estarlo.

Cuando llegó a su planta fue hacia su despacho. Una vez acomodada ante el ordenador lo encendió. Ya no tenía demasiada importancia si estaba intervenido o no, porque no tenía intención de hacer nada a través de él que tuviera relación con su búsqueda. Es más, ni siquiera había búsqueda ya; todo se había ido al garete, el único hilo había sido cortado por el hombre que los seguía y que, seguro, a estas alturas ya habría resuelto el misterio y conseguido lo que ellos ni siquiera sabían qué era, más allá de que valía la vida de dos hombres al menos. El único consuelo que le quedaba era que pronto algo parecido a una vida normal iría volviendo, de manera natural. Una vida normal en la que tendría que buscarse otra vez un trabajo, claro, pero en la que podría dormir de nuevo en su casa. Desde allí le resultaría más fácil decidir cuál sería el siguiente paso; desde la casa de Alicia no podía hacerlo. Aunque había sido agradable vivir una especie de *revival* de lo que las había unido cuando eran unas jóvenes listas para comerse el mundo, prefería no cometer el error de pasar a depender de ella y en unos días quería regresar a su apartamento, a sus legos y a su refugio particular. Si algo había aprendido era que tenía que dejar de ser vulnerable y ser capaz, de una vez por todas, de valerse por sí misma. ¿No se suponía que había sido una prometedora científica? Pues aún estaba a tiempo de empezar a comportarse como tal. Si no lo conseguía, que no fuera porque los demás le hubiesen arrancado esa posibilidad.

Abrió su correo al entrar en el ordenador. Una larga lista de e-mails en negrita dio testimonio de lo largo de su ausencia. Obvió uno, que se repetía varias veces y que venía de la dirección del instituto. Aunque se trataba de un sistema que funcionaba de manera automática, casi se podía imaginar a Juan enviándolos desde su larga mesa de despacho, con una sonrisa maligna en el rostro, mientras se deleitaba en un asunto que empezaba por «Aviso de infracción grave por inasistencia. Póngase en contacto...». El resto no cabía en la vista previa del asunto, pero se podía hacer una idea. Solo le dio un poco de rabia ponérselo más fácil a Juan, porque ahora, con su ausencia injustificada, le había servido en bandeja el pretexto para echarla. No es que antes no pudiera hacerlo, pero siempre da más trabajo tener que documentar una supuesta falta de confianza, de ausencia de compromiso con el trabajo o de falta de resultados, en un lugar en el que lo único que se fabrica es conocimiento, que no puede medirse ni pesarse, ni traducir a algo remotamente parecido a un rendimiento económico directo.

No tenía demasiadas ganas de abrirlo, pero el que llamaran a la puerta terminó de brindarle una excusa perfecta para posponerlo.

—Adelante.

La puerta se abrió y tras ella entró Martín. Como aquel día, hace no tanto tiempo pero que ahora le parecía tan lejano, estaba haciendo la ronda para repartir el correo.

—¡Ah, doctora! Qué bueno verla. La he echado de menos.

Estrella sonrió. Era una exageración, claro, pero también era cierto que si había alguien que podía sentir no encontrársela cada día era él. Siempre se mostraba cálido con ella, como en realidad lo era con quien considerara que se lo merecía, pero estaba en un momento en el que, en su caso, eso era más que suficiente. Definitivamente, había llegado a la conclusión de que no había tantos rostros cálidos con los que tuviera la oportunidad de cruzarse.

—Gracias, Martín. Yo también le he echado de menos.

Él se rio. Con ese tacto que siempre lo había definido, una especie de sexto sentido que le hacía adivinar, de forma innata, cuándo podía decir algo o no, preguntar algo o pedir más detalles. Y parecía que se daba cuenta de que ahora no tocaba, porque no fingió un interés casual preguntándole si estaba enferma, si había estado de viaje, de vacaciones, o dónde narices se había metido aquel tiempo. En lugar de ello, fue directo a la tarea que lo había llevado hasta allí:

—Le ha llegado esto por mensajero. —Puso sobre una bandeja a un lado de la mesa, encima de unos cuantos sobres de aspecto anodino que resumían toda la correspondencia que había recibido en su ausencia, otro acolchado marrón, con algo que hacía bulto en su interior. Estrella distinguió la letra manuscrita de Satrústegui en el exterior, lo que hizo que su conocida cuerda interna volviera a tensarse.

—Gracias, Martín. Luego lo abriré, cuando revise los e-mails.

—Muy bien. —El bedel asintió mientras se daba la vuelta y se dirigía a la puerta. Justo antes de abrirla y salir del despacho, se volvió de nuevo hacia ella y añadió—: Me alegro de que esté de vuelta. No me gustaba encontrar este despacho vacío.

Ella prefirió no responderle que probablemente volvería a estar vacío muy pronto, y esta vez de forma permanente o, mejor dicho, hasta que encontraran quién la sustituyese. Pero prefirió sonreír y pronunciar un mudo «gracias».

Cuando Martín se hubo ido miró por un segundo el sobre que le había enviado Satrústegui. Dado el bulto del interior, dedujo que le devolvía el teléfono, como le había dicho que haría. Pero como no tenía la seguridad de que fuese aquello lo único que contenía, prefirió esperar antes de abrirlo. Quería asentarse primero.

Volvió a abrir el correo del ordenador y comenzó a revisar, ahora en detalle, todos los mensajes no leídos. Dejó aparte los referidos al estudio de los datos, incluidos los enlaces a distintas videorreuniones a las que ella había faltado, lo que tenía preocupados a varios de sus colegas, que le preguntaban si estaba bien y manifestaban su sorpresa por el hecho de que estuviera ilocalizable justo en aquel momento crucial. Decidió responderlos luego con el detalle y la atención que merecían.

Por otro lado, no le costó mucho confirmar que el que provenía de la dirección del instituto era en efecto un aviso de falta grave y le instaba a que presentara las alegaciones que pudieran justificar su ausencia. Estuvo tentada, por un momento, de contestar con un relato con todos los pormenores de qué era lo que en efecto la había tenido ocupada durante todo ese tiempo, pero, como no podía tener la satisfacción de verle la cara a Juan, o a quien fuera que lo leyese, llegó a la conclusión de que no merecía la pena el esfuerzo.

Algo parecido le ocurrió al ver el correo que le había enviado MrPartitura, quien debía de haber obtenido su e-mail de trabajo en la web del instituto. También él se interesaba por si había logrado averiguar algo más, le preguntaba de nuevo si estaba bien porque no había sabido nada de ella desde que se había ido abruptamente de la fiesta y si quería que volvieran a quedar para ponerse al día. Como era de esperar, también lo ignoró.

Pero el que sí que captó su atención enseguida fue uno que le enviaba Antonio, el periodista que los había puesto en la pista de los Castuera. Intrigada, lo abrió de inmediato:

> ¡Hola! Me he enterado de la muerte repentina de Manuel Castuera. ¡Mira que es casualidad! Supongo que no te dio tiempo a hablar con él. Llevo llamándote varios días para comentarte algo sobre el tema, pero no te encuentro en el móvil, no sé si lo tendrás estropeado. Si ves este correo, llámame y te cuento.

Estrella agradeció que Antonio solo hubiera tenido noticia del fallecimiento de Castuera, parecía no haberse enterado de que fue justo cuando fueron ellos a verlo. Afortunadamente, en la firma del correo venía su teléfono, por lo que no tendría que recurrir al tedioso Excel que le había confeccionado Satrústegui. Por un momento pensó que si tenía intervenido su ordenador ya debían de haber leído el e-mail, que le había enviado el día antes, pero eso ya no tenía remedio. Sacó el móvil del Pleistoceno que también le había pasado el detective y marcó el número del periodista.

—¿Diga? —respondió al otro lado. A Estrella le llamó la atención lo antigua que parecía sonar la voz a través de aquel aparato.

—¿Antonio? Soy Estrella Noval.

—¡Estrella! ¿Qué tal? Empezaba a estar preocupado, no sabía si te había pasado algo. Te he estado llamando a tu número, pero ni siquiera me daba señal…

—Eeeh… Sí. Se me ha estropeado, lo siento. Te estoy llamando desde otro provisional mientras me arreglan el mío.

—Aaah, vale. Bueno, habrás visto mi e-mail. Qué pena que no te diera tiempo a hablar con él, seguro que te habría podido ayudar. —Estrella rogó en silencio que abandonara ese camino. Afortunadamente, no tardó en hacerlo—. Pero, bueno, te llamaba porque he encontrado algo que quizá te ayude a resolverlo.

Estrella casi sintió cómo su oído se agudizaba, como si se le hubiera activado algún sensor y se preparara para escuchar con atención todo lo que le iba a contar.

—¡Qué bueno! —lo animó—. Dime, dime.

—La verdad es que después de nuestra conversación me quedé intrigado por saber si habría algo nuevo sobre el tema. Hace ya tiempo que escribí el artículo, y la verdad es que no había vuelto a interesarme por ello. Pero aproveché que estaba haciendo una consulta en la base de datos de la Biblioteca Histórica Marqués de Valdecilla, de la Universidad Complutense, para comprobar si por casualidad tenían alguna novedad que pudiera dar más información sobre todo lo que pasó con el telescopio. Y no te imaginas lo que he descubierto...

—¿Qué?

—Que recientemente han incorporado el fondo documental de un importante abogado español, otra de esas familias ilustres que han contado con altos funcionarios al servicio del Estado, en este caso en la diplomacia. Y al revisar lo que contiene, porque ya que estaba por allí tengo la costumbre siempre de comprobar si hay algo interesante, me he encontrado nada más y nada menos que con un epistolario de José de Mendoza y Ríos, el enviado de la Corona para formalizar el encargo del telescopio y que organizó el traslado hasta España, ¿recuerdas?

—Sí, sí, claro que lo recuerdo... El que también era espía.

—¡Exacto! Eso ayuda a que uno lo recuerde mejor, ¿verdad? —Dejó escapar una risita.

«No lo sabes tú bien», pensó Estrella, pero se limitó a emitir un lacónico:

—Sí.

—Pues bien, al ver la relación de cartas que integran el legado, he visto que tiene dos intercambiadas nada menos que con Alonso de Castuera. Al parecer, son copias de las originales, que se debieron de perder junto con el resto del archivo de la familia. O vete tú a saber si siquiera llegaron a su destino, porque no hay que olvidar que, por entonces, España estaba cada dos por tres en guerra con Inglaterra, donde residía Mendoza.

»Una de ellas, de 1803, sí es posible que tenga que ver con las vicisitudes para la puesta en marcha del telescopio. Pero otra es más interesante, porque está fechada en abril de 1808, y no sé si tratará también de algo relacionado con el observatorio. Puede que ahí encuentres algo de utilidad.

A pesar de todas sus prevenciones, Estrella no pudo evitar que la tensión reviviera en su interior. No sabía si lamentarlo o agradecerlo, pero lo cierto era que lo que le estaba contando

Antonio despertaba una sensación que se había quedado adormecida y que, quizá, solo esperaba una leve chispa para volver a encenderse.

—Tú... ¿has podido leerlas?

—¡Qué va! Ya me gustaría, pero aún no me he podido escapar hasta la biblioteca, y ese fondo todavía no está digitalizado. Ahora tengo un viaje y luego unos días complicados porque estoy coordinando unas jornadas en Valladolid. Con suerte, me pasaré por allí en dos o tres semanas. Podríamos ir juntos. O, bueno, si te quieres acercar tú ya, me adelantas lo que veas. Si es algo importante, lo compartimos, ¿de acuerdo? Yo lo escribo para el diario y tú para tu revista. No somos competencia, son tiempos distintos.

Estrella asintió, olvidándose por un instante de que no la estaba viendo.

—Claro, te lo agradezco. Es un detalle...

Él volvió a reírse al otro lado de la línea.

—Bueno, tú me regalaste un titular sobre aquel asteroide extrasolar que permitió que uno de mis artículos estuviese ese día entre lo más leído del diario, y te aseguro que eso no es nada fácil cuando escribes sobre ciencia. Mis jefes se quedaron muy contentos, así que te lo debía.

»Oye, tengo que dejarte. Si vas, cuéntame lo que descubras, ¿vale? O, si no, ya hablamos para ir los dos. Por cierto, ¿grabo este número?

Estrella echó una mirada hacia el sobre de Satrústegui, que seguía esperándola en la bandeja del correo.

—Sí —respondió justo después—. No sé cuándo recuperaré mi anterior número, así que guárdalo por si acaso.

—Muy bien. Hablamos pronto. Y espero que sean buenas noticias.

«Yo también», pensó Estrella. Y colgó.

Pasó el resto de la jornada prácticamente sin salir del despacho, intentando ponerse al día, sobre todo de los correos que le había enviado el equipo. Entró en la plataforma en la que iban volcando todos los análisis de los datos que les habían facilitado desde Baltimore, y de nuevo sintió que la emocionaba algo distinto a la búsqueda en torno a Herschel de las últimas semanas. Aunque aún no se podía llegar a conclusiones definitivas, sí que cobraba cada vez más fuerza su teoría de que había algo que intervenía en la mecánica orbital del exoplaneta. Algo cuya naturaleza resultaba difícil de precisar, por eso debían ser especialmente rigurosos para evitar el ridículo de que las noticias se simplificaran y terminaran hablando de algún tipo de civilización extraterrestre capaz de influir en los movimientos naturales de un cuerpo en un sistema planetario o algún otro disparate parecido.

Con una sonrisa pensó que esta vez ella no estaría disponible para deshincharle el globo sensacionalista a Antonio ni a nadie. Ahora ella sería la que quedaría marcada por el cachondeo si otros astrofísicos encontraban una explicación plausible y convincente. Y si algo le había demostrado lo que les había pasado a muchos de sus colegas, incluidos algunos muy respetados y que habían dilapidado su prestigio tras alguna sorprendente declaración que los había relegado a los circuitos lucrativos —pero de muerte científica— de los programas nocturnos de misterio, es que toda precaución era poca.

Pero es que la tentación siempre estaba ahí. En ese sentido, el ser humano apenas ha cambiado a lo largo de los siglos. Cada vez que aparece un nuevo instrumento que amplía nuestra mirada, que abre confines hasta entonces impenetrables y que nos permite ir más lejos, siempre hay alguien que cree ver lo que, en el fondo, la humanidad ha ansiado desde que existe: que no estamos solos, que no somos únicos ni tampoco el único vestigio frágil de vida que haya podido alumbrar el universo. Quizá porque nos puede la responsabilidad, porque no estamos preparados para tanta relevancia, o porque tememos que —siempre al borde de cagarla— no seamos merecedores de esa carambola.

Le pasó al mismo William Herschel, sin ir más lejos. Un hombre con la mezcla perfecta entre lo que de artista, de músico, había en él, y el científico capaz de desarrollar nuevos métodos e instrumentos para ir más allá. Con sus telescopios, en una época en la que se creía que el cielo se terminaba no mucho más allá de lo que abarcaba la vista, en la que se pensaba que la creación entera apenas tenía unos pocos miles de años y que la idea de otras galaxias era inimaginable, había logrado reventar esa cerrazón y abrir la puerta a través de la que, en poco más de siglo y medio, nuestra mirada alcanzó vastedades enormes y comprendimos que había en potencia cientos de miles de millones de estrellas e incontables mundos como el nuestro.

Sí, él abrió ese camino. Pero por él, como les sucedió a tantos, penetró también, de nuevo, el autoengaño de quien cree que ahora sí que puede ver lo que siempre ha querido ver. Herschel, con la ayuda de su hermana Caroline, descubrió Urano, pero asimismo afirmó que la Luna, que los otros planetas y que incluso el Sol mismo estaban habitados. No lo dudó ni por un instante, por más que ninguna de las observaciones que le devolvieron sus telescopios pudieran demostrarlo. Pero probablemente pensó que aquello tan vasto no podía estar, asimismo, vacío. O quizá, fruto de su también extrema religiosidad, de esa manera en la que, en los estertores de la Ilustración, podía encontrarse un punto de equilibrio entre la fe y la ciencia, pensase que un espacio tan inmenso no tenía sentido si no rebosaba de vida. ¿Para qué iba un creador a molestarse en levantar algo tan enorme, tan complejo, para dejarlo luego despoblado? No, la propia racionalidad de Herschel le impedía aceptar algo así, y fue esa racionalidad la que terminó llevándolo a creer algo que simplemente no estaba ahí. El mismo y viejo fantasma que siempre acecha —y que tanto ha contagiado— a los científicos.

¿O no?

Por un instante se permitió jugar con la idea de que, a lo mejor, Herschel sí que había visto a esos habitantes extraños, que no solo los había imaginado. Quién sabe, quizá hasta lo habían visitado en alguna de sus noches de observación en Slough, y tal vez, civilizados como a buen seguro también serían, habrían tomado un reconfortante té, o un caldo, con él y con Caroline, quien probablemente lo había preparado para que los sirvientes no se enteraran de lo que estaba sucediendo…

«Estás fatal, Estrella», se dijo con una sonrisa, reprendiéndose con algo de benevolencia por dejarse llevar por aquel delirio. Pero, cuando volvió de aquella imagen fantasiosa, encontró que, de alguna manera, era muy cálida. Francamente, era una lástima que las cosas nunca fueran tan fáciles y que ilusionarse resultara, siempre, algo poco recomendable para la vida diaria.

Se dio cuenta de que ya había llegado la hora de irse. Para su sorpresa, no había pasado nadie por el despacho ni nadie la había llamado para que fuera a verlo. Quizá ya daban por descontado su ausencia y, por ese motivo, no habían notado ninguna diferencia con cuando no estaba.

«Bueno, mejor», pensó. Apagó el ordenador, recogió sus cosas, las metió en la mochila y, justo antes de irse, hizo lo que llevaba posponiendo casi desde el momento en el que entró en su despacho.

Cogió el sobre de Satrústegui y lo abrió. Cuando lo hizo y vio que, en efecto, lo que había dentro era su móvil junto con un par de hojas manuscritas, una parte pequeña pero relevante de sí misma se llevó una pequeña decepción al comprobar que esta vez no se trataba de ninguna clave ni de ningún mensaje oculto. Todo parecía claro y transparente.

El móvil estaba apagado y en principio no mostraba ninguna alteración exterior. Se percató de que estaba dedicando un tiempo excesivo a examinarlo, sobre todo teniendo en cuenta que ni siquiera lo había encendido. Cuando comprendió que aquello era tan solo un recurso burdo para posponer la lectura de las hojas manuscritas, suspiró, dejó el aparato y comenzó a leer la caligrafía correcta —y con el mismo toque anticuado de todo lo relacionado con él— del detective:

Querida Estrella:

Como habíamos convenido, le devuelvo el teléfono. No se preocupe, está totalmente limpio. Se ha ocupado de él una persona que sabe muy bien cómo extirpar cualquier programa espía que pudieran haberle instalado. Ahora mismo es totalmente seguro. De todas formas, le recomendaría restringir en lo posible su uso, al menos mientras no estemos seguros de que ha cesado la vigilancia. Puede ser intervenido de nuevo, aunque nos hemos permitido cargarle una aplicación rastreadora capaz de detectar y eliminar cualquier programa conocido. Es evidente que nada impide que le puedan inocular otro de nuevo cuño, pero en todo caso ganaremos tiempo.

De todas formas, algo me dice que no volverán a intentarlo, al menos de inmediato. O bien nuestro rival ya ha logrado hacerse con nuestro objeto misterioso, o bien está tan perdido como nosotros. Sea como sea, creo que durante un tiempo, como mínimo, aflojarán la vigilancia. No obstante, le recomendaría, si es posible, que aún esperase un par de días antes de volver a su apartamento, por si dieran señales de vida hasta entonces.

Sé que nuestro último encuentro no fue agradable para usted, y me atrevería a decir que tampoco para mí. Sé que no le sirve de nada saber que yo me opuse a que la utilizáramos de la forma en que lo hicimos. En el breve pero me atrevería a decir que intenso tiempo que hemos compartido, he tenido la oportunidad de comprobar que es usted una persona sagaz, arrojada y a la vez dotada, eso sí, con un cierto grado de inconsciencia y, me parece, incluso ingenuidad. No pasa nada. Sé por experiencia que las primeras son características innatas, que se tienen o no se tienen. Las dos últimas, por el contrario, pueden ser corregidas por la experiencia. Si alguna vez se cansa de mirar hacia arriba y estudiar esas estrellas, que, la verdad, creo que están demasiado lejos como para que merezcan tanta atención, pero ahí cada uno con su cosa, la animaría a probar a sacarse la licencia de detective. Tiene usted un gran potencial, aunque le advierto que los casos de los que se suele ocupar uno no son normalmente tan emocionantes ni novelescos como el que nos ha reunido.

Soy consciente de que debe de estar usted dolida conmigo, y creo que razones no le faltan. No voy a tratar de contactar con usted ni de imponerle mi presencia. Tengo el convencimiento de que en realidad acabará entendiendo que las reglas que nos imponemos a nosotros mismos a veces nos impiden hacer lo que querríamos, pero si algo he aprendido en la vida es que esas reglas por las que nos guiamos son las que, al final del día y si están bien dibujadas, nos permiten no hacerlo mal del todo. Y son mis reglas las que me llevan a terminar estas líneas diciéndole que, si al final puede usted no ya perdonarme, sino simplemente comprenderme, y le apetece que le descubra algún otro lugar auténtico, pero que no sale en ninguna guía del ocio, llámeme. Tiene usted mi número y mi compromiso de que siempre contestaré.

Atentamente,

TOBÍAS SATRÚSTEGUI

Cuando Estrella hubo terminado de leer la carta, porque al final eso es lo que resultó ser, no unas notas ni una comunicación rápida, sino una auténtica misiva a la que solo le faltaban la data y el lugar donde había sido escrita, se dio cuenta de que estaba sonriendo. Por varias razones: porque solo él sería capaz de escribir una carta en la que se hablaba de software de espionaje avanzado y no utilizar ni una sola palabra en inglés y porque, del mismo modo, solo él sería capaz de escribir palabras como «sagaz», «arrojada» o «guía del ocio» sin temer caer en el ridículo. Pero, por encima de todo, por la idea de que ella misma pudiera convertirse en detective. Ya se imaginaba las tarjetas que imprimiría, unas en las que pondría: «Estrella Noval. Astrofísica y detective. Lo mismo le descubro si un agujero negro va a colapsar que averiguo si su mujer o su marido le engaña».

Todavía estaba sonriendo mientras devolvía el teléfono y la carta al sobre, y este a su vez lo metía en la mochila para llevárselo consigo. Satrústegui podía albergar esperanzas de que acabaría perdonándolo, pero, por ahora, aquella era la máxima concesión que se podía permitir.

# 25

A primera hora ya estaba en el edificio que albergaba la Biblioteca Histórica Marqués de Valdecilla, situado en una perpendicular de la calle San Bernardo, junto al antiguo rectorado de la Universidad Complutense.

—Estrella Noval, ¿verdad? —la saludó la bibliotecaria que la atendió y que a continuación la acompañó hasta un puesto de lectura con la luz atenuada. Le dejó una caja de guantes desechables—. Por favor, póngaselos y no exponga los documentos a una iluminación superior a la que tiene ahora mismo en el puesto. Ahora le traeré las cartas que ha solicitado.

»Por cierto, ¿para qué me decía que era?

—Estoy preparando un artículo para la revista *New Astronomy Reviews*, sobre el tele..., sobre la historia del Observatorio Astronómico de Madrid, en el Retiro.

La mujer, menuda, con gafas y con un rostro de amabilidad extrema, asintió.

—Qué interesante. No es muy habitual que una científica como usted se interese por unos documentos históricos como estos. Espero que encuentre lo que busca.

»En fin, ahora vuelvo.

Estrella la vio alejarse y desaparecer por una puerta. A esa hora temprana solo estaban ocupados dos puestos de lectura más, aunque las personas que allí se sentaban, un hombre mayor y una joven que tomaba profusas notas con las manos enguantadas en su cuaderno con un lápiz —entre las normas que le habían hecho llegar, destacaba que estaba prohibido el uso de bolígrafos, estilográficas o rotuladores—, parecían llevar tiempo allí, el suficiente para estar sumergidos en los gruesos volúmenes que tenían ante ellos.

Mientras esperaba, observó con detalle aquel lugar, de cuya existencia no tenía noticia hasta entonces. En realidad no era extraño, porque para sus fines no necesitaba acudir a documentos históricos ni fuentes de hacía siglos. Si a algo estaba acostumbrada era a navegar por bases de datos de *papers* y compilaciones de mediciones que raramente manejaba en papel. A pesar del viaje al pasado en el que se había embarcado en los últimos días, su experiencia con el conocimiento encapsulado en gruesos y pesados volúmenes era limitada.

Se preguntó si Álvaro habría estado en esa biblioteca. Quizá sí, aunque, por lo que le había dicho Antonio, el legado que contenía las cartas había sido recientemente incorporado al fondo, y por eso, por ahora, solo estaba catalogado. Aunque seguro que habría acabado enterándose, de todas formas, y habría acudido hasta allí.

No supo muy bien por qué, pero se dedicó a imaginarlo en alguno de los otros puestos. Quién sabe, incluso era posible que se hubiera sentado en el mismo que ella ocupaba ahora. No le costaba nada representárselo como aquella chica, sumido en sus lecturas y sus búsquedas, desentrañando textos y pasándose la mano por el pelo revuelto, ensimismado tras sus gafas ajadas de metal. Prefería figurárselo así, cuando su búsqueda del saber era algo que le iluminaba la mirada y le llenaba de emoción, cuando mostraba un entusiasmo juvenil que Estrella identificaba con el afán de descubrir qué había impulsado todos los avances por el conocimiento. Puede que, para los más puristas, los historiadores de la ciencia no se equiparen con un científico verdadero que hace ciencia *de verdad*, pero, tras conocer a Álvaro, Estrella había terminado por no ver la diferencia.

Luego estaba lo que sucedió después, el otro Álvaro que apareció en el momento en el que todo cambió y que, por lo poco que ella pudo ver, fue perdiendo el brillo de la ilusión en sus ojos. Las últimas veces que hablaron, e incluso la última que se vieron, ella ya no pudo apreciar nada de aquella luz. La búsqueda, por algún motivo, se había vuelto para él ominosa, opresiva, obsesiva, le absorbía todas sus energías y no dejaba nada a cambio, solo sustraía y lo vaciaba. Y ese cambio íntimo, profundo, que incluso notó su familia, le hizo penetrar en un mundo oscuro y peligroso que ella, antes, nunca habría podido asociar con él.

Sí, prefería imaginar que el que pasó por allí fue el Álvaro verdadero. Porque se negaba a aceptar que lo fuera el otro. Pasara lo que pasase, no estaba dispuesta a dar ese paso.

La mujer menuda volvió con dos carpetas que puso frente a ella. Asintió satisfecha cuando vio que ya se había puesto los guantes y la dejó, indicándole que, cuando hubiera terminado, la avisara para devolver los documentos a otro lugar.

Estrella abrió el cuaderno para tomar notas, pues le habían advertido que, al tratarse de un manuscrito, no podía fotografiarlo, y cogió primero la carpeta que contenía la carta escrita por José de Mendoza y Ríos a Alonso de Castuera desde Londres, donde se había instalado a finales del siglo XVIII, y fechada en 1803. Al principio, le costó un poco hacerse a la caligrafía de la época, incluso más alambicada que la de Satrústegui, aunque, una vez que se acostumbró a ella, le resultó sorprendentemente clara. Estrella imaginó que el hecho de que entonces el papel fuese un producto, seguro, más caro que en la actualidad, y el escribir aún con una pluma, favorecía que se optimizase el trabajo.

Cuando hubo terminado la lectura de esta primera carta, Estrella no había anotado nada. En las líneas que escribía Mendoza, y que seguramente respondían a una misiva previa de Castuera, aquel le hacía partícipe de su alegría por que el largo contencioso sobre dónde debía instalarse el telescopio hubiese llegado a su fin. Mostraba asimismo su impaciencia por que el rey Carlos IV encontrase por fin el momento para poder ir a mirar por él y que, de ese modo, pudiese empezar a prestar el servicio que estaba convencido que ofrecería a la Corona española y que situaría a la ciencia del país al nivel de las otras grandes potencias. Aunque, ya en aquel entonces, aquello parecía un sueño cada vez más lejano y los recursos menguantes del reino estaban poniendo trabas a los incipientes esfuerzos que su predecesor había iniciado, Mendoza no se resignaba a que se tratara de algo inexorable y se alegraba de haber podido informar a los Herschel, con quienes mantenía el contacto, de que finalmente su magna obra vería la luz.

Poco más de interés tenía esa carta, al menos para Estrella. Seguro que los historiadores de esa época le sacarían un mejor partido, pues no dejaba de ser un escrito de un personaje poco conocido por el gran público, pero que, por lo que ella había podido ver hasta ahora, había desempeñado un papel muy relevante en esa triste historia de la España que pudo haber sido y no fue y que terminó yéndose definitivamente al garete con la invasión francesa. Pero no había leído nada que sirviera para el fin concreto y muy definido que ella pretendía.

Empezando a temer que aquella visita no iba a facilitar el abrir una puerta tras la que seguir la búsqueda, que la desatascase de aquel impasse, cerró la carpeta de la primera carta y abrió la segunda, la correspondiente al 3 de abril de 1808, también fechada en Londres y que Estrella, que desconocía cuánto tiempo tardaría en llegar por entonces una misiva desde Londres hasta Cádiz, donde tenía su residencia Castuera, dudaba de si siquiera habría llegado a su destinatario.

El tono de esta segunda carta era mucho más oscuro que el de la primera. Mendoza se manifestaba convencido de que España se iba a ver arrastrada por Napoleón a un conflicto todavía mayor que el que la había enfrentado con Inglaterra, y el español afincado en Londres mostraba su preocupación y se interesaba por el destino de distintas personas e instituciones. De una manera especial se detenía en sus temores con lo que podía ocurrir si las tropas francesas ocupaban Madrid, pues ya adivinaba que la colina que ocupaba el observatorio sería uno de los lugares que elegirían para acuartelarse, por ser uno de los que permitían dominar lugares estratégicos de la ciudad.

Pero no fue hasta que Estrella llegó a dos líneas muy concretas cuando su corazón le dio un vuelco: «... afortunadamente, la Madre Naturaleza acudió en nuestra ayuda. Que aprovecharas la caverna que excavó para nosotros fue una inspiración realmente brillante...».

Dejó caer el lápiz. No sabía muy bien qué era exactamente lo que acababa de leer, pero algo en su interior, quizá ese impulso que Satrústegui había visto en ella y que, según él, podría hacer de ella una buena detective, quizá el que aquella frase no pareciera tener demasiado sentido insertada como estaba en un texto más largo que se detenía en el detalle de poner a salvo el telescopio y el equipo del observatorio, era precisamente lo que le decía que *tenía* que tener sentido.

Una caverna, era evidente, es un lugar perfecto si quieres esconder algo que quieres poner a buen recaudo. Pero ella nunca había oído hablar de que en el parque del Retiro hubiese ninguna caverna. Bueno, sí, la Montaña Artificial, un nombre bastante pomposo para lo que no dejaba de ser una simple elevación hueca que no sabía muy bien cuándo se había construido, pero seguro que más tarde que 1808. Además, si no recordaba mal, estaba justo en el otro extremo del parque, y desde luego había sido un lugar muy concurrido a lo largo del tiempo. Aun en caso de que hubiese existido entonces, no parecía la mejor candidata como caverna guardadora de tesoros.

Pero entonces ¿a qué caverna se refería Mendoza? ¿O sería otro nuevo código, otro acertijo que desentrañar? El resto de la carta parecía no ocultar ningún mensaje encriptado, de hecho, su autor se explayaba bastante en expresar unas ideas políticas que a Estrella no le parecía muy recomendable decir en voz alta, o dejar escritas en papel, en aquel tiempo. Seguramente las cartas originales, porque se repitió lo que ya le había adelantado Antonio, que aquellas eran copias, no debieron de viajar hasta la península a través del correo ordinario.

Estrella volvió a pasar la mirada por la biblioteca. Sus ojos coincidieron con los de la chica investigadora, que justo acababa de levantar los suyos del grueso volumen que tenía ante sí. Descubrió que Estrella la estaba mirando tras masajearse los ojos para que descansaran de tanto leer una letra que, desde donde se encontraba la astrofísica, parecía bastante diminuta, y le dedicó una sonrisa de complicidad.

Ella se la devolvió. Y quizá fue ese gesto, o algún tipo de razonamiento que escapaba a los niveles de la consciencia, pero llegó a la conclusión de que ahí no había código encriptado que valiera: Mendoza hablaba de una caverna *real* y descubrir dónde se encontraba era crucial. De repente volvía a tener un hilo del que tirar.

Solo se sintió vacilar al darse cuenta de que no tendría más remedio que acudir de nuevo a Adela. Y aquello la impresionó mucho más que el resto, incluso la obligó a tragar saliva.

# 26

—¿A ti te parece normal lo tuyo?

A pesar de lo que pudiera parecer lógico, la reacción inmediata de Estrella al oír aquellas palabras al otro lado del teléfono fue cerrar los ojos y musitar un mudo agradecimiento. Al final solo le había supuesto diez llamadas conseguir que Adela se lo cogiera. Por lo que conocía de su amiga, hubiera podido esperar veinte, treinta o cincuenta, o no cogérselo nunca. Se figuró que algo de preocupación por lo que le pudiera haber sucedido sí que tenía, y le había hecho ser menos imperturbable de lo que era capaz, como terminó de demostrarle cuando le añadió:

—Además, ¿qué número es este? ¿Desde dónde me llamas? Te he estado buscando en el otro y no... —Probablemente se dio cuenta de que estaba a punto de mostrar una debilidad, que había estado preocupada por ella, y eso ahora no le convenía nada si quería seguir manteniendo una postura ventajosa que le permitiera dar rienda suelta a su indignación, así que optó por dejar ahí la frase.

—Te lo explicaré todo. —Estrella se dio cuenta, nada más decirlo, de que debía haberle repetido eso mismo varias veces en las últimas semanas con un grado de cumplimiento más bien bajo, pero ya no podía hacer nada, así que continuó—: Pero tiene que ser en persona, necesito verte.

—¡Vamos, tía! La carta misteriosa ya no te sirve. Has abusado mucho de ella.

Estrella suspiró. Contó hasta tres esperando que la propia Adela la notase temerosa y deseando que eso sirviese para alimentar su ego y así conducirla a la deferencia de dejarle explicarse.

—Adela, va en serio. Todo tiene una razón, créeme.

Ahora fue ella la que mantuvo un silencio anormalmente intenso. Tanto era así que Estrella llegó a temer que se hubiera cortado la comunicación. Pero, aunque se sintió tentada de preguntarle si seguía ahí, logró reprimirse. Prefería que el chorro de indignación que viajaba hasta ella, frío como el hielo, a través del auricular de su móvil vetusto, siguiera circulando, con la esperanza de que a la vez sirviera para descargar todo lo acumulado por su, esperaba que aún, amiga.

—Vente a las seis a mi despacho en el instituto. Y no se te ocurra traerte al rarito de tu amigo.

Estrella estuvo a punto de decirle que no se preocupara por eso, que ya no creía que tuviera que aguantarlo de nuevo, pero le pareció más prudente responder de manera escueta que allí estaría ella, sola. No cabía descartar que, en la enrevesada mente de Adela, el mensaje que pretendiese transmitir fuese justo el contrario. De todas formas, poco podía hacer ella al respecto.

Ese mismo día, por la tarde y en su despacho del Instituto Geográfico Nacional, una Adela curiosamente silenciosa, incluso con la boca abierta, terminaba de escuchar el largo relato que Estrella le acababa de ofrecer y con el que resumió todo lo que había sucedido desde la visita al observatorio del Retiro y su promesa, incumplida de un modo grosero, de mantenerla informada.

De hecho, siguió callada durante unos interminables segundos después de que Estrella hubiese terminado su historia, y esta empezó a sentir un cierto nerviosismo, causado por no saber muy bien cómo interpretarlo.

Por fortuna, y como no podía ser de otro modo, aquel silencio tan ajeno a la más íntima naturaleza de Adela llegó a su inevitable final de una forma bien resolutiva:

—Joder...

Una respuesta concisa, sí. Estrella esperó aún unos segundos más, por temor a interrumpir su proceso para encajar toda la historia, pero, al ver que aquello amenazaba con ser eterno, se atrevió a intervenir para acelerar el proceso:

—Sí, es muy fuerte. Pero ¿sabes a qué se podía referir?

Adela parpadeó, aún ensimismada.

—¿Quién?

—Mendoza. Con lo de la caverna.

Adela pensó unos instantes, pero esta vez a Estrella le pareció un silencio más activo, así que le resultó menos inquietante.

—No tengo ni idea. Desde luego, ni en el observatorio ni en los alrededores, que yo sepa, hay caverna alguna.

—¿Estás segura?

Una expresión de una cierta molestia asomó en el rostro de Adela, lo que hizo que Estrella, de inmediato, lamentara haber sido quizá demasiado impetuosa.

—A ver —respondió al fin, con un leve toque de impaciencia en su tono—. Si existiera una caverna, iría incluida en la visita, ¿no crees? Pero ya me dirás tú de qué iba a servir para un observatorio astronómico.

Estrella permaneció en silencio durante unos segundos, meditando cómo reconducir la conversación.

—A lo mejor no es algo tan espectacular —replicó con el máximo tacto—. Y, de todas formas, tú no trabajas allí de manera permanente. Quizá es algo que no es muy conocido. ¿No podrías...?

—¿… preguntarle a alguno de los geólogos que conocen el lugar y que incluso trabajan allí? —terminó ella su consulta, con un tono que a Estrella no la tranquilizó precisamente—. Claro que podría. Pero, dime, ¿debería hacerlo?

—Adela, yo…

—No, ni Adela yo ni Adela tú. ¿De verdad crees que tienes derecho a hacerme esto? ¿Quién ha estado todo este tiempo a tu lado? ¿Quién te recibió cuando volviste a España y te acompañó en tus primeros pasos aquí? Porque te recuerdo que, cuando regresaste, estabas casi peor que una guiri. Era como si todo te pareciera extraño, pero en realidad eras tú la que te habías vuelto extraña. Y, sin embargo, no me moví de tu lado, permanecí ahí a pesar de que, francamente, hija mía, a veces tenía ganas de darte un guantazo y hacerte espabilar.

El tono de Adela hacía tiempo que había ido incrementándose de una manera que aseguraba que pudiera escucharse fuera, pero Estrella ya tenía callo en eso de soportar filípicas, y encima aquella, por cruel que fuese, sentía que estaba justificada.

—Porque cuando pones esa cara de «ay, pobrecita de mí, cómo sufro» —seguía mientras tanto, imparable, Adela—, tú, que puedes ser la más brillante cuando quieres, pero que te has dedicado a dejarte llevar por lo fácil, a dar pena, que es lo que menos aguanto…, que alguien que tiene tanta capacidad, que ha tenido tantas oportunidades, vaya por ahí dando pena, todo porque un idiota no la supo tratar y tú te enamoraste como una adolescente…, que hay que ser tonta, que ya tenemos una edad, coño, que esto no es el patio del instituto ni un parque para sentarnos en un banco a comer pipas y rajar de los tíos, que es que de verdad, de verdad, yo es que…

Se echó hacia atrás en el sillón y emitió un suspiro que, de tan ruidoso, podía pasar más bien por un rugido contenido, y se quedó allí sentada, respirando aceleradamente y con la cara aún roja.

Estrella tragó saliva. Para su sorpresa, no se sentía tan afectada como esperaba. Por un lado, sabía que el retrato que acababa de hacer de ella, a pesar de sus exabruptos, se ajustaba a la realidad, y eso, cosa que antes la habría hundido, la Estrella que había aparecido en las últimas semanas, o la Estrella anterior que había logrado levantar de nuevo la cabeza, podía aceptarlo. Y, qué narices, ella no se había portado bien con su amiga, que, sí de nuevo, había estado ahí siempre que la había necesitado. Quizá nunca la había entendido, pero tampoco podía reprochárselo, porque lo cierto era que ni ella misma había sido capaz muchas veces de entenderse a sí misma.

Y finalmente, y quizá ese acceso de pragmatismo era lo que más le sorprendía de esta Estrella de nuevo cuño, sabía que, si quería la ayuda de Adela, escuchar aquello sin rechistar era el precio que había que pagar. Y estaba dispuesta a asumirlo.

Esperó unos largos segundos más mientras el silencio se espesaba y, a la vez, parecía disolver las imaginarias nubes de tormenta que se habían formado entre ellas. Pronto la relajación se hizo tan evidente que por fin se decidió a intervenir, con una tranquilidad no exenta de ironía en su voz:

—Vamos, Adela. Tú no te has sentado en un banco a comer pipas en la vida. Demasiado ordinario para ti…

Su en principio amiga la miró con el ceño fruncido y, casi por un segundo, Estrella temió por si se había precipitado, si habría debido esperar más antes de terminar de cortar el ambiente y aceptar la descarga como ofrenda de paz. Pero pronto se relajó cuando su, a pesar de todo, sí que parecía que amiga, se limitó a responderle con un hilo de voz y un tono de hartazgo que ahora ya sabía que tenía mucho de pose:

—Vete a la mierda.

Y un asomo involuntario de sonrisa terminó de estropearle la impostura.

Diez minutos más tarde habían averiguado que, efectivamente, había una caverna en los terrenos del observatorio. Bueno, caverna era quizá excesivo, una licencia del lenguaje dieciochesco propio de Mendoza, pero Adela había llamado a uno de los sismólogos que trabajaban habitualmente en el recinto, y este le había dicho que, en efecto, el subsuelo del observatorio no era tan sólido como pudiera parecer.

—Por debajo de la colina en la que se asienta sigue circulando un arroyo, que ha ido buscando su propio camino mientras lo que rodea al Retiro se ha ido urbanizando. —Escuchaban la explicación del colega de Adela a través del manos libres—. Y sí, a principios del siglo XIX se desplomó una sección. Afortunadamente, daba a la zona del jardín entre el observatorio y la vivienda del director y no afectó a la estructura principal.

—Pero no es visible desde la superficie... —le preguntó Adela.

—No, poco tiempo después se cubrió el hueco, salvo una parte comunicada con el sótano del observatorio. Y desde entonces mantenemos una vigilancia constante para que no vuelva a sorprendernos otra, claro, aparte de que se ha reforzado la estructura. No daría muy buena imagen que tuviéramos un corrimiento de tierras precisamente en un lugar desde donde vigilamos los terremotos, je.

—Je —repitió Adela en un tono tan seco que debió de helar inmediatamente a su interlocutor. A ello contribuyó que esta se quedara en silencio un tiempo inusitadamente largo, que dedicó a intentar leer en los labios de Estrella lo que esta le estaba diciendo de manera muda.

«Pregúntale si se puede visitar».

—Eh... Dime, Tomás, ¿se puede visitar?

—¿El qué?

—Ese... hueco.

—¿Para qué?

—¿Para qué va a ser? Para verlo por dentro.

—Pero si ahí no hay nada...

—Tú respóndeme. ¿Se puede visitar?

—Eeeh... Sí, claro. Hay una puerta en el sótano que da acceso y que lleva ahí desde que se cegó el resto, por si había que revisar o reforzar lo apuntalado.

—No la recuerdo...

—Bueno, normal. Es que a lo largo de doscientos años sin usarse, imagínate todos los trastos que se han ido acumulando frente a ella. Ya sabes que no nos dejan tirar nada...

La respiración de Estrella se aceleró. Ahora sí que sintió una punzada, un aviso; lo estaba rozando con la punta de los dedos. Si fuera una buscadora de tesoros como se imaginaba en su infancia y estuviese dando paladas en el lugar donde sospechaba que se escondía el cofre, sería como si su pala hubiera golpeado de repente algo duro y sólido, cuya vibración de júbilo hubiese subido por el mango y, a través de sus brazos, llegado hasta su corazón y su cerebro.

—Muy bien. Gracias, Tomás.

—De nada. Pero ¿no me vas a explicar nada?

—Ya lo haré. No te molesto más. —Y cortó la llamada.

A continuación volvió a echarse hacia atrás en su silla y miró a Estrella con una expresión nueva en sus ojos, un ligero brillo que podría ser la señal de quien ha encontrado un juego inédito que la atrae, o quizá que otra vez tenía algo que la unía con una amiga que había llegado a convertirse en una extraña y con la que ahora, contra todo pronóstico, volvía a compartir la posibilidad de un secreto que acaso solo conocieran ellas dos, porque los pocos que lo llegaron a saber hacía mucho tiempo que estaban muertos. Y lo que habían escondido se habría quedado allí, olvidado a lo mejor para siempre, si no hubiese sido por una cascada de circunstancias en el filo de lo azaroso.

Eso si directamente no se habían montado una película, claro. Pero esta vez Estrella tenía el pálpito de que no era así. Quizá fuese la reaparición de la capacidad de decisión que antes la caracterizaba lo que le hacía ver las cosas de manera distinta, e incluso puede que ese mismo filtro hiciese que se engañara a sí misma. Pero no le importaba: solo quería averiguar si era así, con eso le bastaba. Y se dio cuenta de que ya no necesitaba a Satrústegui para que la guiara; de hecho, reprimió el impulso, casi automático, de querer compartir esta noticia con él.

—Bueno, ¿qué hacemos ahora? —le preguntó, finalmente, a Adela.

Y que fuera una pregunta retórica lo demostró que esta le contestase lo que, para Estrella, era la única respuesta posible:

—¿Estás de coña? Darnos una vuelta por esa caverna, por supuesto.

Y, ahora sí, una amplia sonrisa se apoderó del rostro de Estrella.

# 27

Cuando entró en el apartamento de Alicia, le sorprendió primero oír el sonido de la música que salía de un altavoz *bluetooth* de la zona de la cocina, y cuando dio unos pasos vio que, además, la luz estaba encendida. Un reflejo automático, adquirido en las últimas semanas, le hizo ralentizar su avance. Pero se relajó cuando llegó hasta la amplia estancia y descubrió que, efectivamente, no era otra que Alicia la que estaba allí, sentada en un taburete junto a la isla, delante de un portátil, con sus gafas de leer puestas.

—¡Hey! No te esperaba hasta mañana —la saludó Estrella acercándose hasta ella.

Alicia levantó la mirada del portátil y la recibió con una gran sonrisa mientras su huésped dejaba la mochila y le daba un abrazo y un beso en la mejilla.

—Al final varios representantes de otros países tuvieron que ausentarse, así que nuestro anfitrión tuvo el buen juicio de dejar los temas que estaban pendientes para una reunión online en quince días. Como te puedes imaginar, no hubo demasiada resistencia ante la idea.

—Pues es una pena, porque Roma debe de estar preciosa en esta época.

—¿En noviembre? —le respondió Alicia, burlona.

Estrella levantó los hombros mientras se sentaba frente a Alicia, al otro lado de la isla.

—Claro. Siempre está bonita. —Y le dedicó una sonrisa coqueta.

Alicia hizo una leve negación con la cabeza, divertida, mientras cerraba el portátil, lo ponía a un lado y se quitaba las gafas, que dejó sin plegar sobre él.

—¿Y tú? ¿Cómo estás? Te veo muy contenta...

Estrella asintió con una expresión juguetona que buscaba hacerse la interesante de una manera, esperaba, lo bastante burda.

—¡Vamos! Cuéntame...

—Digamos que... traigo novedades.

—¿Novedades? ¿De qué tipo?

Estrella tomó aire un instante con una preparación teatral para lo que, confiaba, fuera el gran efecto:

—Creo que ya lo tenemos...

—¿El qué? ¿Lo de Herschel?

Estrella volvió a asentir, ahora con más intensidad.

—¿Cómo es eso? Cuenta, cuenta...

Estrella le explicó todos los últimos avances, la noticia de las cartas, la misteriosa mención a una caverna y cómo, tras la visita a Adela, habían descubierto que, en efecto, aquel era el lugar donde Castuera pudo esconder lo que antes estaba en el interior del telescopio.

—Sin duda tuvo el tiempo justo para sacarlo y meterlo ahí debajo, seguramente con la intención de recuperarlo más tarde. Pero poco después llegaron los franceses y, por alguna razón, aunque salvó los planos, eso se quedó ahí.

—Quizá tuvo el tiempo justo —especuló Alicia— para lo primero y se emplazó para lo segundo, y ya nunca hubo más oportunidad.

—Quizá. Por eso lo más importante es comprobar si es así.

—¿A qué te refieres? —La pregunta de Alicia sonó más intrigada de lo que seguramente ella quería mostrar.

—Adela va a organizarlo para que entremos a mirar.

—¡No! ¿Cuándo?

—Mañana me dirá, porque antes tiene que prepararlo. Seguramente haya que retirar primero toda la chatarra que se ha ido acumulando ahí. Son doscientos años sin uso, ya te puedes imaginar.

Alicia asintió. Se estiró en el asiento.

—Me parece que eso merece una celebración. ¿Te parece si pedimos sushi y cenamos temprano?

—¡Vaya! —respondió divertida Estrella—. ¿A eso llamas tú una celebración? Si eres la reina a la hora de conseguir mesa en los restaurantes de moda…

Alicia resopló.

—Creo que, para mí, no hay local más de moda ahora mismo que mi casa, que últimamente has disfrutado tú mucho más que yo. No, se han alineado los astros para que pueda tomarme un descanso esta noche, y, la verdad, no se me ocurre mejor plan que una cena temprana aquí contigo, una buena copa de vino y acostarme pronto, a ver si consigo ir más allá de las seis horas de sueño. ¿Te importa?

Estrella negó con la cabeza. La sonrisa se hizo más suave y, por ello, más cálida.

—Claro que no. Tienes que estar agotada. Y, sinceramente, tampoco a mí se me ocurre mejor plan. Estos días valoro de manera especial las cosas que no son trepidantes.

—¡Bien dicho! —aprobó sonoramente Alicia—. Eso sí, puede que seas la nueva Indiana Jones que el mundo estaba esperando, pero me vas a permitir que sea yo quien pida el sushi. Hay cosas que sigue siendo mejor no dejar en tus manos. —Y, sin esperar respuesta, cogió el móvil y abrió la aplicación correspondiente, que parecía conocer como la palma de su mano.

Hora y media después cenaban de unas bandejas de sushi que Estrella temía no fuesen a acabarse nunca, por más que su exquisitez invitaba a no desperdiciar ni una pieza. Se preguntó si sería factible alimentarse durante una semana de ellas a pesar del pescado crudo, pero incluso una muerte segura podría ser tolerable si, en el proceso, no perdían ni un ápice de su sabor.

—¿Habéis previsto todo? —le preguntó en un momento dado Alicia tras beber un sorbo de vino, cuyo sabor disfrutó al mezclarse con el de un *maki*.

Hacía tiempo que habían dejado de hablar del observatorio, por lo que a Estrella, que además estaba empezando a sentir la agradable modorra que le producía la combinación de la comida y la bebida, le llevó un momento reconectar y entender de qué hablaba.

—¿A qué te refieres?

—¿Qué haréis cuando lo encontréis?

Estrella se dio cuenta de que no lo había pensado. Solo quería tenerlo delante de ella, descubrir por fin qué era aquello que había causado aquel terremoto en su vida, pero en realidad sus previsiones no iban más allá.

—No lo sé... Supongo que Adela lo dejará en el observatorio para que puedan analizarlo, sea lo que sea.

Alicia levantó la mano y agitó vehementemente los palillos en un movimiento basculante que expresaba una negación categórica.

—Nada de eso. Ya entraron una vez en el observatorio; no podemos estar seguras de que no vayan a hacerlo de nuevo.

Estrella se sorprendió ante aquella idea, pero lo cierto era que a su amiga no le faltaba razón.

—Pero entonces ¿qué hacemos?

Alicia se inclinó hacia delante, un gesto de lenguaje no verbal que, Estrella lo sabía, iba a acompañar un anuncio de algo que, con toda probabilidad, ya había decidido.

—Lo traerás aquí.

Estrella frunció el ceño.

—¿Aquí? ¿Cómo vamos a traerlo aquí? Adela no lo permitirá...

—Adela hará lo que le indique la secretaria de Estado de Ciencia.

Incluso Estrella sintió aquellas palabras como si tuvieran un peso real, más que metafórico, como si ellas mismas fueran poder en sí mismo. De nuevo volvió a agradecer no tener que estar sentada en una mesa de negociaciones frente a ella.

—Pero ¿por qué aquí?

—Porque vamos a hacer las cosas bien. Estamos hablando de algo muy importante y que, además, ha demostrado que puede ser altamente perjudicial para quien lo maneje. —Posó los palillos y comenzó a enumerar, tocándose los dedos que iba alzando según recitaba las razones—. Primero: entraréis ahí cuando el observatorio esté cerrado para ser lo más discretas posible...

—El acceso está en un sótano, no creo que nadie se vaya a enterar.

Nuevo gesto de negación con la mano. Estrella se preguntó si el vino no tendría algo que ver con la especial vehemencia con la que se estaba expresando Alicia.

—Repito —insistió, tajante—: no quiero que corráis ningún riesgo, y desde luego no quiero que *tú* lo corras. Entraréis en esa... caverna, ¿de verdad tenéis que usar una palabra tan tétrica?, por la noche, con el observatorio cerrado. La principal ventaja de tener algo situado en pleno Retiro es que no hay que preocuparse por la curiosidad de ningún vecino.

»Segundo: me ocuparé de que haya alguien con vosotras que se encargue de la seguridad. No quiero ninguna sorpresa. Y tercero: en cuanto lo tengáis, esa persona tendrá instrucciones para que lo traigas aquí, donde lo guardaremos toda la noche, hasta llevarlo a primera hora a algún sitio seguro en el ministerio. Mañana mismo me encargaré de determinar dónde.

Todo aquello, aunque no dejaba de causarle una extraña sensación, sacudió a Estrella, porque exponía la verdadera importancia de lo que iban a hacer, como si Alicia temiera que ella se lo estuviera tomando como una aventura juvenil. Aunque al principio todo le sonaba exagerado, poco a poco fue entendiendo que tenía su lógica. Como le había dicho ella la primera vez que durmió allí, todo aquel piso disponía de una protección sutil y no visible para unos ojos inexpertos, pero que no era ni más ni menos que la que correspondía a la vivienda de un alto cargo del Gobierno.

Sí, cuantas más vueltas le daba, más evidente le parecía. Solo había un aspecto que seguía mostrando su filo, el escollo contra el que se chocaba una y otra vez al hacerse una composición de lugar.

—A Adela no le va a hacer ninguna gracia…

La sonrisa de Alicia, esta vez, tuvo algo de satisfacción personal, y Estrella se preguntó si no habría toda una marcación de territorio relacionada con ello. Su pálpito tiñó cada una de las palabras con las que le respondió:

—Tranquila. De los posibles peros de Adela ya me encargo yo.

# 28

Estrella no pudo reprimir una sensación de extrañeza, otra más, como si la hubieran insertado en alguna estereotipada película de misterio. Sentada en el asiento trasero del coche oficial que conducía uno de los escoltas de Alicia, al que ya había visto cuando se la encontró esperándola frente a su casa —un hombre de unos cuarenta años, cuya corpulencia y anchura de hombros pasaban de todo menos desapercibidas, que se había presentado como agente López—, se sentía un poco fuera de lugar, como si estuviera desempeñando un papel que no le acababa de pertenecer.

De hecho, no estaba tan fuera del mundo como para no darse cuenta de que aquello era un procedimiento un tanto raro. Desconocía si Alicia podía enviar a uno de sus escoltas a hacer un trabajo que no fuera exactamente ese, ocuparse de la protección de la secretaria de Estado. Pero si algo había aprendido en los últimos tiempos, y más en los últimos días, era que su amiga ocupaba un lugar en los engranajes del Gobierno que no se correspondía exactamente con los privilegios y límites marcados de manera estricta por su cargo. Ya hacía tiempo que se había dado cuenta de que en realidad su capacidad de influencia se movía en un terreno difuso pero mucho más amplio, a lo mejor el realmente importante, el de quien puede hacer que las cosas respondan a su voluntad en un campo de dimensiones indefinidas y que, por tanto, transmite una sensación de poder mucho más intensa.

Por si aún pudiese quedarle alguna duda, terminó de tenerlo claro cuando, de una manera rápida y efectiva, se encargó de cercenar cualquier posibilidad de queja de Adela. A pesar de que el Instituto Geográfico Nacional ni siquiera dependía de su ministerio —era competencia del de Transportes—, Alicia se las arregló para que, sin aparente dificultad, los superiores de Adela la informaran de que siguiera en todo momento las indicaciones del gabinete de la secretaria de Estado de Ciencia, sin plantear conflicto alguno de competencias o intentar reservarse el protagonismo, en caso de que de allí terminara saliendo algo de importancia. Cómo encajó Adela aquello lo comprobó cuando hablaron por teléfono para cerrar los detalles; por supuesto, no pudo dejar de soltar un par de pullas sobre el hecho de que Alicia hubiera tomado el control, y aun así Estrella entendió que aceptaba el hecho de que se había quedado fuera de juego y que poco más se podía permitir que aquel inofensivo pataleo, que desde luego ella no tenía ningún interés en negarle. La segunda conclusión que sacó fue que, definitivamente, todas sus amigas parecían entender mejor cómo funcionaba el mundo, la política y los pasos de baile que indicaban cuándo había que dar uno adelante, cuándo otro hacia atrás. O, lo que era lo mismo, cuándo avanzar, cuándo retirarse o cuándo, simplemente, pasar desapercibida.

Bastó con que el escolta le enseñase su identificación al guardia de la garita de entrada para que los dejara avanzar sin mayor problema. Mientras el coche recorría el corto trayecto hasta la entrada del edificio principal, haciendo resonar la grava del suelo con un sonido que se hacía especialmente audible en aquella extraña noche rota por los focos de la entrada y que hacía que uno no tuviera la sensación de recogimiento que se podría haber compuesto en su cabeza al imaginarse ese escenario nocturno, echó una última mirada al móvil que sostenía en la mano, que aún era el vetusto que le había dado Satrústegui. Por última vez, de una manera absurda porque en realidad ya no tenía sentido, volvió a cruzarle por la mente la idea de enviarle un mensaje de texto al detective para informarle de lo que estaba a punto de hacer.

No era, claro, la primera vez que lo había pensado en los tres días que habían transcurrido hasta que se cerraron todos los detalles y se cumplimentaron los pocos trámites necesarios, y que quedaban fuera del radio de la capacidad de Alicia, para simplificar lo que, en la Administración, normalmente tiene muchas curvas y vericuetos. En su interior Estrella aún sufría los rescoldos del resquemor hacia el detective que la había invadido, pero incluso para ella misma era evidente que su intensidad había ido disminuyendo, bien por el paso del tiempo, bien por el efecto sanador de la lectura de su carta casi ridículamente cortés.

Ya no sentía necesidad de castigarlo, de dejarlo fuera con la intención de que aquello pudiera molestarlo. No, ahora se daba cuenta de que había un sentimiento que había ido sustituyendo a aquel, y no era otro que el de ser capaz de demostrarle que podía cerrar aquel asunto por sí misma. No por sacárselo de encima, no por querer enviarle un mensaje de que no lo necesitaba, porque al fin y al cabo, incluso en los momentos de mayor enfado, era consciente de que, a pesar de todo, sin él no habría sido capaz de llegar hasta ese momento, que, si todo iba bien, no sería más que el preludio a un final que resolvería el misterio y daría carpetazo a todas las preguntas pendientes.

No, en realidad era más bien porque era ella la que necesitaba demostrarse a sí misma que era capaz de terminar todo aquello sin necesidad de que nadie la llevara de la mano. Y cuando lo hubiese logrado, sería también ella la que llamaría a

Satrústegui y lo emplazaría en alguno de sus sitios pintorescos para darle los detalles y compartir con él lo que hubiese descubierto.

Sí, eso haría. Y, con esa conclusión de nuevo reencontrada, devolvió definitivamente el móvil a su bolsillo.

La ocasión podía ser más importante que la otra vez que visitó el observatorio junto con Satrústegui, pero Adela se encargó de al menos dejar constancia de su descontento con la protesta testimonial de ahora no esperarla en la entrada. El coche se detuvo ante los escalones y el agente López se apresuró a bajar primero, pero Estrella prefirió dejar claro que no acababa de verse cómoda en aquella posición de privilegio, así que se quitó el cinturón de seguridad, abrió su puerta y descendió antes de que el agente llegara hasta ella tras dar la vuelta al coche, lo que le valió una contenida pero evidente mirada de reproche del hombre.

Ella hizo caso omiso y subió las escaleras, seguida por el escolta, solo para comprobar que Adela tampoco estaba en el vestíbulo, absolutamente desierto y con el péndulo de nuevo detenido. Estrella se preguntó si, a este paso, tendría oportunidad de verlo alguna vez en movimiento, con la oscilación que demuestra la rotación de la Tierra.

—¿Cómo puede ser que no hayan avisado a nadie para que la reciban? ¿Es que no sabían que venía? —preguntó ceñudo el escolta, quien seguro estaría apuntando mentalmente todos los errores de protocolo y procedimiento que suponía aquella situación.

—Al contrario, creo que son bien conscientes —respondió ella, escueta, y López la miró con expresión interrogativa.

Estrella se quedó sin saber si pensaba añadir algo más porque justo en ese momento se abrió una puerta lateral un tanto disimulada y apareció Adela acompañada de un hombre vestido como si fuera a hacer una ruta severa por las montañas, botas incluidas.

—Bueno, ya estás aquí —la saludó su, por simplificar, amiga nada más llegar hasta donde estaban—. Sois muy listos, venís para lo bueno y os ahorráis la parte cansada y aburrida. Este es Tomás, nuestro geólogo. —Hizo un gesto de presentación poco entusiasta, al que su compañero correspondió, silencioso, con un cabeceo y una sonrisa algo nerviosa—. Cuando hable, reconocerás su voz, porque fue el desgraciado que tuvo la mala suerte de responder a mi llamada y de hacer que tengamos que estar aquí a estas horas. Y tu acompañante es…

—El agente López —respondió, conciso, con una inclinación de cabeza y sin separar las manos, que tenía entrelazadas ante sí probablemente para ponerlas en acción si fuera necesario en un acto reflejo que debía de tener más que interiorizado.

Adela no pudo evitar lanzar una mirada apreciativa hacia el guardaespaldas, lo que incluso le hizo tener que alzar ligeramente la cabeza para admirarlo mejor.

—Bueno, al menos esta vez mejoras la compañía, querida.

Estrella se esforzó en no soltar una carcajada. A pesar de todo lo molesta que Adela pudiera estar por el hecho de haber perdido protagonismo, sabía que en realidad estaba tan intrigada como ella por lo que estaba a punto de suceder. Y también sabía que era mejor dejarle unos minutos de teatrillo que le sirvieran de desahogo antes de pasar a lo realmente importante.

De todas formas, no duró mucho porque casi de inmediato añadió:

—En fin, ¿vamos? Cuanto antes terminemos, antes podremos irnos a nuestras casitas. O a las de quien sea.

Esto último fue acompañado de una significativa mirada hacia Estrella, quien se limitó a responder:

—Sí, vamos. Acabemos con esto de una vez.

Adela les hizo un gesto con la cabeza para que la siguieran y el pequeño grupo se puso en marcha, con el agente López cerrando la comitiva. Adela los llevó hasta la puerta por la que habían aparecido, que Tomás mantuvo abierta mientras entraban, aunque el escolta prefirió esperar a que pasara él antes por lo que se reveló como un estrecho pasillo, que enseguida derivó en unos escalones que los llevaron hasta el sótano.

Mientras caminaban Adela iba poniéndola en antecedentes:

—Nos ha llevado día y medio despejar todo lo que tapaba la puerta. La mitad de ello, cosas que llevaban allí más de cincuenta años como mínimo, incluidos algunos aparatos pesados como tanques.

—¿Qué habéis hecho con ellas? ¿Aprovecharéis para tirarlas?

Adela soltó una de las carcajadas secas de su especialidad.

—¡Ja! No seré yo la que tenga que dar explicaciones si tiramos algo que resulta que está inventariado y luego me viene alguien del ministerio a hacerme la vida imposible. No, lo hemos metido donde hemos podido y, cuando todo esto se haya terminado, volverá a donde estaba.

—Pero... ¿y si hay que dejar expedita esa puerta?

Adela ya no le respondió. Se limitó a girarse con una expresión de «mira, no me fastidies».

Después de recorrer un pasillo que llevaba a varias dependencias en la planta inferior, entraron por otra pequeña puerta que, tras un corto tramo de escaleras más oscuro, se abrió a otra habitación, iluminada en este caso por una columna de luz portátil, que Estrella supuso que habían puesto allí para reforzar la triste claridad que habrían dado las mortecinas bombillas desnudas, cuyo brillo testimonial pasaba prácticamente desapercibido.

Se veía que era, en efecto, una habitación que se había destinado sobre todo a almacén de cosas que nadie pensaba que fueran a necesitarse más. Estrella pasó rápidamente la mirada por las estanterías, las únicas que aún contenían archivadores, cajas de las que asomaban cables y trozos de metal que no era capaz de identificar, y decenas de otros objetos más que incluso ellas parecían haber olvidado qué eran exactamente.

De repente, el espacio se hizo un tanto insuficiente porque, además de ellos, los esperaba un operario con ropa de trabajo y chaleco amarillo reflectante, que Estrella imaginó que formaba parte del equipo de mantenimiento del observatorio. Por su parte, Tomás se dirigió hacia una mochila que estaba posada en el suelo, apoyada en la pared, y de la que extrajo un aparato con el tamaño de un coche teledirigido algo grande que se podía transportar con las dos manos, un parecido al que ayudaba que bajo una pequeña plataforma negra tuviera unas diminutas ruedas, como si pudiese empujarse por el suelo como un juguete. Una tablet, del tamaño de una consola portátil, completaba el conjunto.

Adela vio que lo estaba mirando y se apresuró a explicar:

—Un georradar. Si hay algo que se oculta tras las paredes, nos lo chivará.

»Bien, ¿estamos listos? ¿Empezamos?

Estrella asintió, repentinamente consciente de la importancia que, al menos para ella, iba a tener lo que sucediera en los próximos minutos, o quizá horas.

—Genial, pues vamos allá. Dale, Pepe.

El operario asintió y desenganchó de una hebilla de su holgado pantalón de trabajo un aro de metal que servía de llavero del que colgaban varias llaves de todos los tamaños, todas con el aspecto de poseer distintos grados de antigüedad. El hombre empezó a pasar cuidadosamente cada una de ellas mientras se acercaba hasta la puerta de madera, que tenía el aspecto demasiado macizo que solían tener las puertas de hace siglos, con adornos en forma de cuadrados y rombos, tallados en la madera, que también hablaban de un estilo no menos pasado de moda.

—¿Es que conserváis, y además la tenéis localizada, una llave de una puerta que ni siquiera la mayoría sabíais que existía?

—Esperemos que sí —se limitó a responder Adela, expectante mientras Pepe terminaba por valorar una llave grande de hierro, gruesa y pesada, y que parecía que estuviera pensada para que nadie pudiese llevarla de manera habitual en el bolsillo del pantalón, salvo que quisiera quedarse sin él. La sujetó y la introdujo en la cerradura. Un momento de ligera angustia invadió a los allí presentes cuando vieron que no acababa de entrar, sino que primero tuvo que vencer una pequeña resistencia, quizá restos de suciedad que se hubiesen colado allí a lo largo del paso del tiempo. Pero finalmente terminó por hundirse y, tras un segundo de espera teatral, Pepe procedió a girarla una vez —clac—, otra —clac— y por último otra —clac.

El operario se volvió con expresión interrogativa hacia su jefa, quien se limitó a asentir. Respaldado por la aprobación de esta, agarró la gran manija oscura y con algunas filigranas, otro residuo de una época pasada, e hizo fuerza para bajarla hasta que otro clac, este más seco, anunció a todos que la puerta estaba abierta. Y cuando Pepe tiró de ella y esta fue descubriendo la negrura del otro lado, Estrella tuvo que reprimir el impulso de emitir alguna exclamación que liberara la tensión que en ese instante sentía.

La luz de la habitación penetró por el hueco de la puerta ahora abierta, pero apenas podían ver nada, más allá de intuir una pared al otro lado, a una distancia que no podían calibrar desde donde se encontraban.

—No hay iluminación ahí dentro —los informó Pepe.

A Estrella le sonó a perogrullada, hasta que comprendió que se refería a que no había ninguna instalación de iluminación en el interior, o, lo que era lo mismo, que no tenían ningún interruptor que dar para poder ver con claridad aquello que Mendoza había descrito, con tanta generosidad, como caverna.

—Mete una de las luces —le respondió Adela.

Pepe se dirigió hacia un trípode, en un lado de la habitación, que sostenía otra columna de iluminación que estaba apagada, aunque Estrella vio que de él surgía un cable que cruzaba el pequeño almacén hasta salir por el hueco de la puerta hacia el pasillo y desaparecer hacia algún lugar a su izquierda, como sucedía con el otro que sí estaba encendido, y un tercero que también esperaba su turno para entrar en funcionamiento.

Pepe cogió una linterna y la encendió. La sujetó con una mano mientras, con la otra, agarraba el soporte del foco y lo llevaba, con paso mesurado, más allá de la puerta ahora abierta. La cruzó con cuidado, iluminando con la linterna dónde ir dando cada paso. Durante lo que a Estrella le pareció una eternidad, solo vieron un círculo de luz que iba de un lado a otro, bamboleándose según avanzaba su portador, acompañado del ruido de unos pasos cautelosos y algún ruido metálico cuando el trípode parecía dar pequeños golpes contra el suelo.

Finalmente, los pasos se detuvieron y, unos segundos después, la luz se hizo dentro. Ahora pudieron ver con claridad la pared llena de bultos y recovecos, pero aún no podían calibrar el tamaño real.

—¿Vamos? —le preguntó Adela.

Estrella asintió y se dispuso a entrar tras ella. Antes se volvió hacia el agente López y este le indicó, señalando el suelo, que él se iba a quedar justo allí, al lado de la puerta que daba al pasillo. Parecía claro que le preocupaba más lo que tal vez viniera de fuera que los hipotéticos zombis, o similares, que pudieran acechar en aquel espacio que llevaba cerrado casi dos siglos.

Entró muy pegada a Adela, quien no podía dejar de mirar a los lados. Y en cuanto la siguió, Estrella no pudo evitar hacer lo mismo, aunque ella mostró más interés por el techo.

Y no era para menos porque, a pesar de que la luz del foco no cubría todo de manera homogénea —unos minutos más tarde, la cosa mejoraría cuando metieran el tercero—, más que la sensación de una caverna, que Estrella asociaba con paredes de roca y sensación de frío, tenía la de haber entrado en la madriguera de algún conejo gigantesco.

Sobre su cabeza podía ver algunas raíces que llegaban hasta esa profundidad de unos tres metros, incluida una leñosa, que supuso correspondía a alguno de los árboles centenarios con que contaba el jardín del complejo y que cruzaba una parte considerable del espacio, antes de desaparecer al hundirse de nuevo en el techo, que era en realidad suelo, un juego de palabras digno de la Alicia del libro de Lewis Carroll.

Tuvo también una sensación de frío repentino producido por la humedad que llevaba tanto tiempo allí. Tanto que sintió el olor a tierra mojada, y con él lo que podría pasar por un ligero tufo a moho. Tras dar varios pasos hasta el interior, vieron que aquel espacio no tenía una forma regular y que era, además, casi tan grande como el almacén que habían dejado atrás. Aquí y allá, vigas y postes de madera reforzaban los puntos cruciales para evitar que aquella masa compacta de tierra, rocas y raíces pudiera venirse abajo. Sus ojos inexpertos eran incapaces de valorar si el tiempo había hecho más mella de lo conveniente en ellos, aunque su parte más racional le decía que mejor no se hiciera ilusiones.

Tras ella entró también Tomás. Ahora los cuatro mantenían un silencio tenso, como si temieran que la vibración de sus voces pudiera echar abajo el precario equilibrio de todo aquello. Estrella estaba convencida de que en un mundo ideal, donde las cosas se hacían con el cuidado que merecían, primero se habría realizado una intervención para asegurarlo todo y solo después, pasados unos días, o incluso semanas, empezarían a buscar. Pero, desde el primer momento, nada relacionado con todo aquello había sido normal.

Adela le hizo un gesto afirmativo con la cabeza, y Tomás encendió el georradar. En el silencio quizá excesivo que se había impuesto, pudieron oír el leve zumbido que emitía el aparato. A la vez la pantalla de la tablet cobró vida y, dentro de ella, una ventana mostró lecturas débiles de la pared aún lejana.

El geólogo le pasó el georradar a Pepe y le señaló un punto de la pared, a la izquierda de la entrada. El operario se dirigió hacia allí y, siguiendo lo que debía de ser una estrategia previamente pactada entre ellos, alzó todo lo que pudo los brazos y colocó el georradar, sujeto por ambas manos, lo más pegado posible a la pared. Miró a Tomás para preguntarle si así estaba bien y, al asentir este, procedió a ir desplazando el aparato hacia abajo. Ahora pudieron ver que, en efecto, las ruedas tenían un sentido.

Mientras el aparato se dirigía lentamente hacia el suelo, Estrella miró sobre el hombro de Tomás. En la pantalla iban deslizándose representaciones de distintos colores apagados que reproducían las formas en las que se apelmazaba la tierra, aunque el conjunto era tan homogéneo que apenas había nada que llamara la atención.

—¿No sería mejor empezar por el suelo? —susurró Estrella. Le sorprendió lo extraña que sonaba allí su voz.

—Da un poco igual —le respondió Tomás—. Probaremos primero con las paredes. Si no aparece nada ahí, seguiremos con el suelo. Y si tampoco así, iremos a por el techo.

—¿Cuánto tiempo tardaremos? —terció Adela.

El geólogo se limitó a levantar los hombros. Era otra forma de expresar la respuesta que Estrella habría expresado en voz alta, pero que finalmente dejó pasar: «Lo que haga falta».

# 29

Tres horas después, habían cubierto más de la mitad de las paredes de la caverna de Mendoza. A pesar de la trascendencia de aquel momento, nadie es capaz de mantener la atención durante tanto tiempo en medio de un procedimiento tan monótono, en un lugar iluminado de manera artificial y bajo tierra.

Afortunadamente establecieron turnos para ir desplazando el georradar, una vez que comprendieron la metodología y cómo debían emplearla para que fuera sistemática y no se les escapara nada. Pero incluso los brazos terminaban cansándose de la monotonía de aquel movimiento; solo Tomás, el único capacitado para interpretar las lecturas que mostraba la tablet, quedaba dispensado.

Los turnos ya habían dado una vuelta, y era de nuevo Pepe el que manejaba el aparato. Estrella y Adela aprovecharon para salir de nuevo al almacén. En realidad el cuerpo les pedía volver a subir al exterior y respirar un poco de aire fresco de la cada vez más cercana madrugada, pero algo, reforzado por la figura del agente López, que permanecía de pie junto a la puerta de entrada, las disuadió de hacerlo.

Sentadas sobre los largos maletines que habían contenido los focos cuando estaban desmontados, las dos miraban, con ojos cansados por llevar tanto tiempo bajo tierra, y bajo aquella luz artificial, cómo los dos hombres rebasaban el extremo de la estancia descubierta y lentamente comenzaban a volver hacia el hueco de la puerta.

—¿Qué haremos si no lo encontramos? —preguntó Estrella en voz más alta. Entre las paredes del edificio sí que se atrevían a hablar de una manera más normal.

—Pues que tendremos una historia digna de contar... que no contaremos a nadie para no hacer el ridículo —respondió Adela.

Estrella calló durante unos segundos antes de continuar:

—¿Y si todo esto no es más que un engaño? ¿Y si me he montado una película sin pies ni cabeza? La verdad, hace unas semanas yo no tenía ni idea de nada de esto, ni de Mendoza ni del telescopio ni de partituras ni misterios. ¿No me habré pasado de lista?

Adela no pudo dejar pasar la ocasión de soltar una oportuna réplica a eso:

—Querida, llevas pasándote de lista casi desde que te conozco. No creo que esta vez pudieras reconocer la diferencia, aunque quisieras.

Estrella se volvió hacia ella con expresión cómicamente ofendida, que desembocó en que le pegara un golpe en el brazo.

—¡Serás imbécil! —dijo conteniendo la risa.

—En eso te doy la razón —replicó Adela, también con una sonrisa—. Si no, ya me dirás tú qué hago yo a las tantas bajo tierra, cuando podría estar en mi...

—¡Aquí hay algo!

Aunque Estrella y Adela se pusieron tensas en cuanto oyeron aquellas palabras, aún permanecieron unos segundos a la expectativa, como si no hubieran comprendido muy bien lo que significaban. A unos pasos hacia su izquierda, Estrella creyó sentir cómo también el escolta enderezaba un poco más su postura, ya de por sí desperezada.

—Sí, hay algo —confirmó de nuevo la voz de Tomás.

Ahora sí que reaccionaron de inmediato y se levantaron al unísono.

Se arremolinaron en torno al geólogo, salvo Pepe, quien, de manera muy profesional, permanecía inmóvil, en una posición un tanto incómoda que le obligaba a flexionar un poco las rodillas, sosteniendo el georradar con firmeza en el punto en el que parecían haber encontrado algo, aunque miraba hacia ellos, expectante.

Tomás señaló con una mano un bulto más luminoso, de forma rectangular, que se veía claramente destacado entre la masa oscura de la tierra. Otros gráficos, a los lados, ofrecían lecturas con datos más concretos.

—Podría ser una caja, un cofre, o algo así —aventuró Estrella.

—Lo vamos a averiguar pronto. —Adela se dirigió hacia el operario—. Pepe, marca bien el área y trae las herramientas. —Se volvió de nuevo hacia el geólogo—. ¿A qué profundidad estará?

—Poca. —Pareció leer alguno de los datos que figuraban en el borde de la ventana—. Unos treinta centímetros, cuarenta como mucho.

—¿Será seguro sacarlo?

—Creo que sí. El terreno parece muy consistente.

Estrella prefirió no prestar demasiada atención al uso del verbo «parecer» en esa frase.

Se volvió hacia la puerta. Vio que el agente López se había asomado. E incluso creyó distinguir que sonreía, pero a lo mejor era un efecto engañoso producido por la luz del foco.

Ahora sí que nadie se movió mientras contemplaban cómo Pepe iba retirando la tierra con eficacia y profesionalidad. Mientras lo hacía, la mente de Estrella no pudo evitar retroceder a otro momento, hacía más de dos siglos, cuando el antepasado de un hombre que solo había llegado a conocer recién muerto, o más bien asesinado, había hecho la misma operación, solo que aquella vez para introducir algo que, desde entonces, había estado olvidado allí.

Volvió a preguntarse qué pudo suceder para que nunca regresara para recuperar aquello en lo que había invertido tanto esfuerzo en guardar a buen recaudo. Aquellos eran tiempos muy complicados, y la situación debió de deteriorarse rápidamente. Quizá tuvo que salir de nuevo hacia Cádiz, o quizá descubrieran lo que pretendía y se vio en la necesidad de huir. El estallido de la guerra, y la conmoción que puso patas arriba al país durante años, se encargó de borrar definitivamente su rastro, y con él se llevó un secreto que murió de manera definitiva cuando también lo hizo Mendoza en su exilio en Inglaterra.

Tras la guerra este no pudo volver a una España en la que se reinstauró un régimen absolutista que echó por tierra las esperanzas que muchos como él habían albergado de devolver a su país a la vanguardia del conocimiento. Tuvo que ver, de hecho, cómo muchos lo tildaban de traidor por haberse quedado en Inglaterra. Poco tiempo después se suicidó. Y el recordar aquello hizo que Estrella, en cierta forma, acusara el peso de una responsabilidad aún mayor por lo que estaban haciendo. Se sintió parte de una cadena, como quizá también se había sentido Álvaro, un delgado hilo de personas a través del tiempo que, a pesar de todas las dificultades y todas las oposiciones, eran capaces de moverse por la simple ansia de saber, de conocer, de descubrir. Una gente que siempre tenía enfrente a los otros, los movidos por razones más oscuras, los que buscaban mantener fuera del alcance de la mayoría esos mismos descubrimientos.

Sí, en ese momento sentía algo muy especial. Y si no fuera porque la Estrella que había vuelto aún tenía cierto temor a dar nombre a sus sentimientos, no tendría problema en reconocer que el de ahora era orgullo.

Un golpe seco, metálico, atrajo de nuevo su atención.

—Aquí está —anunció Pepe, quien procedió a despejar un poco la tierra que aún tapaba el objeto contra el que había chocado su pequeña pala. Cuando lo hubo hecho, aplicó la linterna, miró y luego se retiró para que lo hicieran ellos, uno a uno.

—Parece metal —comentó Adela.

Cuando Estrella miró a su vez vio que tenía razón. A través de un hueco en el que ya no había tierra, detrás aparecía una superficie lisa y metálica. Pepe volvió al trabajo, aún con más cuidado, retirando poco a poco la tierra que quedaba, que incluso agarraba con las manos enguantadas para ir más rápido.

Poco tiempo después había descubierto lo suficiente del objeto para poder introducir la parte delantera de los brazos, agarrarlo e ir tirando de él, sacudiéndolo para ir liberándolo. Aún tuvo que pasar de nuevo la herramienta para apartar partes de tierra recalcitrantes, pero finalmente, con un pequeño tirón, la caja metálica emergió del hueco y fue depositada sobre el suelo.

En ese momento el operario se levantó y se retiró. Adela y Estrella se agacharon. La primera le pidió la linterna a Pepe para verlo con más claridad, y se quedaron admirando en silencio aquello venido de dos siglos atrás.

Era, efectivamente, una caja metálica, lisa y sin distintivo alguno. Tenía signos evidentes de óxido por toda la superficie, y Estrella sintió un nudo en el estómago por el temor de que la humedad hubiese penetrado en su interior y hubiese estropeado lo que fuera que contuviese.

Adela le señaló el frontal de la pieza, con dos pequeñas bandas metálicas con un agujero, atravesado a su vez por el cierre de un vetusto candado, aún más oxidado que la caja que cerraba.

Estrella lo miró con desaliento. No creía que fuese algo fácil de abrir en ese momento, y sentía tanta ansiedad por saber qué guardaba en su interior que cualquier retraso amenazaba con hundirla en la desesperación.

—¿Me permite? —preguntó una voz sobre su cabeza.

Alzó la cabeza y vio la imponente figura del agente López, que, desde donde se encontraba ella, se antojaba aún más alto de lo que era. Asintió y se levantó mientras él se agachaba, como si fueran dos partes de un mismo mecanismo que se coordinasen entre sí.

El escolta sujetó el candado con la mano, lo elevó y lo estudió con cuidado. A continuación se echó la mano al bolsillo de su chaqueta y sacó de él lo que a Estrella le pareció una pequeña cartera. Una observación que se confirmó cuando, a su vez, extrajo de ella un kit que, al abrirlo, reveló varias pequeñas herramientas finas. Los grandes dedos del guardaespaldas cogieron dos de ellas con una sorprendente gracilidad, tras unos segundos de sopesarlo. Y en una nueva escena que hasta ahora Estrella solo había visto en películas, procedió a manipular el interior del mecanismo de cierre del candado.

No pasó demasiado tiempo hasta que todos pudieron oír un clic, y el candado se abrió. López guardó las pequeñas ganzúas —ahora Estrella no tenía duda de qué acababa de ver— en la cartera, que devolvió al bolsillo interior de su chaqueta mientras se incorporaba y la miraba de una manera que venía a sugerirle que no le preguntara más detalles de lo que terminaba de presenciar.

Estrella se puso en cuclillas, y también Adela. Estaban todos tan ansiosos por ver el interior de la caja que a ninguno se le pasó siquiera por la mente llevársela al exterior y abrirla sobre alguna mesa improvisada. En lugar de eso, Adela le tendió la caja de guantes desechables. Estrella cogió un par y se los puso mientras su amiga hacía lo mismo. Y aun así le dio una mascarilla mientras se reservaba otra para ella.

—Solo por si acaso —le dijo.

Estrella no sabía muy bien si era para proteger de su aliento lo que hubiera en el interior o para protegerlas a ellas de alguna cosa indefinida que pudiera emanar de la caja cuando la abrieran. Sea como fuere, también se la puso. Solo entonces miró de nuevo a Adela, quien asintió con la cabeza y abrió la caja, cuya tapa se alzó con un chirrido que sirvió de nueva confirmación de la humedad en la que había estado sumida.

Dentro había un cofre, esta vez de madera, que ocupaba la mayor parte de la caja. No tenía ninguna inscripción, solo unas tallas en forma de cuadrados y rombos que recordaban a los que lucía la puerta de entrada.

Con otro gesto mudo Estrella pasó las manos por debajo del cofre y lo levantó. Adela retiró la caja metálica y se la pasó a Tomás para que la pusiera a un lado. Concentrada como estaba en que su nuevo objeto de atención no se le cayese, apenas tuvo tiempo de atisbar las zonas oxidadas que mostraba el interior del contenedor metálico.

Adela le hizo un gesto para que esperara y extendió por debajo un trapo que no supo muy bien de dónde había salido, aunque supuso que se lo había alcanzado Pepe. En cualquier caso, en cuanto estuvo colocado procedió a bajar con cuidado el cofre, que tenía un peso significativo pero no llamativo, y lo posó otra vez sobre el suelo.

Suspiró y esperó un segundo. Ahora sí que sentía que estaba a punto de llegar al final de un viaje que, estaba segura, acabaría confundiéndose en su memoria con la sensación de haber vivido algo semejante a un sueño, casi sin pies ni cabeza, una serie de hechos que normalmente no les pasan a las personas normales.

Sintió un leve golpe en el antebrazo. Se giró y vio a Adela, que le señalaba el cofre y le hacía el gesto de abrirlo con las dos manos mientras la miraba con ojos de impaciencia.

Estrella se volvió de nuevo hacia aquella tapa, lisa, con una pequeña asa metálica que seguro servía para transportar con mayor comodidad el cofre. Desplazó el pequeño enganche metálico que sujetaba la tapa y se dispuso a levantarla. En este caso se alzó con total silencio, llenando el entorno con un leve aroma a madera que se destacó sobre el de cerrado y humedad al que, en cierta forma, ya se habían acostumbrado. Estrella aún tuvo tiempo de ser levemente consciente de que el silencio se había acentuado; casi apostaría por que, de hecho, en ese momento nadie estaba siquiera respirando.

El interior del cofre albergaba algo plano, envuelto en lo que parecía un pañuelo. En la parte superior, la que podían ver con claridad, podían leerse dos iniciales finamente bordadas, «A. C.».

«Alonso de Castuera».

La evidencia de que lo que tenía en sus manos había sido manipulado y depositado allí por quien, hasta ese momento, había sido tan solo un personaje difuso que había ido emergiendo en una historia vivida hacía mucho tiempo por otros, y que solo de una manera extraña y enrevesada había acabado incluyéndola, hizo que una emoción sorprendente, que Estrella solo había sentido en las escasas ocasiones en las que había comprendido que estaba en el buen camino para llegar a un descubrimiento referido a algún lejanísimo cuerpo espacial, la recorriera. Un leve temblor se transmitió de sus dedos a aquel objeto envuelto con esmero.

Adela posó una mano en su brazo y, sobre la mascarilla, Estrella pudo ver en sus ojos que comprendía lo que le estaba sucediendo y sintió un agradecimiento profundo hacia ella que borró de un plumazo cualquier diferencia, cualquier detalle, cualquier asunto que en los últimos días pudiera haberse interpuesto entre ambas.

Llevada por ese impulso, decidió acabar con el suspense, levantó el borde del pañuelo y, pasándose el bulto de una mano a otra, terminó desenvolviéndolo por completo.

Cuando le entregó el pañuelo a Adela, vio que sostenía en sus manos lo que parecía un libro no demasiado grueso, con una cubierta similar a la de los volúmenes de su época, sin ninguna inscripción al frente ni en el lomo ni por detrás, como pudieron comprobar, mientras oía la exclamación de asombro ahogada que emitía su amiga a su lado.

Y entonces, con la solemnidad que correspondía, como quien levantara el último velo que la separase de una joya escondida, Estrella abrió el libro.

Pronto le resultó incuestionable que no era un libro, sino un cuaderno. Lleno de un texto manuscrito con caligrafía cuidada y el esmero que era habitual en aquellos años, pero que evidenciaba que quien lo había escrito lo había hecho más para sí que para ofrecer una pieza acabada a algún hipotético lector.

Estrella pasó algunas páginas para hacerse una idea de qué era ante lo que se encontraba. Descubrió que, repartidas a lo largo del texto y rodeadas por él, había varias ilustraciones. Le pareció identificar que algunas de ellas asemejaban la representación de un fragmento del cielo; a falta de poder comprobarlo con más detalle, los puntos repartidos por la superficie le recordaban a estrellas, alguna de ellas señalada y con lo que, supuso, eran unas coordenadas. Otra más terminó por confirmárselo cuando vio que, claramente, las líneas dibujadas solo podían ser constelaciones.

También se encontró con una tabla, de la que intentó entender qué eran los conceptos que venían representados en las celdas, mientras que otros eran números que, aventuró, podían representar también indicaciones referentes a un hipotético mapa estelar.

Pero ¿en qué idioma estaba escrito aquello? No acababa de entender la letra.

—No es ningún idioma —le dijo Adela cuando, con el cuidado de quien sujeta una reliquia, lo cogió de sus manos cuando se lo ofreció—. Me atrevería a decir que... está en código.

Estrella cerró los ojos. «No, otro misterio no».

—¿Estás segura?

—Ahora no podemos saberlo con certeza —respondió Adela—, pero no parece ni español ni inglés, francés o alemán. Tampoco, desde luego, latín.

Casi de manera imperceptible se habían puesto en pie. Sus compañeros de expedición se habían acercado para mirar aquellas páginas, sorprendentemente bien conservadas y blancas, salvo el borde de algunas en las que era visible una ligera huella oscura de humedad.

—Sé que en la biblioteca del Palacio Real hay expertos en los distintos códigos que utilizaban los espías de aquellos años. Puede que allí puedan darte una respuesta rápida —continuó su amiga. Y, consciente de la expresión de cierta decepción que se perfilaba en el rostro de Estrella, añadió—: Y quítate esa cara. Has encontrado algo extraordinario.

Estrella asintió, pero reconocía que algo se había torcido en ella porque, ingenuamente, había llegado a pensar que, como una vez más en una de esas películas baratas, todo se desvelaría en un último giro de guion. Pero eso aún tendría que esperar a un último capítulo, por lo que se veía.

—¿Quién crees que lo ha escrito?

—No lo sé. —Estrella se agarró a esa idea para recuperar la sensación de maravilla que, de una manera infantil que a ella misma la avergonzaba, se había apagado—. Seguramente Mendoza, o quizá... —Sus ojos se abrieron de asombro, pero no fue capaz de terminar la frase.

—El mismo Herschel —terminó Adela por ella.

—¿Lo crees posible? —le preguntó, con más ansiedad de la que hubiera querido reconocer.

—No sería nada extraño. O tal vez la respuesta esté a medio camino entre las dos, quizá sea una copia hecha por el propio Mendoza de un texto o unas notas de Herschel. Al fin y al cabo también era espía, ¿no? Y sabes que, de manera habitual, los mensajes en una situación de tensión política casi constante se enviaban codificados.

Estrella volvió a mirar aquellas palabras colocadas con primor en líneas perfectamente horizontales.

—Tienes razón. Pero ¿qué era tan importante para tomar tantas precauciones?

Estrella volvió a fijarse en una de las ilustraciones que, lo tenía cada vez más claro, reflejaban un fragmento del cielo. La señaló mientras le respondía:

—Lo averiguaremos. Pero, sea lo que sea, tiene que ver con algo que vio en el cielo. Quizá con su telescopio...

Las dos astrofísicas sintieron un escalofrío tras esas palabras. No añadieron nada más, probablemente porque sopesaban en su interior todas las apasionantes posibilidades que se desplegaban ante ellas. Pero la voz del agente López las trajo de nuevo a la realidad:

—Deberíamos irnos. Es tarde, pero todavía podemos salir de manera discreta.

Adela cerró el libro y se lo tendió. Pero, cuando Estrella lo cogió por el otro lado, aún se la quedó mirando durante un momento, sin terminar de soltarlo.

—¿De verdad estás segura de que es lo mejor?

Estrella no sabía si lo era, pero a Alicia sí que se lo parecía. Y prefería fiarse de alguien capaz de tener en cuenta los detalles prácticos que a ella, simplemente, se le escapaban.

—Sí. —Hizo ademán de tirar del libro, pero Adela todavía lo siguió sujetando mientras añadía, con una voz que sonó tan categórica como su ceño fruncido sobre la mascarilla:

—Como esta vez no me mantengas informada, juro que ahora sí que no habrá perdón posible.

—Te lo prometo —contestó—. Confía en mí.

Por fin, Adela soltó el cuaderno y Estrella procedió a envolverlo nuevamente con el pañuelo, que le tendió Tomás, quien había presenciado mudo, como Pepe, aquel momento. Y, cuando se iba a dar la vuelta para dirigirse hacia el escolta, que esperaba junto a la puerta, aún se giró otra vez, dio un paso hacia delante y abrazó a su amiga, sintiendo el cuaderno entre ellas.

—Gracias. Gracias por todo —le dijo—. Y perdóname todo lo que he hecho mal.

—Anda, vete —le respondió esta, y Estrella creyó ver un brillo sorprendente en sus por lo general sarcásticos ojos—. No me vaya a arrepentir.

# 30

Veinte minutos más tarde subía con el agente López en el ascensor del edificio de Alicia, después de que las calles aún vacías de Madrid les hubiesen concedido un viaje veloz y sin contratiempos, aunque el que el escolta le hubiese pedido que esperase dentro mientras hacía un reconocimiento del exterior, antes de darle vía libre para que bajara las escaleras hasta el coche, le había recordado que seguía habiendo alguien que estaba buscando lo que, ahora sí, llevaba consigo.

Pero aquello se había revelado, sin embargo, como una precaución excesiva, y no pudo evitar pensar que quizá habían logrado despistar a su perseguidor. Que, contra todo pronóstico, las medidas tomadas por Satrústegui, que le habían parecido un tanto ridículas frente a la aparente omnipotencia a la que se enfrentaban, habían funcionado. Anotó en la cabeza que, cuando hablara con él para informarle del desenlace, debía reconocérselo. Supuso que el impulso de poner las cosas en orden, que la había llevado a abrazar a Adela, seguía dejando sentir su efecto.

Por otro lado, ¿qué más podía decirle? Continuaba frustrada por la idea de que la pieza última de aquel lego aún estaba por colocarse. Tenía la suficiente experiencia para saber que, cuando alguien montaba uno siguiendo las instrucciones, durante un largo rato lo que se iba conformando no permitiría adivinar qué iba a ser finalmente, sobre todo para un espectador que lo viera a medio hacer, sin ninguna referencia previa. Pero de repente había un momento en el que se colocaba una pieza y se obraba el milagro, y aquella masa indescifrable se revelaba como un coche, una casa, un avión o lo que siempre había sido, pero había permanecido agazapado. Quizá por eso ella prefería dejarse llevar sin ningún plan previo para descubrir que, a cada paso, el conjunto iba convirtiéndose en cosas distintas cada vez. Y quizá también por eso algo en su interior no terminaba de serenarse, porque le impedía sentir de manera plena que hubiesen tenido éxito.

El agente López abrió la puerta del apartamento de Alicia y se apartó para que pasara. Cuando entró, la siguió y cerró la puerta tras de sí. Estrella sentía de manera más consciente el cuaderno exhumado que llevaba en la mochila que sujetaba a un lado, colgada de la mano para tenerla siempre controlada, que lo que podría indicar su peso real.

Esta vez no se llevó ninguna sorpresa: sabía que Alicia la esperaría levantada. Daba por supuesto que, en cuanto regresaron a la superficie y volvieron a tener cobertura, el agente López le habría notificado que se ponían en camino con el objetivo cumplido. Y, por si tenía alguna duda, el que la esperara de pie, justo en el punto en el que el pequeño corredor de entrada desembocaba en la sala, se lo confirmó.

—Así que lo tenemos... —le dijo, arrebujada en una amplia chaqueta que llevaba sobre la ropa de calle, que esta vez no se había quitado y que mantenía, aunque la camisa estaba visiblemente arrugada. Por la cabeza de Estrella pasó por un momento la disparatada idea de que habría pensado que un hecho potencialmente histórico como aquel no merecía ser recibido en pijama.

En respuesta, Estrella alzó la mochila hasta ponerla frente a ella.

—Lo tenemos.

El rostro de Alicia se encendió de felicidad. Y esta vez fue ella la que se adelantó para abrazarla.

—Qué bien, querida. Qué bien..., cómo me alegro.

Estrella se sintió algo extraña al verse abrazada de nuevo en tan poco tiempo. No es que fuera algo desagradable, ni mucho menos, pero reconocía que era algo que, en aquel momento, le exigía tal vez demasiado, cansada como se encontraba después de la intensidad de aquellos últimos días, que a su vez habían sido el colofón de una auténtica montaña rusa. Quizá fuera ese poco que le faltaba para sentirse completa lo que impedía que pudiera sentirse lo feliz que debería. O quizá era que, como hacía un rato con Adela, el imperturbable y gigante agente López hacía de mudo, y poco conmovido, espectador desde su distancia segura.

—Vamos, enséñamelo —la apremió su amiga en cuanto se hubieron separado.

Se dirigieron hacia uno de los sofás. Se sentaron una junto a la otra y Estrella puso la mochila sobre la mesita central. Abrió primero un bolsillo lateral y sacó la caja de guantes.

—Póntelos primero.

Con lo que parecía la ilusión de una niña, una ilusión en la que sí reconoció a la Alicia junto a la que se había visto conquistar el mundo científico, esta procedió a ponérselos. Entretanto, Estrella abrió la cremallera central y sacó el cuaderno, envuelto por el pañuelo de Castuera. Cuando se hubo puesto los guantes, Alicia se colocó también las gafas que necesitaba para leer mientras Estrella se ponía sus guantes.

Solo cuando también estuvo enguantada, procedió Estrella a retirar el pañuelo con cuidado. Sonrió al ver la muda expresión deseosa de Alicia cuando apareció el cuaderno.

Esta lo cogió con cuidado y lo abrió. Fue pasando las hojas, y Estrella siguió mirando sus ojos, ávida de leer en ellos lo que le producía el tener aquel objeto acaso trascendental en sus manos.

—Qué maravilla… —dijo al fin—. Un manuscrito del mismísimo William Herschel. Y encontrado en un observatorio de Madrid. ¿Te das cuenta de lo que puede suponer esto?

—Bueno, no podemos saber todavía si es de él. Pero es indudable que todo esto gira en torno a algo que Herschel vio o descubrió y que no quiso dar a conocer.

—¿Sabes qué puede ser? —le preguntó mientras miraba de cerca uno de los dibujos de un cielo nocturno.

—Extraterrestres, un nuevo planeta, un fenómeno estelar que solo hubiese contemplado él…, o alguna anotación filosófica o de mecánica celeste que le debió de parecer muy importante y que en realidad solo interesará a los aburridos colegas de Álvaro. ¿Quién sabe? De todas formas, hasta que no descifremos lo que dice no podremos saberlo.

—Personalmente, voto por los extraterrestres —le respondió Alicia sin dejar de pasar las páginas—. Eso sí que causaría sensación.

—Sabía que dirías eso —replicó Estrella con una sonrisa mientras se descalzaba y se echaba para atrás. Solo en el momento en el que se había sentado en el sofá fue consciente de hasta qué punto estaba muerta de cansancio.

—Si no me necesitan, me retiro —intervino en ese momento el agente López.

—No, gracias, Carlos. Estaremos bien. Procederemos como hemos hablado.

—Muy bien. Buenas noches. —Esto lo dijo dirigiéndose también a Estrella antes de desaparecer por el pasillo. Unos pocos pasos después, oyeron cómo la puerta de entrada se abría y se cerraba y cómo alguien echaba la llave desde fuera.

—Carlos nos ha encerrado —intervino entonces Estrella con una sonrisa—. Espero que no sea para confinarme y que no pueda revelar al mundo su verdadero nombre.

—No creo. Aunque me gusta que nos haya dejado encerradas aquí.

Estrella le sonrió. Pero, a la vez, quizá por el cansancio, o porque la tensión acumulada tanto tiempo ya se iba aflojando, algo interfirió con aquella sonrisa que, en condiciones normales, habría sido la respuesta lógica.

Alicia lo notó y por eso posó el cuaderno sobre el pañuelo y se quitó las gafas, que dejó en la mesita. Se giró y se quedó mirándola durante unos segundos.

—¿Qué te pasa? —le preguntó al fin—. ¿Piensas en Álvaro?

Lo curioso era que, hasta que ella no lo verbalizó, Estrella no comprendió hasta qué punto era así, que eso debía de ser el hueco que sentía en su interior y que le impedía sentirse satisfecha.

Pero aún no podía expresarlo en voz alta. Por eso se limitó a asentir.

Alicia no añadió nada más. Solo se quedó mirándola, con la cabeza ladeada sobre una mano. En sus ojos Estrella pudo ver una emoción que no era habitual en ella. Quizá por eso se echó hacia delante y se apoyó en su hombro mientras se enganchaba a su brazo, los ojos cerrados, solo sintiéndola a su lado. A su vez, y tras quitarse el guante como pudo con la mano del brazo atrapado por Estrella, Alicia le pasó la otra mano ahora descubierta por el pelo, apartándolo de sus ojos, un gesto tierno que, en respuesta, le hizo tener ganas de llorar, aunque finalmente no lo hizo.

—Sabes que él estaría feliz, ¿verdad? —le dijo en un susurro—. Has cumplido con lo que te pidió.

—Y ¿de qué sirve? —le respondió Estrella abriendo apenas los ojos, que se encontraron con el cuaderno, posado en la mesa ante ella, como si él mismo pudiera darle una respuesta que hiciera encajar todo.

Consciente de ello, Alicia aún tardó unos segundos en responderle:

—Para que todo tenga sentido. En los tiempos que corren, no es poco.

Estrella no quiso evaluar si aquello era suficiente, o si tenía sentido siquiera. Pero se aferró a ello. Las dos se quedaron en silencio, solo conscientes de estar una junto a la otra, y en ese momento aquello le bastó a Estrella para detener, por un instante, la vorágine de pensamientos que se atropellaban en su cabeza.

Al cabo de unos minutos, y con un tono suave que parecía pedir perdón de antemano, Alicia volvió a hablar:

—Pronto va a amanecer. Creo que lo mejor que podemos hacer es preparar un café para llegar lo mejor posible, ¿no te parece?

Estrella asintió, su mejilla aún pegada a la parte superior del brazo de Alicia. Esta bajó la mano con la que le había estado acariciando el pelo, pasó un dedo por su nariz, siguió bajando y, cuando llegó hasta su barbilla, le alzó el rostro, se inclinó y la besó con suavidad. Luego, con delicadeza, deshizo el enlace con Estrella, que se incorporó lo suficiente para dejarle levantarse e irse hacia la cocina.

Mientras le llegaban los sonidos de los preparativos para sacar las tazas y poner en marcha la cafetera, Estrella estiró la mano y volvió a posarla sobre el cuaderno, como si buscara que alguna respuesta pudiera pasar a ella a través de la mano enguantada. Una parte de ella sentía algo parecido a la frustración al pensar que, dentro de unas pocas horas, volvería a estar encerrado, esta vez en una caja fuerte de algún sitio seguro del ministerio. Y el que fuera solo provisional, porque pronto pasaría a ser examinado por expertos que terminarían por desentrañar sus secretos y por completar el lego, no la consolaba como debería. Quizá porque, en el fondo, que fueran a ser unas manos y unos ojos desconocidos los que escribieran el final de la historia le molestaba más de lo que ella misma quería reconocerse a sí misma.

Una idea loca pasó por su mente: ¿y si, antes de que se lo llevaran, fotografiara todas sus páginas con el móvil? Era consciente de que, aunque lo hubieran limpiado, seguía habiendo riesgo de que de alguna manera terminaran por lograr acceder a su smartphone y, con ello, a las fotos. Pero su ansia de no perderlo del todo contrarrestaba de una manera poderosa las cautelas razonables que, quizá por el cansancio, parecían perder fuerza ante ella.

¿Cuánto tiempo les quedaría antes de irse? De forma instintiva levantó la vista hacia el ventanal que tenía ante ella para comprobar si empezaba a mostrarse la luz del amanecer.

Nunca llegó a saberlo. Antes de que pudiera tener una respuesta, su pregunta quedó abortada en el mismo momento en el que vio, reflejada en el cristal, la figura de un hombre que estaba detrás de ella.

Un hombre al que reconoció de inmediato.

Como si saltara un resorte en su interior que hizo evaporarse cualquier vestigio de sueño, la reacción del animal que ni siquiera termina de descubrir a su depredador antes de actuar, se abalanzó hacia delante, agarró el cuaderno, se levantó e, impulsándose sobre la mesita, saltó sobre el sofá de enfrente, antes de pasar al otro lado, y, solo entonces, darse la vuelta y quedarse mirando alerta, jadeando, tensa como un alambre, mientras abrazaba el cuaderno contra sí con toda la fuerza que podía extraer de sus brazos, como si buscara que desapareciera en un lugar dentro de ella, un lugar al que nada ni nadie pudiese llegar nunca.

—Tú… —dijo en un susurro furibundo, más enfado que verdadero temor, la ira burbujeante de quien se niega a aceptar siquiera la injusticia de que aquel hombre hubiese venido a arrebatarle lo que no le pertenecía. Y no le importaba que pudiera hacerle lo que fuera que le hubiese hecho a Álvaro; a ella no se lo iba a quitar.

Samuele alzó las dos manos en un gesto que le pedía serenidad, con un rostro en el que no aparecía preocupación alguna, solo la insultante calma de alguien que sabe exactamente lo que va a ocurrir, un guion que, de manera indefectible, acabará dándole la razón.

—Tranquila —le dijo en inglés con voz suave, pausada, como si que él estuviera allí fuese lo más normal del mundo.

Pero no lo era. Y eso fue lo que hizo que Estrella se girara hacia su derecha. Como esperaba, Alicia contemplaba con expresión de sorpresa aquella escena tras el sofá más pegado a la isla, donde acababa de posar las tazas. Solo en ese momento, Estrella fue consciente del aroma a café que se había extendido por la casa, un olor que transmitía una sensación de hospitalidad que ofrecía una cruda contradicción con lo que estaba pasando allí.

—¡Corre! —le gritó Estrella—. ¡Llama a Carlos! ¡Llámalo!

Pero Alicia no se movía. Para asombro de Estrella, en su rostro, más allá de la sorpresa, no veía expresión alguna de miedo. No, miraba fijamente al hombre, pero lo único que transmitía su mirada era desconcierto, como si algo no hubiese ido según lo previsto.

—¿Alicia? —acertó a preguntar, pasando la mirada del hombre a ella, una y otra vez—. ¿Qué..., qué haces? ¡Llámalos! ¡Haz que vengan!

Solo entonces Alicia se volvió hacia ella. Y Estrella terminó de comprender cuando, definitivamente, entendió que no, que estaba confundida, que lo que reflejaba su cara era en realidad algo parecido a la lástima, quizá lo que más podía dolerle en aquel momento.

—Lo siento, Estrella —dijo solo—. Lo siento tanto... No quería que fuera así.

Ante esas palabras, algo se desenlazó del todo dentro de ella. El hueco cobraba sentido y tomaba el mando. Por fin todo encajaba, lo que le decía que algo fallaba, que el cuadro no estaba completo. Esa sí que era la última pieza. Y como bien sabía, el resultado nunca era el previsto cuando te dejabas llevar, cuando obrabas de manera inconsciente. Así había estado ella todo ese tiempo, ciega, y ese descubrimiento hizo que hirviera en su interior, de nuevo, la indignación que creía haber aparcado.

Fue esa indignación la que la impulsó a hacer un amago de echar a correr, aunque ni siquiera sabía hacia dónde, pues el escolta, oportuno, había cerrado desde fuera con llave. Comprendió que aquel hombre en realidad ya estaba en la casa cuando ella había llegado. Y que, muy probablemente, había sido Alicia la que le había franqueado la entrada.

En todo caso el impulso murió nada más empezar a manifestarse, en cuanto Samuele sacó una pistola con la que le apuntó.

—Tranquila —repitió de nuevo, y su voz parecía en comparación sentir más el tener que hacerle eso de lo que transmitía la de Alicia. Al fin y al cabo, debía de pensar, había sido una oponente digna. Parecía sentir más respeto por ella de lo que sentía la que había llegado a considerar su aliada.

Pero no lo era. Otra vez, qué engañada había estado.

Samuele le señaló el sofá que miraba hacia él con un gesto de la mano libre.

—Siéntate.

Estrella aún le aguantó la mirada un instante. Hasta que él insistió, casi con una delicadeza que el cañón del arma que permanecía fijo en ella desmentía:

—Por favor...

Estrella suspiró y se destensó. Comprendió que no tenía sentido, que por más que el orgullo pudiera cegarla, había perdido. Ahora sí que se había terminado la partida. Y lo que más le dolía era el riesgo cierto de no llegar a ver el final.

Avanzó hacia el sofá, pero no se ahorró lanzarle a Alicia una mirada que, esperaba, le transmitiera el desprecio que en ese momento sentía, pero ella no dio ninguna señal de haberlo recibido. Había desaparecido la que hacía unos minutos la consolaba en el sofá. Ahora volvía a ver a la política dura y determinada que se había convertido en una de las promesas de futuro de la política española. Y ahora, más que nunca, entendía que esa fama estaba más que justificada.

Cuando se sentó en el sofá, levantó la vista y miró al hombre a los ojos.

—Deja el cuaderno sobre la mesa.

Ni siquiera se molestó en responder con lentitud. ¿A quién quería engañar? En realidad una parte de ella esperaba que aquello terminara lo más pronto posible.

En cuanto lo hubo posado, el hombre avanzó, se inclinó y lo cogió. A pesar de que tenía el brazo al alcance de la mano, un último conato de sensatez le impidió hacer ningún gesto repentino ante alguien que sostenía una pistola en la otra y que había demostrado una eficacia absoluta a la hora de quitarle la vida a alguien. Eso sí, se tuvo que morder los labios para no increparlo por no haberse puesto unos guantes antes.

Cuando el hombre se incorporó, retrocedió de nuevo hasta detrás de los sofás y entonces inclinó la cabeza, sin dejar de mirarla, hacia el pasillo que daba a las habitaciones y adonde dirigió unas palabras en un idioma que Estrella no identificó bien.

En respuesta a ellas apareció una figura que, a pesar de la extraordinaria situación en la que se encontraban, no dejó de desconcertar a Estrella. Era una mujer alta, pelirroja, que con pasos decididos entró en la sala como si le perteneciera. Vestida con una camiseta negra y una chaqueta y un pantalón grises a juego, Estrella pensó que no desentonaría en una pasarela, aunque irradiaba algo que parecía indicar que en todo caso sería ella la que dirigiría el desfile.

Al pasar junto al hombre, cogió el cuaderno que este había alzado. Dio aún un par de pasos ojeando distraídamente las páginas, sin que dejara traslucir ninguna emoción especial en su rostro. Luego lo cerró, lo volteó un momento y lanzó un leve asentimiento en dirección a Alicia.

Solo entonces pareció interesarse por Estrella. Posó sus ojos de muñeca en ella, como si la estudiara unos momentos, antes de hablar en inglés con un acento indefinido de algún lugar de Centroeuropa, con una voz que parecía acostumbrada a ser escuchada:

—Así que tú eres Estrella. Te he imaginado muchas veces, pero nunca así.

Estrella no se dejó llevar por la sorpresa de que aquella mujer que parecía salida de una película de James Bond tuviera conocimiento de su existencia; hacía mucho tiempo que ya no se extrañaba por nada. En lugar de ello, se limitó a responder, con una curiosidad que no era del todo fingida:

—Ah, ¿sí? Seguro que te he decepcionado.

—No exactamente. —Continuó examinándola mientras fruncía los labios en lo que aparentaba un genuino interés. A continuación se sentó en el sofá, frente a ella—. Eso sí, he de reconocer que has hecho un gran trabajo —alzó el cuaderno mientras hablaba—, nunca lo hubiéramos encontrado sin ti, así que supongo que te tenemos que estar agradecidos.

—Podéis pagármelo yéndoos a la mierda.

Lieve no se ofendió ante aquellas palabras. En realidad no mostró ninguna reacción. En lo que a Estrella respectaba, podría estar hablando con algún sofisticado y atractivo robot humanoide. Mientras se giraba para devolverle el cuaderno a Samuele, siguió hablándole a Estrella:

—Escúchame bien. Esto no tiene por qué acabar mal para nadie. —Ahora sí, enfocó sus ojos hipnotizantes en ella—. Trabajo para alguien que tiene mucho interés en este cuaderno y que está dispuesto a hacer cualquier cosa para tenerlo.

—Sí, lo he comprobado de sobra. —A la mente de Estrella se asomó el rostro ladeado de Manuel Castuera en su habitación de la residencia, el hilo de baba que salía de su boca y empezaba a secarse.

Lieve pareció leer la mente de Estrella. Le sorprendió descubrir lo fácil que era ver a través de ella, pero, en esa ocasión, no era porque tuviera que hacer un esfuerzo por ponerse en su lugar. Para su sorpresa, en aquella científica venida a menos, despreciada y manipulada por quienes la rodeaban, que no se preocupaba demasiado por su aspecto ni por cuidar las formas, veía algo que podía entender, incluso compartir. Quizá por ello estaba allí, hablándole, en lugar de haberse llevado ya lo que habían ido a buscar.

Pero estaba harta de que le dieran órdenes y de que la usaran. Y aunque fuera ella la que se lo había estado haciendo a Estrella, en realidad se podía decir que tenía algo parecido a un atenuante: no se conocían de nada, no era nada personal.

—Cuando digo «cualquier cosa» —continuó— no me refiero solo a cosas malas. Todo esto puede ser bueno para ti.

—¿Como será bueno para *ella*? —Estrella ni siquiera quiso mirar hacia Alicia, a la que se limitó a señalar con un movimiento de cabeza, así que no pudo ver si sus palabras producían algún efecto en ella.

—Lo de ella ya está arreglado. Me refiero a ti. Te mereces que nada de esto sea en vano.

—Ah, ¿sí? ¿Y qué podéis ofrecerme que compense esto? ¿Podéis devolverme a Álvaro?

Lieve sí que mostró ahora un leve atisbo de reacción en su rostro perfecto. Pero era más de confirmación que de sorpresa, el reconocer que habían llegado al punto esperado.

—Sé que no me creerás, pero nosotros no tuvimos nada que ver con la muerte de Álvaro.

Estrella tuvo que morderse el labio inferior para no responder de inmediato. ¿Es que le estaba tomando el pelo?

—Piénsalo bien —continuó Lieve antes de que finalmente encontrara qué decir—. ¿Qué sentido tenía que hiciéramos algo así? Se suponía que estaba trabajando para nosotros, que nos iba a llevar hasta el cuaderno. La única exigencia que le pusimos fue que cortara su relación con todo el mundo. No queríamos que nadie más se enterara de su búsqueda.

—Ahora me dirás que se murió de algo natural...

—Pues sí. Es exactamente lo que te digo. —Alzó levemente un dedo hacia Samuele—. Sabemos cómo hacer que una muerte parezca natural...

—Sí, que se lo digan a Manuel Castuera.

—... pero en el caso de Álvaro lo fue. Sabes que tenía problemas de corazón, y la tensión pudo con él.

—¿Qué tensión? Vuestra presión.

—Nos encargamos de financiar su búsqueda, sí. Sobre todo cuando nos hizo saber que estaba en la pista de algo que cambiaría la historia de la ciencia. Como te puedes imaginar, nos llegan muchas personas que dicen que están tras algo así, pero la mayoría son solo formas de venderse y destacarse en un mundo en el que la financiación no abunda. Sabes bien de qué te hablo...

Estrella vio de nuevo la expresión absorta, apasionada, de Álvaro cuando le hablaba de Herschel, cuando se sumía en los escaneos de sus legajos, cuando pasaba días casi sin comer, pegado a sus libros y a su ordenador. Sí, podía entender que el ansia de saber lo consumiese, pero ¿tanto como para sacrificarlo todo por aquel descubrimiento de algo nuevo? Otra vez esa idea le revelaba algo de él que no había llegado a conocer, y otra vez aquello la entristeció y también la enfureció, y el estar en aquel lugar, que hasta hacía unos minutos había sido un refugio, con una pareja de extraños y un arma no ayudaba.

—Os tenía miedo —dijo por fin, procurando que el desprecio fuera evidente en su tono—. Lo separasteis de todos, de mí, de su familia. Lo utilizasteis.

—Nadie utilizó a nadie. Él sabía las condiciones: todo lo que encontrara sería para nosotros. Bueno, para la fundación, que era la que oficialmente lo había contratado. Y no debía de estar tan asustado cuando logró jugárnosla, y te aseguro que eso no es nada fácil.

Las últimas palabras las pronunció Lieve en un tono tan gélido como si se refiriera a una afrenta personal, que hasta Estrella, que aún seguía acelerada por la adrenalina que inundaba su cuerpo, sintió un escalofrío.

—Pero *¿por qué*? —dijo al fin—. No lo entiendo, ¿por qué es tan importante?

—Lo es para quien trabajo, y con eso basta.

Y en el carrusel en el que se amontonaban las reacciones sin control, ahora le tocó el turno a una leve sonrisa de burla asomarse al rostro de Estrella. Y fue, curiosamente, ese gesto el que logró el primer asomo de duda en toda la puesta en escena de Lieve:

—Veo que te parece gracioso...

Estrella negó, casi comprensiva.

—No. Solo constato que tú también estás en manos de alguien, alguien que no te lo cuenta todo. En realidad no somos tan distintas.

Lieve la miró en silencio durante un tiempo en el que el mismo aire se adensó. Algo indescifrable pero ciertamente peligroso pareció emanar de su figura silenciosa y en apariencia inalterable. Mientras tanto, hacía un ligero esfuerzo por mantener un ritmo de respiración constante a la vez que la escrutaba. Estrella pensó que, si se concentraba lo suficiente, podría incluso oír el rumor de los engranajes girando en el interior de su cabeza.

—Bien —dijo al fin, con algo similar a una relajación—. Como he dicho, todo está dispuesto para que recibas una compensación por el trabajo que has realizado para nosotros. Alicia dejó claro que solo así se atendría a un acuerdo.

—No me digas. Pensé que sobre todo lo habría dejado arreglado para ella. —Ahora sí que lanzó una clara mirada de desprecio hacia Alicia, quien la encajó con lo que podría pasar por una estudiada cara de póquer.

—Pues no, aunque ella se ha preocupado de asegurarse el futuro de su muy prometedora carrera. Pero parece que, a su manera, sí que le importas. Y creo que entiendo por qué. Eres una persona de talento, pero, por eso mismo, demasiadas veces alguien ha intentado silenciarte o ha querido obligarte a que abandonaras. Eso se acabó si quieres. A partir de ahora podrás concentrarte en tu trabajo, que, por cierto, también nos interesa. De hecho estaríamos dispuestos a financiarlo, por cauces absolutamente legales, claro está.

—Antes muerta.

Lieve, por primera vez, mostró algo parecido a una sonrisa, pero fue casi peor.

—No lo repitas mucho. Aún estamos a tiempo.

Estrella, a pesar de que el fuego que sentía en su interior seguía empujándola a hablar sin tapujos, tragó saliva. De todas formas, Lieve volvió inmediatamente a su frialdad y Estrella, no sin sorpresa, descubrió que lo prefería.

—En fin, piénsalo —dijo poniéndose en pie—. En caso de que lo necesites, Alicia sabe cómo contactar con nosotros. Y ahora, si no os importa, os dejamos; no veo la hora de salir de esta ciudad.

Le hizo un gesto a Samuele, quien la siguió. Había metido el cuaderno, envuelto de nuevo en el pañuelo, en un bolsillo interno de su amplia chaqueta. Y, aunque había bajado el cañón, mantenía el arma en su mano con la tensión suficiente para demostrar que, en caso necesario, no tardaría ni un segundo en utilizarla.

—Tendrás noticias nuestras —le dijo a Alicia cuando pasó junto a ella.

—Claro. Os acompaño.

Estrella agradeció que los tres desaparecieran de su vista durante unos instantes. Mientras oía cómo Alicia abría la puerta y los otros dos salían, convencidos de que ni el agente López ni nadie los detendría, luchó por que la tensión no desapareciera del todo. No quería que ninguna señal de relajación asomara a su rostro, nada que Alicia pudiera identificar con cualquier esperanza de comprensión, ni mucho menos de perdón.

Por eso en cuanto esta volvió, ella ya no estaba en la sala. Había ido a la habitación donde guardaba sus cosas y, sin ningún orden, comenzó a meter la ropa que cabía en una bolsa, sin mirar si lo estaba cogiendo todo, sin elegir, puede que incluso llevándose algo de Alicia, con la promesa de que, si efectivamente era así, lo quemaría en cuanto tuviera ocasión.

Alicia aún llegó cuando estaba metiendo el último mazacote de prendas, pero el hecho de que estuviera allí, de que pretendiera hablarle, era motivo más que suficiente para largarse, para perderla de vista, para irse a cualquier otro sitio que no fuera ese.

—Estrella, yo...

Se sentó en la cama, cogió unas zapatillas y se las puso, maldiciendo que tuviera que perder unos segundos preciosos en atárselas. Estuvo tentada de dejar los cordones sueltos, pero un último conato de sensatez la convenció de que lo que menos necesitaba era una caída indigna ante Alicia si los pisaba.

—Era lo mejor, entiéndelo. No tenía sentido enfrentarse a esa gente, y pueden hacer mucho por nosotras. ¿Es que no ves que con ellos podemos conseguir lo que queríamos?

Estrella alzó los ojos. Vio el lego de la casa de su hipotético futuro juntas en la estantería y nunca le pareció más falso, más absurdo, un juego infantil con el que se engañaba porque le hacía creer que podía tener control sobre lo que pasaba, en lo que le pasaba, en la gente que encontraba y la acompañaba.

No, la verdad es que seguía siendo una niña idiota a la que la vida adulta no hacía más que asfixiar, simplemente porque no terminaba de entender unas reglas que, antes, estaban claras.

Pero no iba a decir nada, no iba a darle ni siquiera el consuelo de una respuesta, aunque fuera airada, a Alicia. Quizá porque era consciente de que en el fondo había una lógica en lo que había hecho, aunque pudiera parecer despreciable. En cambio ella, tan digna, tan en guerra siempre con el mundo, se limitaba a dar vueltas en círculo, como una criatura patética que esperaba que todo se arreglara por sí solo.

Se incorporó, cogió la bolsa y echó a andar. Pasó de forma tan enérgica que Alicia ni siquiera tuvo tiempo de amagar con interponerse en su camino. Caminaba con paso decidido, la mirada hacia delante, sin dedicar ni una sola ojeada a la sala que empezaba a teñirse con la incipiente luz del amanecer, que poco a poco iría imponiéndose sobre la artificial. Y con ese mismo paso encaró el pasillo y llegó a la puerta de entrada, que, afortunadamente, se abrió en cuanto agarró la manija, porque ya no había nada que proteger en aquella casa.

Mientras salía aún tuvo tiempo de oír, desde algún lugar del interior:

—Estrella…

No supo si a su nombre siguió algo más. Cerró dando un portazo.

Ni siquiera quiso esperar al ascensor y fue directa hacia las escaleras. Bajó los escalones de dos en dos.

Solo se le pasó la sensación de estar huyendo cuando entró en su casa y cerró la puerta tras de sí. Dejó caer la bolsa nada más llegar a su pequeña sala, y sintió el amargor de darse cuenta de que en cierta forma su apartamento era como una versión más pequeña y humilde del lujoso de Alicia. Y ese irracional hilo que la relacionaba con ella le pareció insoportable.

Vio la caja llena de piezas de Lego y, sin pensárselo dos veces, fue hacia ella y la agarró con las dos manos. Allí de pie miró su interior, vio la amalgama de plásticos de colores, abigarrados y en desorden, un retrato perfecto de su vida y de cómo se sentía. Tanto fue así que la rabia volvió a cristalizar en su interior, a crear una bola ardiente que creció y creció, mientras sus manos temblaban y un calor inesperado le incendiaba el rostro. Y solo entonces, con un grito que debió de asustar a los vecinos que empezaban el día, alzó la caja y, dándole la vuelta, desperdigó todas las piezas, que cayeron sobre la mesa, sobre el suelo, que salieron volando cuando la agitó, ya casi vacía, sobre su cabeza, hasta el punto de que alguna de ellas le dio un pequeño golpe sobre los hombros, en el pelo, y hasta una pequeña se quedó allí, enganchada, cuando finalmente arrojó la caja vacía al otro lado de la habitación.

Y así, ella misma vaciada, desactivada, se quedó de pie, apoyada en un mueble, mirando sin ver el desorden, jadeando por un esfuerzo que iba más allá de lo físico. Ahora solo quedaba aguardar el llanto, que sabía que en algún momento aparecería.

No importaba, lo esperaría. No quedaba otra. Lo demás solo había sido una distracción.

Desde algún lugar lejano, al otro lado de la ventana, le llegó el sonido de unas campanas.

# Epílogo

—Vaya, ¿no hay gildas esta vez?

—Un poco pronto, ¿no cree?

Satrústegui pareció meditarlo por un instante, pero al final no tuvo más remedio que darle la razón.

—Sí, supongo que sí.

—¿Qué va a ser, joven? —preguntó Javi desde la barra, a poca distancia de la mesa alta con taburetes en la que Estrella había vuelto a citarse con el detective.

—Un café con leche, por favor.

—¿Algo de comer?

—Nada.

Se acercó hasta la barra, esperó a que el camarero terminara de ponérselo, pagó también la consumición de él y fue hasta la mesa de Satrústegui. Aunque técnicamente aún era una hora temprana, el mercado estaba ya en pleno funcionamiento, y la primera tanda de desayunos de los que allí trabajaban ya hacía tiempo que habían sido despachados.

Estrella se sentó frente al detective, quien tenía ante sí un café solo, un par de dedos en un vaso de cristal. No entendía cómo podía coger aquello sin quemarse. Se trataba de una extraña habilidad madrileña que había descubierto cuando se había trasladado a la ciudad y que, desde luego, había sido incapaz no ya de adquirir, sino siquiera de comprender.

—La veo bien —le dijo el hombre con un asentimiento que daba una curiosa seriedad a aquella frase que, normalmente, sería solo un lugar común.

Estrella no pudo por menos que repetirle lo mismo, por más que le sorprendiera que, ahora que la primavera por fin había empezado a estallar en la ciudad, siguiera vistiendo su aburrido traje gris. Al menos, eso sí, se había dejado la gabardina en casa.

—Yo a usted también.

—Gracias. En mi caso supongo que tiene más mérito.

Estrella no pudo evitar sonreír en respuesta a aquella frase. Se dio cuenta de que había echado en falta su anticuado sentido del humor.

—¿Hoy es su primer día?

Ella asintió mientras terminaba de dar un primer sorbo al caliente café.

—Sí, me reincorporo al instituto.

—Supongo que será una sensación extraña.

Estrella alzó los hombros en lo que era tanto un asentimiento como una expresión de resignación.

—Sí, pero ¿qué le voy a hacer? No puedo estar sin trabajar.

—Pero imagino que la situación habrá cambiado.

—Sí, Juan ya no está. Lo destituyeron hace un mes. Fue el último servicio de Alicia antes de irse a Europa. —Esperaba que la connotación irónica en la palabra «servicio» fuera evidente.

—¿Adónde se iba, que no recuerdo bien?

—No lo sé exactamente. A un puesto en el departamento de Nuevas Fronteras. Todo muy oportuno, ahora que nadie da un duro por que aguante el gobierno.

—Desde luego —asintió Satrústegui como quien manifestara su acuerdo con la afirmación de que la lluvia moja.

Tomaron sendos sorbos de sus cafés sin hablar. Al fondo, una señora mayor se detuvo con su carrito junto a la máquina tragaperras y echó unas monedas que sacó de su pequeño y venerable monedero.

—¿Cómo están los padres de Álvaro? —preguntó ella por fin.

—Les conté lo que usted me dijo, que teníamos razones para pensar que la muerte de su hijo, finalmente, había sido natural.

—¿Cómo se lo han tomado?

—Pedro no dice nada, pero lo conozco demasiado y pienso que sigue sin creérselo, aunque me parece que ha entendido que ya poco puede hacer. En cuanto a su madre, no ha vuelto a salir de la casa familiar desde el entierro de su hijo. Creo que en su caso cómo se hubiera producido su muerte ya no tiene demasiado interés.

Estrella asintió, comprensiva. Al fin y al cabo, ninguna de las dos posibilidades podría compensar el hecho de que su hijo se había muerto a dos mil kilómetros de ella, solo.

—Y usted, ¿cómo se encuentra? —le preguntó el detective, y Estrella creyó ver algo que hasta se podía confundir con afecto en sus ojos.

—¿Yo? No lo sé, la verdad. Menos enfadada, supongo. Haberme distanciado de todo estos meses creo que me ha venido bien. Pero sobre todo he aprendido a no darle demasiadas vueltas, porque es lo único que me puede volver loca. Y no me lo puedo permitir.

—Al menos, volver a trabajar será una buena distracción...

—Sí.

—... salvo que vuelva a cruzarse con algún misterio nuevo, claro.

—¡No, por Dios! —rechazó de manera ostentosa Estrella—. Creo que he tenido suficiente. Dígame, ¿cómo lo hace?

—¿El qué?

—Dedicarse a esto. Porque imagino que, más o menos, este será el final habitual, que siempre ganen los mismos.

Satrústegui pareció pensarlo durante unos segundos, como si fuera la primera vez que se lo planteara.

—No lo sé. Supongo que te acostumbras, o entiendes que eres tan solo una pieza de una partida que juegan otros. Y no se engañe, a veces te toca estar en el bando de los que ganan, y eso no quiere decir que necesariamente estés en el mejor. Aquí no se trata de un juego de buenos y malos.

—Pero nosotros éramos los buenos...

Satrústegui esbozó una sonrisa que le elevó su bigote de otro tiempo. Una sonrisa que debía de reservar, también, para cuando escuchaba una ocurrencia ingeniosa pero equivocada de los labios de un niño. Pero, para sorpresa de Estrella, a ella no le molestó. Por alguna razón, había llegado a la conclusión de que difícilmente podría volver a enfadarse con quien, a lo largo de toda aquella aventura, había demostrado estar siempre de su lado, aunque eso supusiera dar aparentes rodeos que parecían, incluso, errar el camino.

—Confórmese con no estar definitivamente entre los malos —respondió con espíritu sentencioso—. Es a lo más que se puede aspirar.

Ella asintió. Miró el reloj; ya era hora de irse. Dio el último trago a su café.

—En fin, tengo que irme. No quiero llegar tarde al primer día de mi nueva vida.

—Espero que sea venturosa.

—Me conformo con que sea tranquila y provechosa. —Se bajó del taburete y cogió la mochila que había enganchado del respaldo. A su vez Satrústegui bajó del suyo y le tendió la mano.

—Ha sido un privilegio trabajar con usted —le dijo mientras se la estrechaba—. Y, créame, no le mentía cuando le decía que tiene usted madera de detective. Insisto: si se cansa alguna vez de buscar cosas lejanas, llámeme. Seguro que le encuentro cosas entretenidas a las que dedicarse, y con menos coste personal.

—Lo tendré en cuenta. —Le soltó la mano y ya se disponía a irse cuando pareció recordar algo, y volvió a dirigirse al detective—: Por cierto, ¿no cree que ya va siendo hora de que nos tuteemos? Ayudaría a acercarnos un poco más al siglo XXI.

—¿Tutearnos? Claro, ¿por qué no? Yo... te llamaré Estrella entonces. ¿Cómo me vas a llamar tú?

—No sé. Tobías, ¿no?

—Mis amigos más cercanos me llaman Tobi.

Estrella soltó una carcajada que murió en su garganta de manera prematura cuando vio, por la seriedad del rostro del detective, que no lo había dicho en broma.

—¿Lo dices en serio?

—Sí, claro. ¿No te sientes cómoda?

Estrella pensó rápidamente en algo que decir y, tras unos leves balbuceos, por fin lo encontró:

—Creo que tampoco debemos acelerarnos. Por ahora, Tobías está bien. Ya veremos con el tiempo.

—Muy bien, Estrella. Veremos. —Y volvió a sonreír, satisfecho por haber llegado a un acuerdo.

—¡Hola, Estrella! Bienvenida. Ha dicho el nuevo subdirector que te pases por su despacho en cuanto llegues.

Por lo que pudo ver nada más poner el pie en el instituto, la mera marcha de Juan había cambiado el humor de todo el mundo, en vista de lo que parecía indicar la sonrisa y afabilidad de Chelo.

—Gracias. Dile que ahora mismo me paso.

Como hacía un tiempo que ahora se le antojaba una eternidad, cruzó los tornos y se dirigió hasta los ascensores. Tuvo tiempo de saludar a Martín, que pasaba por recepción a por unos papeles, e incluso algunos colegas, que normalmente no le habrían prestado demasiada atención, la saludaron.

«Sí, parece que vivimos todo un cambio de régimen».

Mientras esperaba la llegada del ascensor, no dejó de admirarse de cómo lo que hacía tan solo unos meses había considerado el colapso definitivo había encontrado una manera de recomponerse y seguir su camino. Sabía que tenía que ver también con ella misma, claro, con el esfuerzo por encajar todo lo que había pasado. Pero también sabía que no se trataba solo de cómo lo percibía, porque también los demás, los que se escapaban a su forma de ver las cosas, habían asumido lo que había sucedido de manera natural. Adela había acabado aceptando la mentira de que el cuaderno estaba siendo evaluado y estudiado, y que en algún momento se comunicarían los resultados. No se lo había dicho ella, claro, sino que le llegó desde sus superiores, convenientemente aleccionados por Alicia antes de irse a su sorpresivo puesto de nueva creación en Bruselas. Y Estrella empezaba a sospechar si no sabría lo que había pasado en realidad y prefería mantenerse tranquila en un lugar que, poco a poco, la fuera acercando hacia una plácida jubilación. O quizá dentro de unos meses, cuando siguiera sin haber noticias, comenzaría a hacer preguntas molestas. Estrella no lo sabía, tampoco le importaba demasiado en aquel momento.

Ni siquiera Antonio, el periodista, pareció poner ninguna objeción a la versión que le llegó de que al final no se había encontrado nada en el observatorio y que había sido una pista falsa. Incluso MrPartitura terminó cansándose de perseguirla y entendió que ni iba a tener más información ni sus avances con ella podían ser siquiera remotamente prometedores. Siempre cabía la posibilidad de que empezara a buscar por sí mismo, pero, de nuevo, no era el problema de Estrella. Imaginaba que, si comenzaba a moverse, otras personas más eficaces se encargarían de disuadirlo. Y, si no, tampoco le importaba.

¿Se había vuelto una cínica?, se preguntó mientras entraba en el ascensor y pulsaba el botón de la planta noble. Quizá sí, pero ahora mismo no podía permitirse darle muchas vueltas. Por el bien de su cabeza, de su salud mental, lo único que necesitaba era encontrar un asunto que la ocupase y que la alejase de los conatos de culpa por haber dejado que se llevaran el cuaderno aquellos contra los que Álvaro había hecho todo lo posible para evitar que se lo quedaran. Pero ¿qué podía hacer ella?

Sabía que esa pregunta tenía respuestas que no quería oír. Y también había aprendido que culpar de todo a Alicia era demasiado fácil. Ella misma había creído lo que había querido creer, se había dejado engañar y había apartado a los pocos que de verdad la habrían podido ayudar. Quizá no a ganar, pero sí al menos a acabar de una manera más digna.

Cuando se abrió la puerta del ascensor y caminó hacia el despacho del subdirector, fue consciente también de que, si volvía a estar allí, si le habían permitido seguir con sus trabajos, era porque alguien había intervenido para que fuera así. Como una compensación por lo que le habían quitado, sí, pero también era cierto que, en el periodo anterior, eran su trabajo y la investigación de su vida lo que le iban a arrancar por motivos que tampoco eran justos y que, sobre todo, escapaban a cualquier cosa que ella pudiera hacer.

«Sí, Satrústegui tiene razón. Si es difícil estar entre los buenos, más complicado resulta no estar, definitivamente, entre los malos».

Las secretarias la recibieron también con sus correspondientes sonrisas. Estrella empezó a preguntarse si no sería parte de algún nuevo uniforme de trabajo que se hubiese implantado en su ausencia.

—Buenos días, Estrella. ¿Cómo estás? —la saludó Ana, la secretaria más joven—. Pasa, te está esperando.

—Gracias.

A pesar de tanto cambio no pudo evitar sentir una cierta aprensión cuando llamó a la puerta, porque las dos últimas veces que lo había hecho habían sido el preludio a dos momentos humillantes. Pero la voz que le respondió desde dentro y le dijo que pasara sonó con un tono muy diferente.

Algo que se confirmó cuando entró. Incluso la luz del sol parecía bañar el despacho de una manera nueva. Se dio cuenta de que hasta el vestido estampado de flores que llevaba hacía juego con la nueva era del instituto.

—¡Estrella! Qué bien que hayas venido. Qué ganas tenía de conocerte.

Julián, que así se llamaba el nuevo subdirector, se levantó de la silla y rodeó su mesa para acudir a saludarla. Pareció dudar un momento si darle dos besos, pero, seguramente aleccionado de los nuevos usos al tomar posesión del cargo, le tendió una mano profesional.

—Gracias. Me alegro mucho… de volver.

—Claro, claro. Estábamos impacientes. En tu ausencia el equipo ha seguido trabajando. Tenemos toda una nueva riada de datos que nos han llegado desde varios observatorios del planeta. Desde luego, cómo son las cosas, ¿verdad? Antes nos las mandaban a cuentagotas y ahora nos arrollan, je, je.

Estrella prefirió refugiarse en una sonrisa de compromiso y no darles vueltas a las razones que podrían haber hecho que se hubiera liberado todo ese caudal de datos. O, más que a las razones, a quién podía haberlo favorecido.

—Escucha: todo está preparado. Tienes el respaldo necesario para llevarlo a término y preparar un *paper* que sea inapelable. Puedes contratar a alguien más si lo necesitas, la financiación no va a ser un problema. Creo que lo que tenéis entre manos va a ser de los descubrimientos que van a hacer que corran ríos de tinta, o lo que corra hoy por internet, en las próximas décadas. Por eso es importante que esté todo bien atado, ¿de acuerdo?

—Por supuesto, cuenta con ello.

—Bien, pues... No quiero hacerte perder más tiempo. Solo quería darte la bienvenida personalmente y... Bueno, agradecerte que al final no te hayas llevado este trabajo a otro sitio. Lamento que la anterior dirección no supiera valorarte como mereces, pero tienes mi palabra de que eso va a cambiar. Tienes mi puerta abierta para lo que necesites. —Y, como si viera necesario confirmarlo, señaló por donde había entrado.

—Te lo agradezco, Julián. De verdad.

—Perfecto. —Dio una palmada—. Pues ¡al trabajo! Je, je.

Estrella volvió a murmurar otro agradecimiento y se dio la vuelta para salir. Pero, cuando estaba a punto de abrir la puerta, le llamó la atención otro cambio, un paragüero que habían situado justo al lado y en el que vio un único y solitario paraguas que reconoció inmediatamente.

—Una cosa —preguntó volviéndose hacia el subdirector—. ¿Te importa si me lo llevo? Creo que es uno que me dejé aquí hace tiempo.

—Sí, sí, claro —le respondió Julián al tiempo que se sentaba otra vez tras su mesa—. Me preguntaba si venía con el despacho, je, je.

Estrella sacó el paraguas que se había dejado olvidado hacía lo que parecía una eternidad. Por algún extraño motivo verlo de nuevo en su mano le transmitió algo cercano a la tranquilidad.

No era mucho, pero mientras salía del despacho y volvía hacia los ascensores, tras saludar con más efusividad de lo habitual a las secretarias, se dijo que por ahora iría atesorando todas esas pequeñas cosas para evitar caer nuevamente. No era una estrategia muy brillante ni desde luego heroica, pero al menos era una estrategia, y eso para ella era mucho.

Mientras caminaba aún tuvo tiempo de mirar de nuevo los cuadros del pasillo, con las imágenes de objetos estelares interpretados por algún artista. Y por alguna razón esta vez no le parecieron tan horribles.

**«Para viajar lejos no hay mejor nave que un libro».**

EMILY DICKINSON

# Gracias por tu lectura de este libro.

En **penguinlibros.club** encontrarás las mejores recomendaciones de lectura.

Únete a nuestra comunidad y viaja con nosotros.

**penguinlibros.club**